The
First Ray
of
Dawn

王溱 —— 著

第一缕光

北京联合出版公司
Beijing United Publishing Co.,Ltd.

01

"行出这座山,再兜过两条村,就入咗广州城啦。"

路是一个驼背的樵夫给指的,那指路的手指关节凸起,还有点歪,手背上粗筋交错,布满了劳动人民的智慧。阿娘说了,这样的人说的话是绝对可靠的,他们手上全是生计,没有工夫想歪心思。

"还有几里路?"阿四妹问。

"大概还有十来里地啩。"樵夫说。

十来里!阿四妹雀跃起来。往日里随阿爹去镇上卖花生,一个来回也要十来里咧!那时阿爹弓着背推着独轮板车,阿四妹跟在边上扶着,一路小跑也就到了。快了啊快了啊,广州城就在眼前了啊,阿四妹的心也随着脚步小跑起来了。

不明品种的虫子在耳边叫嘶,如蝉鸣般响亮,却又夹杂着促织的细腻,响声从前一片草丛延续到后一片草丛,又延续到再下一片草丛。树连着的自然还是树,棵棵大同小异,阿四妹可没心思去辨认，阿四妹前倾着上半身走得飞快，齐耳短发被风轻轻往后拂，短短的刘海紧紧贴在额头。偶尔阿四妹也会抬头眺望，前方有雾，目之所及一片白茫茫，叫人辨不清方向。但阿四妹绑紧裤头，裹紧裤脚，走得雀跃而坚定。她早就决定了，是雾是谜，都得去闯一闯。高姐说了："广大妇女不要畏难退缩，要继续鼓起我们的勇气，跑到国民革命的战线上去！"这国民革命的战线是不是就在广州城里？阿四妹也说不好。但勇气是有的，也决不会畏难退缩——上次阿四妹掘地时，脚背给倒下的锄头砸了都没畏缩咧，忍一忍也就把地给掘完了。

日已上三竿，看影子就知道。得势的日头驱赶雾，雾只好紧紧缠着树，树丛里跳着几只鸟儿，鸟儿在阿四妹耳边叫喳喳，亲昵得很，但阿四妹知道，这断然不是往日里唤阿四妹起来绣花的那几只。今时不同往日啦！阿四妹越走劲头越足，俨然是个革命青年的样子了。

出了山，果然看到一个村庄，不见人影，稀稀拉拉飘着几缕炊烟，阿四妹按住扁扁的肚子，把裤腰带再勒紧些，又继续往前走。过了一片竹林子，再蹚过一条小溪，又是一个村子。这村子静得出奇，家家闭户，要不是断断续续传来几声仓皇的狗叫，会让人误以为是空村。阿四妹没有停留，一鼓作气往前走，终于从泥地走到了硬邦邦的柏油地。

到底是柏油地，上边走着的就不该是泥脚。阿四妹把草鞋蹭了又蹭，抬手捋了捋头发，小心翼翼往前走。渐渐地，路越来越宽敞，路上的东西也越来越多，有自己会跑的铁车子，有马车，有黄包车，也有像家里那样的独轮推车，所有的车都跑得飞快，就连那独轮车都跑得比阿爹着急去赶集还要快。

阿四妹喘着气安安静静看着，胸口却揣了一整窝的麻雀，叽叽喳喳，欢呼跳跃。这就是广州城咧！这就是阿四妹从没来过的广州城咧！

广州城，广州城自然是不一样的。

阿四妹抬头看，近处几间房子都是四四方方的，垒得老高，也不知人是怎么钻进去的。还有远处那个同样四四方方的楼房，上头居然有一个白色的圆顶，像是塔，又像是宫殿，让人疑心每逢初一十五里头就会飞出个神仙来。

是了！是了！高姐一定就是在这样的楼里！以高姐的心气，还有高姐那叫人仰慕的思想，到底是该属于这样的大城市的，打赤脚委屈了她。

只是楼这么多，高姐到底在哪一座楼里头呢？

阿四妹一路仰着头，边走边看，边看边想，嘭一声就被人撞了个踉跄。那是个肩上搭着个褂袋的阿叔，他侧着身子边走边回头看，撞着了阿四妹也只是看了她一眼，半句话不吭依旧一步三回头继续往前走。

阿四妹跺脚，这个阿叔，这般心急火燎嘅？阿四妹刚要喊他，又有一个怀里抱着奶娃娃的女人，迈着小碎步急急从阿四妹边上经过，那娃儿的头被女人深深埋在怀里，只露出一小撮头发，看得阿四妹干着急，可别把娃儿给捂死了哇！正想追上去提醒，忽然有人拉着个空的人力车正对着阿四妹直冲过来，嘴里嚷着"让开让开"，慌得阿四妹一屁股跌坐到地上。

怪了怪了，这城里头的人，怎么都如此慌张？

阿四妹起身拍拍身上的灰正要走，闹哄哄又有一大伙人从拐角处冲出来。冲在最前头的是几个年轻的男女，男的穿对襟中山装，女的穿斜襟半身裙加黑皮鞋，也有穿长衫外搭棉褂的，看样子斯斯文文，走路却脚步凌乱，左脚绊右脚；紧跟其后的是两个金发蓝眼大鼻子的外国人，穿着也是得体，其中一个拄着拐杖三条腿一齐跑，比两条腿的愈加仓皇。忽然他们身后响起了枪声，砰！把阿四妹震得一个哆嗦。周围的人闻声都奔跑起来了，阿四妹迟疑了一下，也撒开脚丫子跟着大伙儿跑起来，越往前跑，越觉得不对劲。这街道两边的楼房竟有冒着烟的，有熏黑了的，有炸开了洞的，一片狼藉。眼见前头跑着的人有的躲到车子底下，有的钻到花圃后，阿四妹见小巷子口停着个装满麻袋的板车，也赶紧躲到麻袋后头，战战兢兢探出半个头张望。刚一探头，就见一个穿短马褂绑头巾、农民打扮的汉子跌跌撞撞往板车这边靠过来，他的头巾已被血染红，脸上身上也不知沾上了什么黑乎乎的东西，右手捂着的下腹鲜血直流，身体刚一挨着板车，就剧烈喘起气来。

　　阿四妹的牙齿哒哒哒打起冷战来。这可如何是好？如何是好？要是高姐在的话，高姐肯定是会冲上去，把他背到安全的地方再给他包扎的。高姐有个方形的箱子，里头什么药都有。这么一想阿四妹也想冲过去背他，可阿四妹的脚动不了，像是被谁拔去了骨抽去了筋似的，横竖就是站不起来。那人的血已经在板车上漫延开了，麻袋上，板车上，地上，一直漫延到阿四妹的眼睛里⋯⋯

　　阿四妹可不是胆小的人，相反，阿四妹自小就不知怕字怎么写。爬树掏鸟窝，一头扎进溪里逮鱼，或是从村长家高高的篱笆翻爬进去，甚至爬上村里拴牛用的一人多高的大石柱再大喊一声一跃而下，阿四妹什么没干过？村里人都说这阿四妹就是个男娃仔投错了胎，连阿四妹的爹娘也这么说。六岁以前阿四妹的爹娘一直是把阿四妹当男娃子养的，剃寸丁头，穿对襟衫，就差在祠堂挂上一盏灯，反正连生了四个也没有男崽子，权当养个安慰。再大点的时候，在她阿爷的反复念叨下，阿四妹的头上终于留了条辫子。阿爷戳着阿四妹她爹的额头骂："鸡公是鸡公，鸡乸（母鸡）是鸡乸，你还指望鸡乸啼天光嘎？"阿四妹才不管自己是鸡公还是鸡乸，辫子就是碍事！去年，也就是刚满十五岁时，阿四妹自己拿剪刀咔嚓剪去，套上阿爹的粗布衫裤就敢顶替阿爹下地犁田，那狠劲儿，连那头憨实的老牛都没敢喘大气，乖乖听她使唤埋头苦干。

可这会儿，自诩天不怕地不怕的阿四妹竟动不了了！血！阿四妹满眼全是血，红红的血，会流动的血，刺眼睛的血！阿四妹死死咬住自己的手，一股如隔夜鱼的腥味直直扑面而来钻入鼻孔，阿四妹两眼一黑就什么都不知道了。

月光光，照地方。

照到一枚针，拿来做观音。

观音一块塘，打条鲤鱼八尺长。

鲤鱼头，拿来食；鲤鱼尾，拿来娶新娘。

……………

娶新娘？谁人要娶新娘？

铁门对铁门，木门对木门，

鱼找鱼，虾找虾，龟鳖找王八。

哈哈哈……

阿四妹，你是龟鳖还是王八？

配个软壳濑尿虾！

03

"喂！妹仔——醒下！醒下！"

阿四妹是听着一串叫唤声被摇醒的，睁开眼便看到一张戴着毡帽的脸在摇曳的烛光下忽明忽暗。再定睛一看，是个有着两撇粗眉，脸却又瘦又尖的青年人，面相不算讨好。

阿四妹嗖地坐起来。

"你，你想怎样？"

那青年人给阿四妹递过来一碗水。

"你这个细妹仔，我好心救了你，你倒这样质问我。"

阿四妹将信将疑地接过水，却不喝，瞪大眼睛打量四周。这是个很小的房间，密密实实，墙壁倒是气派的青砖，但是整间房只有猪圈那么大，除了自己躺着的这张小木板床，就只有一个木几子，摆满了锅碗瓢盆。角落地上还堆放着好些奇奇怪怪的东西，像是木头雕的，又像是石头刻的，外头涂得又红又绿，尤其是那个古怪的面具，鲜红的嘴唇比血还红，像吃人的嘴，瘆得阿四妹的牙齿又打起战来。

"这是什么地方？"

"我住的地方咯，"青年人说，"你晕倒在我的板车上，只好把你拉回来了。"

阿四妹想起来了，"那个人呢？"

"哪个？"

"那个头顶戴巾的，受了伤，身上全是血……"

青年人说："大概死了吧。我把你拉走的时候，他已经滑倒在地，没动静了。"

"死了？"阿四妹的牙齿发起抖来，"我应该去救他的！我，我学过包扎的……"

青年人却不以为然，"兵荒马乱的，到处都有死人，哪里救得过来喔。"

"死人？为什么会死人？"

"你不知道？你是外地来的吧？"

阿四妹点点头，"我刚到广州。我家是花县的。"

"怪不得啦。"青年人说，"口音跟我们有些许不同。"

"你快说，这里到底发生什么事了？"

青年人转身把门关紧了，压低了声音说："前两日有许多农民，还有厂里的工人，也有穿军装的，忽然就跟大檐帽打起来了，又枪又炮的，把大檐帽都给打跑了，成立了苏什么政府的……"

"是苏维埃吗？"阿四妹问。

青年人说："对，对，我还怕讲了你不识咧。"

阿四妹激动起来。"真是苏维埃呀！我在书里见过，那可是我们工农兵的斗争呀,好极!好极!"

"勿要高兴太早,"青年人泼了她一头冷水,"这才两天,大檐帽就打回来了,还到处捕杀起义的余党。"

"起义?你是说这是——起义?"阿四妹问。

"外头都这么说。"说着,青年人又打量了阿四妹一眼,"年纪细细,谅你也不会是他们同党。"

阿四妹一听他说"同党",噤声不敢接话,心底却被搅得如巨浪翻滚,叫嚣半天也不知能往哪个岸上涌。眼前这个人第一次见,不知根不知底的,也不知可不可靠。

阿四妹把碗里的水喝了,强迫自己冷静下来,细细打量起眼前的青年人。这人穿着大裤腿的麻裤,空洞洞的,隐约露出并不壮实的小腿,上半身是棉衣大马褂,大冷的冬天也就穿这一件,手肘还露出捋进去的棉絮,看样子倒真像是个干力气活的,就是手上的茧子不算太厚,这点不免叫人生疑。

阿四妹想起来了,高姐说过,面对敌人,得有革命的智慧和勇气,得智斗。

眼下没有明确的敌人,索性就把眼前这人当敌人了吧。

"恩人,我应该怎么称呼你?"

青年人听她叫"恩人",不免就有些飘飘然了,拍了拍胸脯说:"我姓康,单名一个诚字。这里的街街巷巷,没有不识我阿康嘅。"

"哦,原来是阿康同——"阿四妹刚要叫同志,忽然改了口,"原来是阿康哥!"

阿康哥显然很满意这个称呼,两撇粗眉一跳一跳随着手脚舞动起来,"不是我夸口,在这老西关,就没有我阿康不认识的人,没有我阿康不知道的事。"

阿四妹脱口而出，"那你可识得高姐？"

"哪个高姐？"阿康哥说，"广州城这么大，姓高的可多如牛毛。"

"就是高恬波呀，人称'活观音'的高恬波。"

"活观音？"

"对呀，高姐医术高明，我们村的人都叫她活观音呢，我阿娘的病，就是高姐给医好噶。"

"这个高姐是个医生？"

"不是不是，"阿四妹一着急，又忘了要提防阿康哥的事了。"高姐是到我们那里指导农民运动的，高姐可是共产党员！"

话一出口阿四妹就后悔了，伸手捂住自己的嘴惊恐地看着阿康哥。死啰死啰，这姓康的若真是坏人，岂不害了高姐？

幸好阿康哥只是点点头，"那你可找对人了，农民讲习所离这里不远，等天亮了我去给你打听打听去。"

"我同你一齐去！"阿四妹说着就要下床。

阿康哥一把拦住她，"现在外头到处抓捕余党呢，你是生面孔，可别乱跑，好好在这里躲着。"

阿四妹想想有理，又坐回去，但仍是不放心地叮嘱："那你可得打听仔细了。"

阿康哥拍拍胸脯，"放心！就没有我阿康办不成的事！"

阿康哥又叮嘱了几句便拉门出去了，房里只剩下阿四妹和她在油灯下的身影相互倚靠。阿四妹的心还在怦怦跳着，忽然"哎呀"一声，双手四下摸索，"我的包裹呢？"

包裹就在阿四妹床尾放着，阿四妹急急伸手扯到身旁，打开，谢天谢地，还在，还在。

其实包裹里没有什么东西，除了两件换洗的衣服和些许干粮外，就是高姐送给阿四妹的书籍和报纸，都是油印的，这两年来被阿四妹不停地翻反复地看，纸早就起了毛边，字迹都被手指摸得只剩个模糊的轮廓，但阿四妹还是宝贝一样藏着。

阿四妹摊开一张折得整整齐齐却几乎要从折痕处断开的报纸，上头"劳动与妇女"几个大字还是清晰可见，阿四妹抚摸着那几个字，心里又一阵激动，听说，听说这报纸就是在这广州城里办的咧。下边的小字已经被摸得看不清了，但不影响阿四妹把手指放上去逐字逐字地读：

"弟兄姊妹们，各尽各的能力，把山上的刀、林中的剑，拔除罄尽，成了坦途，不幸落在哪把刀哪把剑牺牲了，也给后来者做一个标识……"

那些褪去的字，一个个都在阿四妹肚子里装着，不止阿四妹读过，田地里叽叽喳喳的麻雀也读过，池塘里咕噜咕噜吐泡泡的螃蟹也读过，村口那棵长了长长胡子的大榕树也读过。那聒噪的青蛙也想读，就是没耐心，一下就钻到荷叶底下不知踪影了。阿四妹认真地对自己说，可不能学那青蛙仔。高姐说了，革命非易事，贵在坚持。

阿四妹清楚地记得，高姐把这张报纸给她时，也是在一个夜里，一个到处弥漫着稻谷香气的夜里。那一晚整个村的人都吹熄了灯，一旦地里有了丰收的迹象，农民们都选择踏踏实实早早睡去。高姐的眼睛却在黑暗里发出比星光更为璀璨的光芒。她的兴奋主要来自两个方面，一是今年水稻的大丰收，另一个，则是县里终于顺利成立了农民自卫队。这两个方面又合成了一个方面，若是没有自卫队捍卫劳动成果，粮食就是再丰产，也是尽数进了地主的口袋。

高姐原本是自己在读那份报纸的，阿四妹睡不着觉翻到墙头上坐时正好看见了，便跳下墙头凑过去看。高姐见阿四妹感兴趣，就起了送给阿四妹的念头。她把那份报纸递给阿四妹，动作轻快而又充满力量，她本就很喜欢这个性格豪爽行为大胆的女仔，夸她"有革命青年的样子"。她指着上面的字对阿四妹说："你看，你看，我们终于有了自己的武装，这样我们才有能力去把山上的刀拔了，去把林中的剑拔了。"阿四妹万分欣喜地抚摸着这份意外所得的"礼物"，凑到鼻子前闭上眼睛深深吸了一口，油墨香混着田间又香又甜的空气，这大概就是革命的味道了吧？什么刀什么剑的，听着就叫人兴奋。那是多么难忘的一个夜晚呀，连烦人的蛙叫声都显得喜气洋洋。

广州城的夜里可没有"呱呱"的青蛙叫声，四周静得出奇，静得人心里发怵，反倒难免疑心这里会不会有山上的刀林中的剑。阿四妹自然不是怕，但心里空落落的，搂紧了衣襟翻来覆去，便是把自己烙成饼了还是睡不着。忽然，门外响起一阵阵隐隐约约的鼾声，打破了夜的宁静。阿四妹起身蹑手蹑脚到窗户边往外瞧，惊呆了。原来这可是个大户人家！这窗户是镶嵌了琉璃的，四四方方，窗檐上还雕着好看的浮纹，借着月光隐隐约约可以看到，窗外是一个长方形的小天井，种满了各式各样的花草，一株大大的芭蕉就在窗边，挡去了半扇窗户。对面也是一个房间，也是青砖房，房檐上雕龙画栋，气派得很。

阿四妹疑惑了，难不成这阿康哥还是地主豪绅家的公子？但很快阿四妹又摇头，看这阿康哥的打扮，再看看这屋内这么简陋，怎么可能。或者，是大户人家的帮工？也不对哇，这阿康哥明明说他是拉板车运货的。再踮起脚往下看，阿四妹看到了，阿康哥正头枕自己的手臂，身上搭了件袄子躺在了天井的石台阶上，那鼾声就是他发出的，在各种花草间钻来钻去肆意铺开。不知怎的，阿四妹听着那均匀铺满整个天井的鼾声，心里忽然宁静了许多。

阿娘说过，看一个男人坏不坏，得看他睡得沉不沉。

想来这个阿康哥，还真是个好人咧。

04

早上阿康哥来敲门,变戏法一样从身后摸出两个热腾腾的包子,学着上菜的伙计那样拉长嗓音吆喝一句:"致宝斋老字号的包子来啰!"

阿四妹接过烫手的包子,还没舍得啃,阿康哥已经风风火火掩上门离去,转眼就消失在那道青砖墙后。阿四妹吃了包子,舔干净手指,便倚到门前等,左等右等,左盼右盼,直到日上三竿,才看见阿康哥急匆匆从木门外闪身进来,脚步如骤雨前抢收谷子般慌乱。

阿四妹赶紧迎上去,"可打听到了?"

"先让我喝口水呀!跑了整个早上,渴死我了。"

阿四妹拿起桌上的水壶给阿康哥倒了碗水,"快说!快说!"

阿康哥咕噜咕噜一饮而尽,这才一抹嘴说:"打听到了。你说的高姐,已经到江西去了。"

"去江西了？去江西做什么？"

"当然继续干革命。"

阿四妹脱口而出:"那我也要到江西去！"

阿康哥觉得好笑,"你怎么去？江西离这里可远咧！"

"再远我也要去！"阿四妹倔强地扬起头。

"你又不知道她在江西哪里。"

"那就慢慢找,挨个地方打听。"

阿康哥见阿四妹说得如此坚定,狐疑地打量了她几眼,"你为什么非要找她呢？"

阿四妹抑制不住内心的激动,像喊口号一样抑扬顿挫喊道:"我要跟着高姐,学本领,干革命,推翻所有压迫人的阶级！"

阿康哥吓得赶紧把木门关实了。"嘘！细声点！"

阿四妹赶紧捂住自己的嘴,但过了一会儿还是忍不住轻声说:"高姐还说过,要介绍我入党呢。"

说完这话,阿四妹心中刚刚才燃起的万丈光芒又暗淡下来了,她从包裹中取出一本保存得完好无损的油印书来,轻轻拍了拍,封面画的是一个白头发白胡子的外国人。

"你看,这是高姐借给我的。"

阿康哥接过来,念道:"《共产党宣言》,马格斯安格尔斯合著,陈望道译。"

阿四妹惊讶,"字你都认得？"

阿康哥说:"怎么不认得,我读过书噶。"

阿四妹用手指轻抚着封面上那个人像说:"你可别小瞧这个白胡子先生,高姐说,就是他领导的俄国革命,是个拯救劳苦大众的英雄咧！"

阿康哥点头，"这个马格斯，我也是听说过的。"

阿四妹认真地说："这个书，高姐也只有一本，只能借给我读，等见了面是要还给她的。她临走那天叮嘱我，一定要认真读，提高觉悟，等我有能力干革命了，就当我的入党介绍人。"

说着说着，阿四妹难过起来。"可是现在，现在我还能不能找到高姐呢？阿花、小六子、大妹，还有阿娥，都在等着我当了共产党员，回去也介绍她们入党咧。"

阿康哥狐疑地打量了阿四妹好一会儿，又皱眉沉思，突然像是有了主意，对阿四妹说："找人的事，没办法急于一时。这样吧，你第一次来广州，我先带你四处转转再走，也不枉你大老远来一趟。"

这个提议撩起了阿四妹心底的渴望，原本也觉着遗憾呢，偌大的广州城，没能好好看个仔细。但阿四妹还是有点担心："外头风头火势的，能出去吗？"

阿康哥一拍胸脯："怕什么，谁人不识我阿康！你只管紧紧跟着我，有人问起，就说是我远房的表妹。"

"哎！"阿四妹脆声应了一声，"好，好，你就是我的表哥！"

阿康哥嬉皮笑脸叫了声"表妹"，喜滋滋带着阿四妹出了木门，绕过天井，从侧边进了一条小巷。正如阿四妹所猜测的，这是座很大的大屋，昨夜住的，不过是后面一个小小的房间。阿四妹忍不住赞叹："这套屋好气派咧！"

阿康哥得意地扬起头："那还用说，这可是西关大屋。"又给阿四妹介绍说，"这条是火巷。"

阿四妹边走边抬头看，火巷两侧的墙壁依旧是青砖高高垒起的，镶嵌的窗户有红木框，还雕刻着好看的花纹，着实气派得很。

阿康哥带阿四妹走过一个只有半人高的横条木做成的小护栏，介绍道："这个叫趟栊。"穿过门厅，便见到插着木闩的大门了，阿康哥却带着阿四妹从边上一个小门出来，阿四妹一路走，一路回头看禁闭的大门上厚实的铜门环，越看心里越疑惑：阿康哥怎么会住在这样的大户人家中呢？

很快，阿四妹就被外头更为新奇的物件吸引住了，目不暇接，比刘姥姥进了大观园还要开眼界。

阿四妹见到了昨日里看到的那个白色圆顶的大楼，这回阿四妹看清楚了，那圆顶的下方还有个大大的时钟。阿康哥说："那是海关大楼。"

阿四妹又见到了停泊满船只的码头，这里的船，有的巨如高屋，有的身后的水会拖出一条长长的水花，有的则五颜六色装饰得十分花哨，总之，跟阿四妹之前见过的渔船或者采菱船都大不一样。只是此刻岸边的货物堆放得毫无章理，有的甚至像是遇上了风浪倾倒在岸边似的，东一堆，西一堆。

阿四妹把视线收回跟前，见到了有高高竖起的柱子，上头顶着好几个圆圆的白色的球。阿康哥说："那是路灯，到了晚上就亮起来了。"说着又指着头顶上那些细细长长从这边拉到那边的线说，"这是高压电线，路灯就是靠电亮起来的。"

"好鬼甩剂啊！"阿四妹不禁拍手赞叹。

"什么剂？"阿康哥一愣。

"即是，即是很有趣的意思。"对于自己满口的乡下土话，阿四妹忽然觉得很丢脸。干革命，哪能连个官话都说不好咧？高姐明明是惠阳人，可她就是能说标准的广州话。

阿四妹想跟阿康哥说点什么来掩饰尴尬，却见他两只眼睛时不时四下张望，不知在寻些什么，直到发现阿四妹正看着他，才猛地收回眼睛，清清嗓子接着说："我们现在走的这条是长堤大马路，路边种的全是榕树或者木棉，也有几株异木棉。"

"真好看！"阿四妹一下就被吸引住了。光秃秃的木棉树是静穆的，每一丫树杈都像是从主干里长出来的利剑，直指长空。

"待得明年春暖花开，满城红彤彤全是木棉花，那才叫好看！"

阿四妹听阿康哥这么一说，心中已是涟漪万千，她铆足了劲去想，却还是想象不出满城红彤彤那到底是怎样的光景？两人边走边看，边看边说，不知不觉已是傍晚。落日染红了西面大半边天，珠江水在夕阳映照下发出引诱人的涟涟金光，阿四妹的心顿时也如天边的霞光般灿烂。

"广州城美不美？"阿康哥问。

"美，美极了。我真是大开眼界了。"

"广州这么美，干脆留在广州啦！谋份工做，不愁没饭吃。"

阿四妹有些意外，"做工？我能做什么工？"

阿康哥说："到工厂里做工哇，这广州城里可有许多的工厂，几个大头家（大老板）我也是识得的，我给你介绍，绝对无问题。"

阿四妹从没想过生计的问题，一时愣住了，呆呆看着阿康哥。

阿康哥趁机劝道："你一个女仔，革什么命，还不如先谋份轻松点的工做，说不定哪天就嫁给头家，做咗老板娘。"

头家？老板娘？阿四妹不知如何应答，茫然看向大街。街上来来往往的人中，有穿旗袍穿洋装从人力车上踩着高跟鞋下来的，也有大冷的天赤膊挑着担子叫卖的，有大摇大摆走路还不时大声训斥驱赶卖报卖花的小童的，也有衣衫褴褛在路边乞讨冷得缩成一团的。猛然看见走来了几个赤膊的壮汉，大冷天的光着脚拉板车，板车上叠着的不是货物，却是一个个人，确切来说是死了的人，像被劓（杀）了的牲畜一样一个叠一个垒在板车上。阿四妹吓坏了，轻轻"啊"了一声。

阿康哥却一副司空见惯的样子。"丢！又杀了一批。"

"为什么杀人？"

"嘘！"阿康哥示意她小声点，凑近阿四妹耳边说，"现在可没那么多为什么，只要怀疑是余党的，宁杀错不放过。"

阿四妹紧张起来，"你，你是说这些都是共产党？"

阿康哥摇头，"谁知道，也可能都是冤死鬼。"

"那，他们要拉去哪里？"

"还能是哪里，拉去东郊随便就填埋了，而今东郊就是个乱葬岗。"

见阿四妹眼泪止不住啪嗒啪嗒，阿康哥趁机劝道："这样的时势，你还执意要去吗？到工厂去谋个轻松点的活计干多好，安安乐乐。"

没想阿四妹却猛地一吸鼻涕，正色道："怎么可能安乐喔！你看这广州城美是美，但到处是剥削，到处是不公。就算我能去工厂当了工人，也是被剥削被欺凌的命！"

阿康哥听她这么说，稍显意外。

"什么剥削不剥削的，机灵一点，总是能有饭吃的。"阿康哥嘟囔。

"不！高姐说了，只有推翻人吃人的阶级制度，工农阶级当家做主，才能过上美好的生活！"

"推翻？怎么推翻？"

"必须革命，必须斗争！"

阿康哥戏谑地看着她："那你要怎么革命？怎么斗争？"

这可问住阿四妹了，高姐只说为什么要革命，可没说到底要怎么革命哇！阿四妹就是隐隐约约觉得，高姐正在做的事就是革命，革命就是像农会那些人一样，拿起武器，跟那些地主豪绅拼了。可自己一个女子，又不是农会的，又该跟谁拼了？大概，大概得等找到高姐才有答案吧。阿四妹犹豫片刻，说：

"阿康哥，我，我明早就走了吧。"

"去哪里？"

"江西。"

"你一定要去？"

阿四妹语气坚定。"一定要去！"

阿康哥眯起眼盯着阿四妹瞧了好一会儿。"好！好！有志气！"说着竟哈哈大笑起来，笑得阿四妹全然摸不着头脑。

阿康哥好不容易才收了笑，"老实告诉你吧，我一直在试探你呢，看你是否真的有革命的决心。既然你这么有志气，我就带你去江西找高恬波同志吧。"

"你知道高姐在哪里？"阿四妹又惊又喜。

"这可是机密，哪里能随随便便就知道。到了那边再打听就是了。"

"打听？向谁打听？"

"当然是找组织的人打听。"

"你识得组织的人？"

阿康哥嘿嘿一笑，压低声调在阿四妹耳边说："不怕话你知，我也是西披！"

西披！

阿四妹的心快从喉咙往外蹦了，这可是洋文的说法，是暗号，指的就是共产党！阿四妹听高姐和她几个共产党人朋友都是这么称呼自己的。

这——这阿康哥也是西披？阿四妹惊喜之余，却又不太敢相信。按理说，能说出这么内行的话来，不像是假的，可隐隐约约又觉得哪里不太妥帖。

"你说你是西披，那你一定是见过高姐了？"

阿康点头，"那是自然。我们在组织开会的时候见过。"

"真的？"阿四妹问，"那你说说，你看到的高姐，是怎么个装扮？"阿康哥犹豫了一下，像是在回忆。"像男人一样的短头发，戴着大檐军帽，绑腿绑得高高实实……"

"穿军装？"

"当然是军装！"

"可我见高姐经常都是穿灰色阔腿裤和对襟衫的。"

阿康哥解释道："那是在你们那里才是。在广州城的革命同志，哪个不是穿军装！"

阿四妹确实没见过高姐穿军装。平日里高姐穿得随意，有时候还跟阿四妹她们一起自己做衣衫穿。除了阿四妹，那帮姐妹都手巧，能用针钩出漂亮的扣眼，高姐一边学着钩，一边就给她们讲共产党宣言，讲阶级剥削的残酷，讲成立农协有多么急切，讲着讲着，眼镜滑了下来，她就用食指往上一顶，又继续讲。姐妹们都听得如痴如醉，往往都忘了手中的针线了。

是咧，革命同志哪有不穿军装的！阿四妹在脑子里想象了一下，不免骤生憧憬。

"穿军装的高姐，必定是半点不输男儿的。"阿四妹说。

"那是自然。"阿康哥点头,"不只是军装,我还见过穿着宽大白大褂的高恬波同志咧,戴白色大盖帽,斜挎着钢水壶、药箱,自己受了伤还冲上去把伤员背到安全的地方去。"

"对对对!"这下阿四妹深信不疑了,"只要有人受伤,高姐一定会不顾自己安危冲上去抢救噶。"顿了顿又问,"只是你平白无故地,怎么也要到江西去呢?"

阿康哥慷慨激昂地回答:"我们共产党员,哪里需要就到哪里去。"

这话听得阿四妹热血沸腾,高姐也说过这样的话咧!这下阿四妹心里的石头总算落了地。要说独自去江西,阿四妹嘴再硬底气终究不够,再怎么胆大,毕竟未独自出过远门。江西路途遥远,若真遇上个什么事,也不知自己应不应对得过来。这下好了,有阿康哥同行,心里那七上八下的吊桶再怎么悬着挂着,也大概能稳稳当当打起水来了吧?

— 05 —

傍晚的阳光把人的影子扯出老长,今晨还冷冷清清的大屋,此刻已是热热闹闹。

阿康哥领着阿四妹东拐西拐往里走。进了门,见天井晾晒着一排腊肠,阿康哥随手就扯了一根走,被旁边洗衣的女的骂一声又泼了一脚水;进了火巷,阿康哥又弯腰捏了一把正蹲地上玩耍的孩童的脸颊,扎冲天辫的孩童哇一声哭起来;直到穿过趟栊,瞥见右边厨房烟雾缭绕,阿康哥这才正儿八经跟正在做饭的一个老人打了个招呼,老人扬着锅铲刚要说什么,阿康哥已经迅速拉着阿四妹越过天井走向自己那间屋。

这些人都是谁咧?阿四妹糊里糊涂跟在阿康哥的身后,想问,又不知怎么张嘴。

直到生好火,把腊肠饭蒸上,阿康哥才开始收拾东西。阿四妹原以为他会像自己一样卷个行囊就走,没想他竟不知从哪里找来一对竹筐和一根扁担,把家当一样一样装进去,那堆乱七八糟不知是什么的玩意儿也被他宝贝一样一一压到筐底。

　　这些东西有什么用呢?阿四妹想问,半张开口又闭上,心想:阿康哥可是共产党员哩,怎么做自有他的道理,我可不能妇人之见叫他笑话了。

06

　　第二天天还没亮，阿四妹就开门唤醒了阿康哥，东方刚露白时，二人已挑着担子背着包裹走出大屋来到了街口。只听身后有人唤：

　　"哟，阿康少，你这是要去哪儿呀？"

　　阿四妹循声看去，是个穿着大红花纹旧式旗袍、肩披毛皮的女人，头发烫成鸡窝状，衩子开到了大腿处，脸上涂得跟要唱戏似的，唇红如血，一看就不是正经女人。

　　阿康哥放下担子。

　　"是桃姐呀。我出趟远门。"

　　那女的婀娜地倚靠在青砖墙上，看了一眼阿四妹，似笑非笑。"什么远门，我看是私奔吧。"

　　阿四妹正要争辩，阿康哥抢在她前头说："管好你的嘴吧，这是我表妹，我带她回去探亲呢。"

那女的歪着头娇滴滴说:"哟,我怎么不知道你有个表妹,还探亲呢。"

"你不知道的多啰。"

那女的瞧见阿康哥的担子,"咦？这不是毛婶家里的担子吗？怎么？又顺走了？"

阿康哥一听急忙走过去,低声说:"瞧你这眼睛,好看是好看,就是太毒。我就是借来用用啫,你可别讲出去。"

那女的倒撒起娇来了,"哎哟,我讲不讲,那还不是得看你识不识做嘛。"

阿康哥回头看,见阿四妹别过脸去不看他们,就伸手在那女人屁股上拧了一下,压低声音说:"我还能不识做咩,等着。"说着伸手探进筐底摸,摸出来一个形状奇怪的人俑烛台来,只有手掌那么长,那人俑脸上还掉了屑。

"你上次不是看中了这个吗？便宜你了,只要十块钱。"

女人一见那东西两眼发光,但很快又故意撇嘴道:"不是八块吗？"

阿康哥拿在手里扬了扬,"九块,不要我就收起来了。"

"要要要！"女人笑嘻嘻地掏钱,递过去时,还不忘戳一下阿康哥的胸口,"哟,几天不见,又长进了啊。"

阿康哥瞥了眼阿四妹,见她虽别过脸去,眼睛却不时偷偷瞄向这边,便赶紧把钱揣进衣兜里,挑上担子转身大步朝前走,阿四妹见状急急跟上。

"这是谁？"

"一个老邻居。"

"你刚才卖给她什么？"

"一个没用的小玩意。"

阿四妹惊讶，"没用的？怎值这么多钱？"

阿康哥哼了一声，说："这还便宜她了咧。"

如此说来，阿康哥筐里这些个奇奇怪怪的物件，都是值钱货？！这么值钱的东西他怎就随随便便扔在筐里哇？阿四妹心里好不容易压下去的疑惑，瞬间又膨胀变大，把脚步都给拖慢了。

"快，跟紧点！争取日落前能到花县。"阿康哥在前头喊。

阿四妹一听花县，急了，"去花县做什么？我们不是去江西吗？"

阿康哥说："江西在北边，一路北上，得先经过花县。"

这下阿四妹的脚步更是迈不开了，走走停停，走着走着就落后了一大段。阿康哥回头喊："怎么回事？这么快就走不动了？"

阿四妹小跑几步跟上，犹犹豫豫问："阿康哥，我们有没有、有没有别的路，我是说，能否绕开花县去江西？"

阿康哥放下担子，奇怪地看着阿四妹，"你这么害怕去花县？该不会是在花县犯了什么事吧？"

阿四妹急忙摆手，"我才没有犯事。"

"那你说，怎的一个人就跑广州来了？你家人呢？"

"我，我就是找高姐来了。我爹娘不知道。"

"啧啧啧，还是瞒着爹娘跑出来的。我说呢，你才多大，怎的就一个人。"

阿四妹不服气，"我都十六了！怎就不能一个人。"

"那你就不想念你爹娘？"

想，怎会不想呢，从出来的第一天，阿四妹就天天惦记着爹娘，尤其是娘，寻不着自己，该有多伤心呀！但阿四妹转念又想，爹和娘也不一定伤心的，他们都老糊涂了，要不怎会逼自己嫁给那软壳的濑尿虾？

那软壳濑尿虾可没什么好名声。阿四妹打听过了，那人虽说不像团匪那帮人般凶神恶煞，也不像"田主业权维持会"那帮人一样阴险狡诈，但整日里只晓得低头哈腰任由那些恶人拿捏，腰杆就没直起来过，与软壳濑尿虾何异？真是空有一副还算宽敞高大的臭皮囊！然爹娘看中的，可不就是那副皮囊吗？皮囊外头裹的是绫罗绸缎，皮囊内头装的是山珍海味，高姐说的"打倒土豪乡绅"，打的就是这种人！亏得阿爹还跟着农协的同志一起喊要"打破封建"咧，包办婚姻可不就是一种封建？都要打倒他了，怎么可能让阿四妹嫁他呢？爹娘一定是老糊涂了。

阿四妹离家前几天，附近几条村的农军正勤快地相互走动，说是要去清远支援什么暴动，阿四妹是隔着篱笆听村里扛枪的阿胜哥与他媳妇说的，她那新过门的媳妇自是不舍，二人倚在篱笆上说不完的道别话。阿四妹不知道清远暴动是个什么情况，只晓得村里好些个参加了农军的都要去，个个都是阿四妹光腚一起玩大的"兄弟"，个个都还没出发两眼就放出亢奋的光芒，一看就是去干大事的！阿四妹也被这种氛围感染了，心口有一股气蠢蠢欲动，一样是两只胳膊两条腿，一样是爬树摸虾长大，为何他们能扛着枪去干大事，自己就只能等着伺候那软壳濑尿虾？

农军的人雄赳赳气昂昂出发以后，阿四妹日日都心不在焉，越想越不甘心，就连到渠边洗洗衣裳，都能让整篮子衣裳掉入水中差点被冲走。数日后，软壳濑尿虾他爹差人来"送日子"，把阿四妹吓得躲在砖窑内不敢回屋。听阿娘说，送了"日子"，离嫁过门就不远了，这嫁人可不是什么好事哇！大姐嫁给镇里一个打铁的，后来胳膊上全是烫起的红印子，每次回娘家都遮遮掩掩的不敢给爹娘看到；这二姐打小就卖给人当童养媳，一次也没回来过；三姐倒是好些，嫁了个邻村的，那人对她不赖，就是两人都吃不饱饭，那眼睛越来越凸，像两只蛤蟆。阿四妹不想被烫，也不想变蛤蟆，思来想去干脆悄悄收拾了行囊，趁着爹娘忙活时神不知鬼不觉离开了家。

阿四妹可不敢说自己是逃婚出来的，只对阿康哥说："等我见到了高姐，等我成了西披，我爹娘也会很高兴的，到时也不会责怪我独自离家。"

阿康哥点点头，"放心，花县那么大，也不会那么巧就遇见你识得的人嘅。我们只在花县歇脚一晚，便往从化去了。"

阿四妹觉得在理，稍稍放下心，脚步也渐渐轻快起来。

07

日头刚暗，二人已然到了花县境内。明知这里离自己村还远着，阿四妹还是拿了阿康哥的毡帽扣上，压低挡去半截脸低头走路，生怕被谁给认出来。

镇上灯火通明，人来人往，每个人都神色慌张脚步匆匆，与广州城里无异。这可怪了，莫不是民团的匪类又来作恶？但又觉得不像，那些团匪一般都在乡下作威作福打击农协，何至于跑到镇上来撒野！阿康哥领着阿四妹绕来绕去躲开骚乱，走至一旅店抬脚便要进去，被阿四妹一把拦住。"费那个钱做什么，找个避风雨的地方将就一晚不就行了。"

阿康哥惊愕，"你就是这样一路去到广州的？"

阿四妹的脸微微一红，"我，我不够钱住旅店。"

阿康哥笑了，"不用你花钱，你睡床，我打地铺就是了。"

阿四妹猛摇头："不行不行，我阿爷说，孤男寡女的不可共处一室。"

阿康哥正色道："都是革命同志，分什么男男女女的，那都是封建思想。"

"谁封建思想了！"阿四妹急急否认，心里却拿不准了。自小就跟一帮男仔摸爬滚打，睡在一起那也是常有的事，偏偏阿爷又说什么男女授受不亲，又叫阿四妹要有什么规什么德的，阿四妹这才少了与那帮"兄弟"的来往。高姐倒是说过"女子不输男"，也说过"男女都一样"，不知跟阿康哥说的是不是一个道理。再转念一想，阿康哥也未必把自己当女的吧，便故作镇定地拍拍阿康哥的肩膀说："走走走，都是同志嘛。"话一出口，脸上却一阵燥热，幸好有斗笠遮挡，才没失了体面。

阿康哥刚安顿好就扔出两块钱来，要掌柜的准备好酒好菜。阿四妹想拦拦不住，心想这阿康哥，怎也跟那个地主家的软壳濑尿虾一样爱讲派头哇？

旅店掌柜的是个肥头大耳的中年男人，秃顶，一身肥肉挤在长衫里把衣裳都撑成腊肠状。遇上阿康哥这样爽快的客人，掌柜的自然是极尽奉承，只是说话间眼睛老是偷瞄阿四妹，把阿四妹看得好不自在。酒菜还没上来，外头却一阵骚动，掌柜的眼睛里忽然闪过一丝惊慌，一边熟络招呼着客人，一边悄悄探头往外瞧。阿四妹正疑心这店也不安全呢，就听见远处枪声骤起，一连响了好几枪，门口有人飞奔而过，那掌柜的赶紧把门窗关紧，伸手抹起额头上渗出的汗来。

"外头这是怎么了？"阿康哥问。

那掌柜的摇头叹气，"谁知道，从早上就一直闹，不是枪就是火的。"

店里另一桌正在吃饭的客人插嘴道："听说是民团的在截击什

么起义军,跟农军也干起来了。"

掌柜的摇头,"乱,乱得很,我都分不清谁跟谁打,警察局的人也出动了。"

阿康哥却不当回事,笑道:"你只管好酒好菜拿上来,管他哪个打哪个,喝了酒就只有酒壶打壶盖。"

一屋的人都笑了,气氛顿时温软下来,掌柜看了阿康哥一眼,嘿嘿跟着笑,吩咐厨房赶紧给阿康哥他们上酒上菜。

阿四妹还在为那两块钱心疼,然而酒菜一上桌,吃得最欢的也是阿四妹。打小能吃进肚子的都是粗粮,或是自家种的瓜果青菜,吃这样正儿八经有名头有叫法的菜可是头一遭。阿四妹大咧咧把一条腿踩上长凳,捞起一大块肉骨头就啃,顺手抹去嘴边流的汤汁,见阿康哥定定盯着她看,这才不好意思地放下腿来,唤道:"你吃!你吃!"

阿康哥端起酒壶给她倒了满满一杯,"光吃菜有什么意思,来,喝酒!"

本以为阿四妹会推托,或是抿一口燥得面红耳赤,没想她竟接过酒杯仰头一饮而尽,放下酒杯又抓起一块骨头放嘴里啃。

"你会喝酒?!"阿康哥惊诧不已。

阿四妹啃着骨头含糊说道:"有一年村里祭祀,偷过一杯喝。"

"就喝过一次?"

"唔,一次。"

阿四妹的脸没有红,倒是额头闪着油光。阿康哥不可思议地看着她愣了好一会儿,见她抬起手背去抠脸,不由眼咕噜一转嘿嘿笑了。

"那就多喝几杯,来,我给你倒!"

这一夜，阿四妹喝了一杯又一杯，叽叽喳喳与阿康哥说了许多的话，就是没醉趴下。阿康哥刚开始只是耐着性子劝阿四妹喝，菜也吃得心不在焉，后来不知怎的自己也喝上了，几杯下肚，二人就全然乱了纲理，开始勾肩搭背称兄道弟，话越说越掏心窝子，到最后差点就要歃血为盟同生共死了。待得阿四妹挨着床板呼呼去见了周公，阿康哥才蜷在硬邦邦的木板地上发出鼾声来。睡了半宿，阿康哥忽然一个激灵一跃而起四下慌张地看，看到床上熟睡的阿四妹正在磨牙，这才拍拍胸脯舒了一口气。他蹑手蹑脚走到窗边拉一个绳头，拉进来一捆卷好的麻绳。阿康哥拿着麻绳凑近阿四妹，刚要伸手去抓她的手，阿四妹就抬起一只脚翻身把被子一卷，连同麻绳一齐卷到了身下。阿康哥伸手去扯，扯不动，阿四妹停了磨牙开始含糊地说起话来，像是说"吃肉"，又像是说"喝酒"，嘴巴咂巴咂巴的表情极为满足。阿康哥盯着阿四妹红扑扑的脸蛋看了好一会儿，忽然用力扯出麻绳扔到窗外，嘭一声关紧了窗户。

罢了罢了，明日赶早起程便是。阿康哥对自己说。

08

临近冬至,正是一年里最冷的时候,山里尤甚。

一路走在空悠悠的山野小路,阿四妹只感觉骨头被风刮了一层又一层,阵阵生疼。前方除了山还是山,一座接一座连绵不绝,路都不是正经路,多半是山野樵夫踩出来的,也不知还要多久才能见到人烟。阿康哥说,这已经是从化境内了。

山野里回荡着不知什么鸟儿的"咕咕"声,声音浑厚,穿透薄雾和夕阳,宣告着夜晚即将来临。这样的路,二人已经走了整整一天了,渐渐有些吃力。阿康哥见路旁有棵野生莲雾树,便放下担子,要去摘了吃。只是这树是从崖边朝外横着长的,阿康哥搂住树干伸长了手,只够着了几个个头还小的,阿四妹咬了一口,立刻就吐了出来。"野生的没长好,涩!"

阿康哥眼骨碌一转,摘下头顶的斗笠,叫阿四妹用扁担挑着在下头接,他来捡石头来砸。阿康哥砸了好几下,倒是有掉下来的,都没接到。阿四妹不耐烦了,放下扁担,搓搓手就往树上爬。

阿康哥惊呼，"你做什么？下面可是万丈深渊！"

阿四妹没回头，蹭蹭几下就爬到了树顶，摘了几个已经粉嘟嘟的莲雾往回扔，又熟练地退了回来。

阿康哥惊魂未定，"你不要命啦？"

"爬树有什么要紧的，你没爬过树？"阿四妹奇怪地看着他。

阿康哥耳根有些红了，"谁，谁没爬过树了！只是我们的生命是拿来干革命的，是拿来拯救千千万万受苦受难的中国人的，哪能在这种事情上有什么闪失？"

阿四妹挨了批评，羞愧地低下头咬着莲雾，咬半天不知啥味。心想这阿康哥到底是共产党员咧，觉悟就是不一样，自己太冒失了，再怎么谨慎还是在他面前露了怯。

幸好阿康哥也没再说什么，只说干脆歇一歇脚再走，又说革命工作得做好长期吃苦的准备，也不在这一时半会儿。阿四妹往西边看，这日头越来越暗了，心想再走不出这山，怕是要露宿在荒山野岭了。

阿康哥像是看出了阿四妹的心思，"怎么？怕了？"

阿四妹赶紧说："谁怕了？"

阿康哥故意唬她："这山里，说不定有蛇，有虎，有大狗熊啵。"

阿四妹双手叉腰："怕什么。我们一身正气，怕它什么豺狼虎豹。"

阿康哥见唬不了她，心有不甘，伸手从筐里摸出一个布包，层层拆开，得意地说："你看看这是什么？"

阿四妹凑近一看，惊呼："枪！你竟然有把枪！"在阿四妹记忆中，高姐身上是没有佩枪的，难不成，这阿康哥的级别比高姐还要高？

阿康哥见阿四妹一脸惊讶,得意起来,"你一个女儿家,没见过枪是正常的。"

阿四妹不服气,"谁说我没见过的?阿胜哥就有一把步枪,他还要过给我看咧。"

"阿胜哥是谁?"

"我们村的大英雄咧!县农民自卫队的!"

阿康哥竟觉有些吃味。"步枪算什么,这可是手枪。"说着仔仔细细包好藏回筐底,叮嘱阿四妹说:"你可得保密,不能让人知道我的真实身份。"

阿四妹连连点头如捣米,"放心放心,我可是革命青年,就是敌人要开膛破肚,要把我舌头割了,我也不说!"

阿康哥扑哧笑了:"这也是高姐说的?"

阿四妹拍拍胸膛说:"这是我自己的觉悟。"

二人有说有笑地往前走,不觉天就黑透了,一黑透,远处藏在灯火下的房屋就逐渐显露出来。

"太好了!有人家!我们不用露宿荒野了!"阿四妹惊喜地往前冲,仿佛完全忘记了赶路的疲倦。

阿康哥出了声口哨。嘿!到底还是个女儿家!

这是个很简陋的村庄,灯火稀拉,不闻犬吠,看样子并没有几户人家。最近的一间屋子是半泥砖半木头堆砌的,应该有些年月了,裂缝处透出里头油灯微弱的光芒。门口的鸡笼养了几只鸡,那鸡无端被人扰了清梦,咕噜噜发出抗议声。二人叫了好一阵子门,里头才有了些动静。

开门的是一个耳朵很不好的老头,穿着棉花快掉光的旧袄子,头顶一顶黑乎乎的毡帽,驼着背,走路不甚利索。阿康哥跟他说要借宿一宿，说了好几遍老人还是听不清，干脆掏出一块钱扔到他手里，自己动手搬稻草往地上铺。老人拿了钱，终于领会到了他们的意思，颤巍巍把自己床铺上的被子往地铺上搬。"你们盖，你们盖，天冷！"

阿四妹见这老人家徒四壁，墙上还布满霉斑，忍不住问道："那你盖什么？"老人像是没听见，只顾举起那枚大洋，对着微弱的灯光看了又看。

转眼间阿康哥已经把稻草铺好，"你睡吧，被子给你盖。"

"那你呢？"

"我搭件衣衫就行。"

阿四妹想了想，把被子抱回去放到老人家床上，老人怕她要把钱拿回去，赶紧把被子往外推，阿四妹用手比画了好一阵，老人才明白了她的意思。

"好心人哪，好心人哪。"老人连声作揖。

阿康哥见了不以为然，"你倒心善，我们给了钱的。"

阿四妹轻声说："我想起我过世了的阿爷了。阿爷也是耳背，但只要有人取笑我是个女仔，是赔钱货，他都能听见，拿了扁担就要同人拼命。"

"看来你阿爷都好疼惜你啵。"

"当然，"阿四妹来了兴头，"阿爷话，四姐妹中，我脾气最像他。"

"你有三个姐姐？"

"是呀，大姐、二姐、三姐都嫁了人了，就剩下我陪着爹娘。"

阿康哥故意问："那你什么时候嫁人？"

阿四妹想起逃婚的事心慌了，撇嘴道："嫁什么人，我是要参加革命的。"

"革命青年也是要嫁人的呀。"

阿四妹从包裹里拿出一件衣衫盖在身上，紧紧闭上眼睛说："那，那也是革命成功以后的事，睡觉睡觉。"

阿康哥就着月光，静静看着身旁一动不动的阿四妹，也不知在想着什么，过了许久才慢慢发出鼾声。其实阿四妹一直都憋着气没睡着，听到阿康哥传来鼾声，这才松了口气，侧过身悄悄看他。

这阿康哥打鼾跟阿爹可不一样，阿爹打鼾时，肚皮一鼓一鼓的，脸憋得通红，这阿康哥却整个人一动不动，只有鼻孔一张一翕，偶尔也咂巴咂巴嘴，孩童似的，那突兀的两撇粗眉往下耷拉，倒显得慈祥起来。

看着看着，阿四妹的眼皮也开始打架了。唔，这个阿康哥，人倒是好人，还是共产党员，算是个志同道合的革命同志，就是，就是身板瘦弱了点，要不……要不什么呀？阿四妹被自己莫名其妙的想法搅得浑身燥热，又忍不住继续想：那软壳濑尿虾倒是高大，但里头塞的全是稻草，不，全是吸来的人血，再高大又有什么可称道的……阵阵睡意袭来，如海浪般把阿四妹的胡思乱想卷起来，又冲散，卷起来，又冲散。

09

　　鸡啼第一遍,就有个撞钟般洪亮的嗓音在门外大呼小叫。阿康哥和阿四妹揉着眼睛爬起来看,是个五大三粗的壮实汉子,正在门口与老人推推搡搡骂骂咧咧,老人一个踉跄,竟被推倒到鸡笼上,吓得鸡笼里的鸡也扑腾着翅膀跳出来满地乱跑。

　　阿四妹冲出去挡在老人身前,"你莫要欺负老人家!"

　　那汉子奇怪地打量着阿四妹,"哪来的野丫头,怎会在我爹屋里?"

　　阿四妹听他说"我爹",不好意思了,"原来你是老人家的儿子。"

　　阿康哥赶紧说:"我们是过路的,在你家借宿一晚。"

　　那汉子见屋里还有一个男的,对着老人又是一顿骂。"就你好心!谁你都敢收留,你就不怕被人绑了讹了?万一是通缉犯呢?"

　　阿四妹听他这么说来气了,"通缉犯都没有你狠心,这样对自己阿爹!"

"你！"那汉子被激怒了，冲上去抬手就要扇巴掌，老人赶紧哆哆嗦嗦掏出了那枚大洋递上去，嘴里说着："给了钱的，给了钱的，莫打！莫打！"

汉子拿了钱，转怒为喜，笑道："给了钱的，那便是买卖。二位还想住几天呀？"

阿康哥从兜里又掏出几个大洋，故意在他面前叮叮当当耍了几下，又放回兜里，"不住，我们这就走了。"

大汉刚有些失望，忽然又眼睛一亮，"二位还没吃早餐吧？要不到我屋里来，我给二位煮皮蛋粥？我爹腌的皮蛋，绝了！"

"你屋里？"

大汉指着不远处一座大瓦房子说："就在那头，几步路就到了。"

阿四妹冷冷回绝。"不去！自己住大瓦屋，叫你爹住这样的破屋！"

阿康哥却拉起阿四妹的胳膊抬脚就走。"去，干嘛不去，正好肚子饿了。"

阿四妹扭着身子挣脱道："这样不肖的人，还理他作甚？"

阿康哥却还是拽着往前走，"不肖的是他，又不是皮蛋粥，何苦为难自己的肚子。"

阿四妹急了，"他这是要讹你呢。"

阿康哥说："又不是没钱，怕他讹！"

阿四妹摇头，这阿康哥，准是又要耍阔气了。果不其然，进了屋，这皮蛋粥都还没下锅呢，阿康哥又丢给那汉子一块钱，"熬好了记得撒点葱花。"阿四妹一听气得跺脚，这个败家子，一块钱能买一整担子葱咧！

那汉子接了钱，笑得像个焓熟狗头，匆匆跑去他爹屋里从瓮子里掏来两个皮蛋，喜滋滋当着他们的面剥。刚一剥开香气就直钻鼻孔，阿康哥凑近一看，花纹清晰，胶质流心，果然是靓皮蛋！

"好东西，值！"阿康哥赞道，又转头对阿四妹说，"我同你讲，广州城最资深老字号的皮蛋粥，就是这个味！"

这汉子煮皮蛋粥倒真是把好手。用的是瓦罐泥炉，生了炭火后，再用鸡毛葵扇细细地扇。水先烧开，米要先滴上两滴猪油搅拌再倒进瓦罐里。搅拌也很讲究，顺时针绕圈，勺子半点不刮瓦罐边。皮蛋被他切成花瓣状，粥约莫熟时才扔下，最后快熬烂时，才把姜切丝，葱切碎，均匀撒上，动作行云流水颇有老字号的大厨风范。

阿康哥看得啧啧称赞："这手势，深藏不露啵！"

那汉子得意扬扬，"那当然！我爹年轻时，就是在吉祥坊掌勺的，是看家大厨！"

阿康哥一听是吉祥坊，顿时对那老人家肃然起敬，那可是有名的老字号，想不到他们的看家大厨，竟隐居在这荒无人烟的山野之地。

"老人家既是广州城里的大厨，为何不留在广州城里享福，跑来这荒无人烟的地方？"阿康哥问。

一提这个，那汉子就骂骂咧咧起来。"那掌柜的就不是个东西！唯利是图，过河拆桥，我爹得病失了味觉，就被他们扫地出门了，广州城里遍访名医也没治好，欠下一屁股债，只好回乡下来躲债。"

阿康哥说："那你学会了你爹的手艺，怎不去碰碰运气？"

那汉子脖子一横，"怎么没去？那些掌管后厨的欺我年轻，连摸勺的机会都不给，整日里帮他们洗刷打扫。有一次我爹来看我，我怕他被要债的瞧见，一着急手抖溅了些汤汁出来，就被他们轰出门来，白给他们干了大半个月！"

"剥削！这就是活生生的剥削！"阿四妹忍不住替他不平。

那汉子却朝着那屋的方向骂："都是那老不死的晦气，去哪里都把运气带坏，自己欠下一屁股债不说，还累及子孙！"

阿四妹说："那不也给你盖了新房！"

那汉子不屑地哼了一声。"你一个女仔家识得什么！在这样的鬼地方，就是盖个皇宫，也说不来个暖被窝的。"

说话间，皮蛋粥已香味四溢，阿四妹还在心疼那一块大洋，本不想再搭理他，无奈经不住那香气勾引，霎时垂涎三尺。皮蛋粥刚被盛进瓷碗里，二人便端起来又呵又吹，吭哧吭哧一口气各干掉一大碗，又继续盛，最后阿康哥打了个饱嗝，这才抹嘴起身要走。

那汉子拦住问："二位这是要赶路吧？"

阿康哥说："是，往北走。"

那汉子讨好地说："往北可没什么人家，要不你们稍等一阵，我给你们劏只鸡煨熟了带上？"

阿康哥还没回答呢，阿四妹先急了，"一只鸡怕是要不少钱吧？"

阿康哥拉住阿四妹，扭头对那汉子说："那就劏只肥一点的，盐水浸。"

那汉子"哎哎"应着，提刀就朝老人家门口的鸡笼跑去。阿康哥也跟了过去，见那汉子犹犹豫豫不知挑哪只，就随手指了一只身上毛发光亮些的，说："就它了。"

老人原本蹲在门口呵着气喝一碗稀拉拉不见米粒的白粥，见儿子拿了刀过来捉鸡，跌跌撞撞过来阻拦，"不劏得！不劏得！留着生蛋的。"

那汉子不管他，一手把他推开，老人一个站不稳，跌坐在鸡笼边上。阿四妹见了赶紧过来扶住老人，咬牙切齿道："不要了，

不要了，怎能这样对待你爹！"

那汉子却不以为然，"都要入土的人了，留着鸡下蛋给谁吃？"

阿四妹见老人又黑又瘦的脸上老泪纵横，凑到耳边安慰道："老人家，莫急，莫急，我们不要鸡了。"

那汉子却不高兴了，"你这个妹仔，说了要了，哪能随口就变卦。"

阿四妹说："鸡又不是你的，你爹说不行就是不行。"

那汉子说："怎不是我的？我爹的不都是我的？你男人都没说话咧，你女娃子家说的不作数！"

阿四妹面红耳赤，"女的怎么就不作数了？"

阿康哥捡起压鸡笼的那块石头，仔仔细细看了又看，走过来说："既然你爹不肯卖，那就不要劏了。干脆把这块石头卖给我吧。"说着，掏出两块大洋往大汉手里扔。

大汉欣喜若狂接住，眼珠子骨碌一转却猛然阴下脸来，伸手要去夺回石头，"不行不行，这可是我家的传家宝，哪能只值两块钱！"

阿康哥冷笑，"那你想要多少？"

大汉想了想，伸出五个手指头，"至少，至少五个大洋！"

阿四妹气急了，"狮子大开口！这块破石头想要五块？"

老人听不清他们说什么，见儿子伸手要钱，也气得直抹眼泪，"逆子！莫要讹人钱财哪！"

阿康哥看了一眼老人，掏出五块大洋说："好，五块就五块。"

"你癫了咩？"阿四妹正要阻拦，阿康哥已把东西扔进筐里，拉上阿四妹急急就往外走，"走走走，我们还要赶路呢。"

阿四妹一路走一路愤愤不平，"这样的不孝子，你还给他钱！买了这么个破东西。"

阿康哥得意一笑，"你不识货，这可是好东西，拿到广州城里卖，卖个几千块都不稀奇。"

"你识得？"

"怎么不识得，我家祖上就是做古董买卖的。"

"几千大洋的东西？那你怎可只给五块大洋？"

阿康哥撇嘴，"瞎操心！他们留着也是压鸡笼，还不如几块大洋来得实在。"

阿四妹一听，停下脚不走了。

"你身上可还有钱？"

"还剩两块大洋。"

阿四妹伸手，"拿来！"

"做什么？"阿康哥掏了出来递给阿四妹。

阿四妹拿了钱往回走，走近了躲到树后探头看，待汉子进了自家屋子，才悄悄溜进老人屋内，把钱塞给老人。"老人家，收好，自己买点东西吃，可别再给儿子拿走了。"

老人连连说着"不可不可"，把钱往外推，最后经不住阿四妹左劝右劝，这才千恩万谢收下。

阿四妹发现了，老人有一只眼睛的眼珠蒙上了一层什么，竟是蓝色的，而且很不活泛。老人伸手抠着那眼睛流出的泪，对阿四妹说："姑娘啊，我儿不是坏人，你莫怪他，莫要怪他。"

阿四妹叹气，"他这样对你，你还替他说话。"

老人深陷的眼眶中发出幽蓝幽蓝的光，"都怨我哪！没本事医好她娘的病，也没本事给他说上个媳妇，他这心里有怨恨哪！"

阿四妹说："那也不能怨你，要怨也该怨这万恶的剥削制度，咱穷人哪有好日子过。"

老人像是还沉浸在某段记忆中，只一个劲儿说道："你是好人，你是好人哪！"

阿康哥看着紧紧拉住老人手的阿四妹，心里竟涌起一丝说不清道不明的暖意。但只是一丝，很快阿康哥就拍拍空的钱袋朝脚底下"呸"了一声，两仔爷狗咬狗骨，有什么值得可怜的？

10

　　往北走了两天，前路一直是灰蒙蒙一片，山连着山，树挨着树。然而山与山是不一样的，刚开始还是延绵的大山，渐渐地，山就都被什么磨圆了，变得秀丽起来，迤逦起来，恰逢烟雾在远处害羞地缭绕着圆滚滚的山峰，整个画面就更接近世外桃源了。

　　阿四妹在心里暗暗称奇，这山的形状怎么是这样的呢，像阿嬷蒸出来的大包子，圆圆润润一个挨着一个，还冒着热气。

　　一想起大包子，阿四妹的肚子又不争气地叫唤起来了。一路正如那汉子所说的，半点不见炊烟，二人也就只好靠身上少许干粮充饥，拗不过饥肠闹腾时，也会摘几个野果逮一逮野物略作慰藉。

　　阿康哥把扁担从右肩换到左肩，抬头眺望了一下远处，喜上眉梢："前面大概就会有人家了。"

　　"你怎么知道？"

　　阿康哥指向前方说："你看前面，靓得像幅画一样，总得有人垂钓或是有人赶牛才像话，我见过的山水画，都是这样画的。"

"那，我们这是到了哪里了呢？"

阿康哥想了想，"大概是进了英德了嘞，听闻英德山水如画，想必就是这里了。"

英德是什么阿四妹未曾听过，心里却欢喜起来，这阿康哥到底是见过世面的咧，知晓的比教书先生还多。

"阿康哥，你看！你看！果真有人赶牛咧！"

阿康哥循着阿四妹的手看去，那是一座被绿色占领的石头桥，看样子建成有不少年月了，一人一牛就优哉游哉地从桥上走过。老牛走在前头，那人头戴斗笠，单肩扛锄头，锄头尾端撂着一笼青草，优哉游哉跟在老牛后头。既没有广州城里的急促，也没有花县的喧闹，要不是那脚步微微颤动，还真像幅笔墨清新的画作。

阿康哥笑道："有牛必有田，近处必有人耕种。"

阿四妹也笑了，"这个你不说我也知道，必定是有人要走，才搭了这石头桥。"

二人加快脚步往前赶，过了桥爬上一个小山坡，视野豁然开朗，一大片的田地被切割成一块一块的，码得整整齐齐。再远处就是个村庄了，房子也是一座座码得整整齐齐，偶有散落的，散落的位置也是恰到好处。

二人不约而同加快了脚步，走过石桥，穿过曲折的田间小路，眼看就要进村子了，阿四妹却在一条小溪边停下了脚步。

这小溪不大，水也浅，清澈的水里小鱼嗖嗖穿梭，把阿四妹在水中的倒影搅得荡来漾去。即便是这样，阿四妹还是看到了自己鸟窝一般的头发和满脸的尘土，把自己都吓了一跳。都怪这两日风餐露宿，搞不好在阿康哥眼里，自己早就是个懒惰邋遢的人了吧？

这样一想，阿四妹心里有些不是滋味。往日在家里虽从不打扮，至少也是干干净净的，哪至于这样。还有高姐，即便是在田地里挥汗如雨，头发也都捋得整整齐齐的，哪曾像自己这样？蓬头垢面的还说什么入党？怕是要失了共产党人的脸面。当阿四妹忐忑转头看到阿康哥也是灰头土脸，头发上还沾着枯叶时，终于忍不住扑哧笑了，伸手给他摘了下来。"阿康哥，这水好清澈，咱洗洗脸再进村吧。"

阿康哥感觉到阿四妹的手在自己耳边轻轻拂过，带起一阵风，心思便随着水面微波荡漾起来。他赶紧蹲下，用手捧了水狠狠往脸上泼洗，水透心凉，满脸的燥热才算是压下来了。

"水冷得很咧，你可别冻着。"阿康哥抬头对阿四妹说。

阿四妹低下头"嗯"了一声，手指插进寒如冰的溪水里，竟也没觉多冷。阿四妹把头发用手指梳顺了，仔仔细细挑去干草等杂碎，等头发服帖下来，见河边有各种颜色的小花，鬼使神差伸手摘了一朵，粉色的，想学村里的姐妹们对着倒影插到发髻上，靠近头发时才惊觉自己是短发没有发髻，想扔，又觉得突兀，干脆顺势夹到了耳朵边上。

再怎么男仔气，到底是女儿家咧！阿康哥看呆了，傻傻往前走了好几步才猛然醒悟，又急急回头去把担子挑上。阿四妹大跨步跟上，才走了几步，花就掉了下来。阿四妹没去捡，也没想再摘，一蹦一跳往村里走。

村口几个穿碎花袄的妇女正聚在一起闲话家常，有蹲的有站的，有腰间挽着一簸箕豆角摘的，也有筛着米糠的。日头西下，正是该操持晚饭的时候。她们见来了两个外乡人，觉得稀罕，七嘴八舌围上来问。

阿康哥和阿四妹依旧以表兄妹相称，只说是要往北，是要去当兵，干大事的。

当中那个小个子小脚的妇女一听他们要去当兵，喜上眉梢，扯开大嗓门就喊："我家大牛也是去当兵了咧！他也说是去干大事的！"

阿康哥就问："那他是到哪里当兵？是共产党的兵还是国民党的兵？"

"啥？还分啥党的？"那小脚妇女显然搞不清，却也不甚在意，"那可不知道，总之就是干大事的！"

阿康哥笑了，"入了党，那都是干大事的。"

听说他们在找落脚处，这小脚妇女倒挺热情，招呼道："你们要是不嫌弃，就住我家大牛那间屋，反正他大半年了也没见回来一趟。"

阿四妹想起广州城里的枪声和尸体，隐隐不安，"那他可有书信回来？"

"啥书信！"那小脚妇女大咧咧说，"我家除了大牛就没识字的，写也是白写！没事，干完大事他就该回来了。"

这可悬了。阿四妹看了眼阿康哥，不敢再说。

"走啦，走啦。"那小脚妇女拍拍裤腿上的灰，招呼他们往村里走。二人赶紧跟上，阿四妹问："我们要怎么称呼你哇？"

那妇女说："村里人都叫我贵婶。你们也叫我贵婶就得。"

贵婶的家是一座木头掺石头砌的房子，看起来挺牢固的。屋共有两间，贵婶带着个小女儿住在左边，右侧是就是大牛的屋。贵婶手脚麻利得很，一下就把右边屋的木床拾掇干净了，还搬出了大牛的被子用手拍了又拍。

"棉被就这一张。要不你从灶边取些稻草，将就将就吧。"贵婶对阿四妹说。言下之意，这被子是给阿康哥盖的。

阿四妹并不在意，连身谢过。风餐露宿了几天，有落脚的地方就不错了，哪敢奢望什么棉被。

安顿好这俩人，贵婶就开始生火做饭，她女儿二花在一旁帮忙，双手拿起一撮干稻草顺势一扭，就绾成了八字麻花形，又流畅地塞进炉灶里。

家里来了陌生人，女儿仔显得有些局促，眼睛盯着灶台的火，闷头一撮又一撮地塞着稻草。阿四妹想起，自己小时候见了生人，也是这般模样，于是主动凑过去帮着弄稻草。

"妹仔，你多大啦？"

二花怯怯地说："十岁。"

"上学了吗？"

二花摇头。

"村里没有学堂？"

"有，那是男娃子的学堂，我们没得上。"

阿四妹一听这样的事就来气，"哼！这个万恶的社会，只当妇女是生产工具，从来不当人看的。妹仔你听着，我们一定要反抗，要团结起来，推翻万恶的社会！"

二花显然是第一次听到这样的话，瞪大了眼睛看着阿四妹不敢言语。

阿四妹没意识到二花的局促，继续慷慨激昂地说道："你不用害怕，高姐说了，我们妇女也是一股强大的力量。"

二花好一会儿才小声问："你说的高姐是谁？"

一提起高姐，阿四妹更加神采飞扬了，"高姐是共产党员，她可是我们妇女的大救星！跟着她一起干革命，我们就可以不再低人一等，可以跟男人比责任，比担当！"

二花终于高兴起来，"那我也可以像我阿哥一样去当兵吗？"

"你也想当兵？"

"听说当了兵就天天有红烧肉吃了。"二花咽了咽口水。

阿四妹笑了，"瞧你这出息。当兵可是干大事的，说这种小家子气的话。"

二花害羞地低下头，"我，我啥都不会，干不了大事。"

"那你可以先找人教你识字，识了字才可以看书，看了书，你也是有本事干大事的人了。"

二花摇头，"我们都不识字，秀姑、阿丰姐、招娣姐、阿兰，都是不识字的，没人教。"

"你爹咧？也不教你？"

二花用眼角瞄了她娘一眼，低下头说："爹早就死了。"

阿四妹见她难过，赶紧岔开话讲："那你阿哥咧？他可识字？"

二花点头。"我哥倒是教过我写自己的名字，他走后，就没人教我了。"

这样的经历，何其熟悉哇！阿四妹在遇到高姐以前，也是只会写自己的名字，那还是阿爷收稻子时用手指在软泥上比画给阿四妹看的，阿爷走后，收稻子就真的只是项劳作了。后来高姐来了，一笔一画地教，阿四妹才能认得那么多字，才能读书看报。高姐还发动村里的男人教自家女人识字，村里好多的妇女都是这样学会了写自己的名字。

阿四妹多想留下来教她们识字哇，这地方山清水秀的着实叫人喜欢！可阿四妹又没有办法留，还得赶路去找高姐咧。想着想着阿四妹的心思就跟手里这堆稻草一样了，乱糟糟，松垮垮，怎么卷都卷不成八字。阿四妹想听听阿康哥的意见，回头找，却发现阿康哥早没了踪影。贵婶刚好提了水进来，见了阿四妹就说："你表哥说出去一趟，很快回来。"

阿四妹应了一声，心底却嘀咕，这阿康哥，又跑去做什么了？

菜烧好时，阿康哥才大喘着气一路小跑回来，口袋里捂着两个叮当响的大洋。他悄悄凑到阿四妹耳边说："我去把东西卖了换点饭钱，上次的钱都让你给了那老头，身无分文啰。"

阿四妹问："你卖了什么？"

阿康哥说："一个漆器，明代的。"又抱怨道，"这穷乡僻野没有识货的，只卖得两块钱，亏了老底了。"

一听又是古董，阿四妹终于忍不住问："阿康哥，你哪来这么些贵重东西呀？"

阿康哥不好意思地挠头嘿嘿笑着，"也就只剩这点家当了。"

正说着，就听见贵婶喊吃饭了。阿康哥本想把两个大洋当住宿和饭钱给她，犹豫了一下收起一个，只拿着其中一块塞到贵婶手里，"辛苦你了贵婶，这个是饭钱。"

没想贵婶却黑着脸把钱塞回去，扬着锅铲道："这是做什么？你们远道而来是客，在我这儿吃个饭还给钱，瞧不起我还是咋的？"

阿康哥说："我们还住你这儿哪。"

贵婶把盛菜的大瓷碗啪地重重放在桌上，"要这么见外，你们即刻走吧，费事乡亲们知道了笑话我。"

阿四妹瞪了阿康哥一眼，赶紧过来打圆场，"贵婶你莫气恼，我表哥按的是广州城里的规矩，没坏心的，你莫怪他。"

贵婶的脸色这才缓和了，拉过木条凳子说："那就过来吃饭吧，也没什么好招呼你们的，地里揪了点菜，莫嫌弃就好。"

阿康哥"哎哎"应声坐下，心底却诧异：怪了，还有给钱不要的。

11

　　夜里有鸡鸭在笼里扑腾呓语，有青蛙呱呱叫，偶尔还有几声狗吠，像极了花县老家。阿四妹听着戚戚的虫声，不免又想念起爹娘来。出来这么些天，也不知他们可还好。阿四妹越想越睡不着，干脆蹑手蹑脚起身出了屋，朝来时的方向眺望。阿四妹自然是望不到花县的，但花县却突然就在阿四妹的跟前了，那一群一起干活的小姐妹把阿四妹围在中间，叽叽喳喳讲村里的事，有人挑着大粪经过时，小姐妹们就一起捏着鼻子笑。阿娘又锄草去了，家里养了两只兔子，也不晓得它们长膘了没。阿爹蹲在门口抽旱烟，烟灰被风吹到脚上，烫得阿爹又开始骂娘。阿四妹想叫阿爹和阿娘，但张嘴就是叫不出声音来。阿四妹着急了，跑过去拽阿爹那摞补丁的袄子，却什么都没拽着。阿爹阿娘忽然又消失了，隐约还听见阿爹骂她，又听见阿娘哭，嘤嘤嘤的，阿四妹的头就痛起来了。

　　头真痛呀，阿爹的骂变得遥远，阿娘的哭变得若有若无，四周一片黑暗，阿四妹喊不出，也哭不出，陷入一片混沌中。

混沌里的阿四妹是被阿康哥摇醒的，也不知睡了多久，阿康哥两条粗眉连成了一条，"你怎么了？手脚这般烫手！"

阿四妹想起身，奈何浑身发冷没有力气。只听阿康哥说："你躺着别动，我去给你找大夫。"

二花自告奋勇："我带你去！我知道三叔住哪儿。"

"三叔？"

"就是大夫，我们村就三叔一个大夫。"

"好，那你赶紧带我去请。"

过去好些时间，三叔才挎着他自制的蓝布医袋慢悠悠跟在他们身后过来。那医袋上污渍斑斑，还有一个地方裂开了，用粗线胡乱缝合着，料想也不会有什么贵重物什，三叔却全程宝贝一样紧紧捂着，一步一步走得稳当。他们急，三叔可不急，阿康哥走几步就得停下来回头催。

这三叔明明不过五十来岁，怎就端了七八十岁的架子？阿康哥在心里暗暗咒骂，却拿他没办法，只能眼睁睁看着他颤颤巍巍、颤颤巍巍从兜里掏东西，一样一样往外掏，摆好，仿佛拿顺溜了就对不住自己行医的派头似的。把脉的枕头、纸、笔……三叔一边掏，一边偷偷朝厨房那头望，见贵婶并没有朝这边看的意思，这才一手捻着胡须一手拉起阿四妹的手把脉。阿康哥见着三叔衣衫皱巴巴，双手布满老茧，除了那一小撮胡须外全然没有一个大夫的样子，不免生疑。

"三叔啊，她怎样哇？"阿康哥问。

三叔不紧不慢地把小枕头收好，又叫她张嘴看舌头，凑近了看，拉远了看，左瞧右瞧，这才开口说："没事，许是劳累过度，又着了风寒，吃些药休息几日就好了。"

阿康哥说："她周身发热啵。"

三叔捻须摇头晃脑道："风寒入侵，阴虚导致的虚热，不碍事。"

"那劳你快快写药吧。"阿康哥的语气有些不耐烦了。

三叔慢悠悠拿起笔写，不时捻须沉思，费了一袋烟的工夫三叔才停了笔，把药方递给阿康哥说："后生仔，做人不要太急，不要催，尤其是大夫开药方的时候。"

阿康哥一把扯过药方就要往外走，走了几步又折回来问："村里哪里有药铺？"

三叔还没开口，二花插嘴道："没有药铺，都是在三叔那里执药噶。"

阿康哥一愣，只好又走回来朝三叔拱手道："那麻烦三叔你赶紧给我们执药吧。"

三叔看了他一眼，摇头，依旧慢悠悠一样一样把东西放回医袋，这才抬脚往回走，边走边说："后生仔，执药也莫要催。到时你煲药，更加不可以急。"

阿康哥无奈，只好耐着性子跟着三叔慢慢走。这三叔住的是一落泥砖垒的屋子，并排三间大房，在一溜泥房草房中显得别样厚实。中间那间就是他的医堂，一进去中间是一把太师椅，后方挂着"妙手回春"的字样，旁边有个几子和木凳子，摆放着脉枕和纸笔。再过去靠墙还有一排矮矮的竹编小凳子，想必是给等候看诊的人准备的。右侧那间想必是三叔的寝房，挂上了铜锁。左边那间是药房，半敞开着，一眼望去全是各种一般大小的木格子和瓶瓶瓮瓮，走近了就能闻到一股浓浓的中药味，三叔就是在这里有条不紊地配着药。等配好了药，阿康哥也不管需要多少钱了，把包药的纸胡乱包起来扔下一块大洋转身就跑。三叔刚要喊他，瞥见阿康哥刚跑过的地方地上有银光闪闪，急忙跟上去一个流利的箭步跨过去踩住，若无其事左右看看，这才蹲下捡起来看，果然是一枚大洋！"嘿！这个后生仔，急死鬼投胎咩！"三叔拿到嘴边吹了吹，塞进腰间又回了屋。

阿四妹喝了药，出了些汗，但热还在，喃喃自语不知说的是什么。阿康哥知道西医里有可以退热的药，很管用，就思忖着去哪里搞一点来。

贵婶可没听说过什么西药，为难地说："你若要找新奇玩意儿，怕是得去镇上。"

"离这里多远？"

"那可远啰！"贵婶把手一指，"你得绕过那座山，再走个十来里路。"

阿康哥顺着手指看去，那山大倒不大，像个骆驼峰，只是要想兜过去，怕是也得大半天，便问："可有车搭？"

"车？"贵婶一脸茫然，"村里是有牛车，还没有人走得快。"

二花插嘴道："还有骡子车。"

阿康哥摇摇头，伸手又摸了一下阿四妹的额头，还是烫手，一咬牙，想把剩下的一个大洋交给贵婶托她继续请三叔来看，无奈翻遍衣兜就是没找着，只好空口白牙叮嘱贵婶帮照看着点，自己揣上几样东西就急急朝贵婶指的方向出发了。

这一路的草都不是什么好草，横着竖着胡乱长不说，你越是心急火燎，它们越紧紧缠着你的脚。阿康哥好不容易挣脱了草的羁绊，又一次次被树藤之类的挡住去路，只好徒手去掰，去扯，起了好些个泡。

　　阿康哥思忖着，怕是走的路不对吧？通往镇上的路该多少人走过了，哪能是这样的。

　　幸好小路也是路，阿康哥气喘吁吁，终究赶在日落时分到了一个人来人往的热闹地方，想来就是贵婶说的"镇上"。阿康哥四下打听哪里有洋人开的医院或药铺，但被问的人都很迷茫地摇头，阿康哥吹着手上的泡急得直骂娘，莫不是这小镇上就没来过洋人？

　　后来还是一个开米铺的老板懒洋洋给指了条路。"你找西药哪？听说那边贵安堂里有。"

　　贵安堂？听着像是个药铺名。阿康哥细细一问，果然是镇里的老字号药铺，多是卖鹿茸人参之类的高档货，因跟一个外国的药商有交往，顺便弄了些常用的西药回来撑门面。

"那可会有医治发热的药？"

米铺老板打量了一下阿康哥的装束，摇头，"有是有，只怕你去了也买不到。"

阿康哥一愣，"为何？"

"那歪目林是出了名的势利眼，能搭理你？"

"歪目林？"

"就是贵安堂的老板。"

阿康哥低头看了看自己，这一路衣服上又钩破了好几处，确实沦落得衣衫褴褛了，便有些恼羞成怒了。"怎就买不到了？我有钱！"

"你有钱？"

"有钱！"

米铺老板笑得直不起腰，向外摆手："那就去，那就只管去试试。"

阿康哥瞪了他一眼，大阔步朝贵安堂走去，走着走着渐渐慢了脚步。眼下身无分文，这可如何买药？

贵安堂就在街心最繁华的地方，不知出自哪位名家之手的大牌匾红底金字，挂起来很是排场。阿康哥堆着笑问伙计可有祛热的西药，伙计看了他一眼，说："有是有，可贵得很。"

阿康哥挺胸摆出架势："不怕贵不怕贵，有的是钱，先赊着，等救了人双倍奉上。"

伙计一听没钱，当下就开始轰人，"出去出去！没钱凑什么热闹！"

阿康哥急了，从怀中掏出一根小手指那么长的玉簪子在手里扬着喊道："那我用一根玉簪子换！"那伙计还是轰他，反而是里头有个穿长衫的听到了循声过来问："你有什么玉簪子？拿来瞧瞧。"

阿康哥见这人体态圆润，还留着两撇小胡子，想必就是米铺老板说的歪目林，便就把玉簪子递给他，狠狠瞪了伙计一眼说："让开，识货的来了。"

歪目林接过玉簪子，凑到鼻前端起放大镜细细瞧了又瞧，直瞧得镜片后那硕大的眼睛直放光，但放下时却又拉下脸说："这种便宜货满大街都是，算了算了，就换两颗给你。"

阿康哥恼了，"这可是清代宫里的玉簪子，少说也值个百来块大洋。"

歪目林侧身打量他几眼，冷笑道："就你这样的还宫里的，讲大话也不怕闪了舌头。"

阿康哥咬牙切齿，"看你明明是个识货的，却装作不懂，欺人太甚。"

歪目林给伙计使了个眼色，伙计又上来赶人，阿康哥情急之下竟从腰间拔出枪来，直直抵到歪目林的额头上，"瞎了你的狗眼！"

歪目林瞬间没了气焰，拄着拐杖三条腿瑟瑟发抖，求饶道："好汉莫恼，莫恼！"又使唤伙计，"快，快给好汉拿药。"

那伙计本已瘫软在地，一听掌柜的叫唤只好连滚带爬往柜台内跑，把整罐子西药都拿过来，恭恭敬敬双手递过去："好好好好汉，您您拿好！"

阿康哥腾出一只手接过药看，上面的字都是歪扭的蚯蚓看不懂，"就这个？能退热的？"

歪目林忙不迭点头，"能！能！这是阿司匹林，神药！发热的发冷的身上长什么怪东西的，都能治！"

阿康哥点点头，把药塞进背囊，心想一不做二不休，又叫他们拿来一些人参虫草之类的,一一揣进怀里,这才把枪从歪目林额头上拿下来。歪目林缓过一口气,抖抖长褂子小心翼翼地问:"不知好汉是哪个山头的?"

阿康哥擦着枪说:"什么哪个山头的,阿爷我是队伍里的,打仗的!"

"哎,是长官呀,那您是国民党的,还是共产党的?"

阿康哥心想自己今天干的也不是什么光彩事,就说:"都不是,我是阿旮旯党的!"

"阿,阿什么党?"歪目林还没回过神来,阿康哥已经揣着东西,快步出门溜走了。料定他们不会这么容易善罢甘休,阿康哥走得比来时还要急,手上的泡破了,流脓了,也顾不上疼。只一袋烟的工夫就一头扎进无人的荒野山地了,再一口气翻过山去,第二日凌晨天刚蒙蒙亮,阿康哥已回到了贵婶家中。

阿四妹早醒过来了,正坐在小板凳上跟贵婶话着家常,见阿康哥风尘仆仆回来,灰头土面,赶紧起身给阿康哥打水洗脸。

阿康哥见阿四妹行走自如,问:"你已经好了?"

阿四妹说:"好了。"

二花抢着说:"三叔的药好管用噶。我娘的喘病都是三叔给治的,三叔一来,我娘就不喘了。"

贵婶脸微一红,抬手拍了二花后脑勺,"小孩子识得什么。"

阿康哥洗了把脸,又摸摸阿四妹的头,还是感觉有些许热,就掏出那罐药倒出一颗来,"再吃颗西药,就能彻底好了。"

这阿四妹见是满满一罐子药,很是惊讶,"怎买了这么多?"

阿康哥说:"无散卖的,一罐罐卖。"

"那得不少钱吧?"

"我阿康有的是钱！"

阿四妹料想，这阿康哥必定是又卖了什么贵重东西了。这阿康哥也就一个拉板车运货的，怎会有这么多的贵重东西哇？就算是共产党里头的大官，也不该有这么多古董可以挥金如土哇！

— 13 —

洋人的药还真是管用,吃了阿康哥拿来的药,阿四妹果然没一会儿就不热了。阿康哥松了口气,从怀里掏出那些个人参虫草塞到阿四妹手里。

"借贵婶的锅灶去炖,你病刚好得补补。"

人参阿四妹是见过的,就是没吃过,虫草那玩意却是见都未曾见过,怎么炖?阿四妹心里没数,请教贵婶,贵婶看着那像虫子又像树枝的玩意儿也是一筹莫展,"我也没见过咧。"

阿康哥笑道:"人参最好自然是炖鸡,虫草嘛,要炖鸭子。"

阿四妹以为阿康哥故意逗她,嘟嘴道,"莫说笑,咱哪来的鸡鸭?"

阿康哥拿起两根人参就往外走,阿四妹问:"你去哪里?"阿康哥头也不回地说:"给你钓鸡去!"

"什么?鸡还能钓来?"阿四妹要追问,阿康哥已经吹着口哨走远了。小半天过后，阿康哥果然提着一只活鸡回来了，那鸡被人拎住了翅膀很不高兴，一路咕咕抗议。

"这鸡哪来的？"阿四妹一脸不可思议。

"钓来的。"

"用什么钓？"

"人参啰。"

可人参分明还在阿康哥手里攥着。

"钓了鸡，怎么人参还在？"

阿康哥笑，"鸡上钩了就行，哪能真蚀了饵。快拿去把鸡劏了，今晚跟人参一起煲汤。"

阿四妹战战兢兢，"不是偷乡亲的鸡吧？"

阿康哥说："勿要乱讲，条村这么小，谁家丢鸡了那还不得吵得全村都知道？快去烧滚水劏鸡啦。"

此话有理，阿四妹将信将疑烧滚水去了。

晚上二花啃着热腾腾的大鸡腿，比过年还兴奋，"阿四姐姐要是一直住我们家就好了，我就天天有肉吃了。"

贵婶尴尬地用筷子敲了一下二花的头，"死妹头，这可是姐姐补身体的，给你个鸡腿吃还不知足。"

二花吐了吐舌头，埋头啃鸡腿，舍不得大口去咬，就半舔半咬地慢慢撕着，到最后恨不得把骨头都嚼碎了吃掉。

阿康哥却得意地说："吃！吃完我再去钓！"

阿四妹吃着香喷喷的肉，却不是滋味。

"阿康哥，我这身体也恢复了，有力气了，要不我们明天就起程吧。"

谁知阿康哥却摇头。"不行，你才刚好，万一半路又病倒了可怎么办。"

"那我要怎样才算好？我还急着要去找高姐咧。"

二花从饭碗里抬起头来喊道："我也要去找高姐！我也要推翻剥削阶级！"

贵婶又一筷子拍过去，"细妹仔晓得什么，吃你的饭！"

阿四妹说："二花说得没错呢，我们妇女就应该抗争，推翻剥削制度，我们应该做自己的人，而不是别人附属的人！"

说着说着，阿四妹神情激动起来，她放下碗筷跑开，从包裹里取出一张折叠得整整齐齐的《新青年》来。"你们看，这是高姐送给我的报纸，这上面可说了，要打破君为臣纲、父为子纲、夫为妻纲的封建思想，青年男女要从封建束缚中解放出来，成为独立自主的人！"

贵婶也凑过来看，"这说的是什么？"

阿四妹说："说的是广大妇女也跟男人一样，要解放，要自主。"

"怎样个一样法？"

"就是——"阿四妹绞尽脑汁想了想，"就是吃一样的饭，干一样的活。对了，还可以像男人一样扛枪干革命！"

贵婶茫然地点头，又摇头，好一会儿才咬着嘴唇怯怯问道："那——也能像男人一样三妻四妾？"

这个阿四妹可没想过，不甚肯定地看向阿康哥。"大概，大概也能吧。"

二花自然是半句都听不懂的，只是痴痴看着阿四妹一字一字读报的样子，十分羡慕，"我要是也能像你一样识字就好了。"

阿康哥见此情景灵机一动，说："不如这样吧，我们干脆留下来住一段时间，一来你可以养好身体，二来也可以教二花她们识字。到时候见了高姐提入党的事，也好有功劳可表。"

阿四妹不解，"什么功劳？"

"引导广大妇女群众打破封建思想，那不就是莫大的功劳？"

"对极！对极！"阿四妹兴奋地起身站起。阿康哥说得在理咧，想当初高姐也是这么教她们一帮小姐妹认字读报的，这就是一个共产党员该做的事情呀！阿四妹越想越兴奋，当即就单手握拳表态："好好好，那我就教二花，还有村里的小姐妹们识字！"

二花一听从长凳上蹦起来，"好耶！"

贵婶也喜上眉梢，"好！好！二花识了字，将来也好嫁个好人家。"

阿康哥笑，"也不一定嫁，说不定给你招个上门贤婿咧。"

"那更好，更好！"贵婶乐开了花。

阿四妹瞪了阿康哥一眼。"莫要戏弄人。"又问，"说正经的，我们要在这里待多久呢？"

阿康哥想了想说："眼下离过年也就一个月了，干脆等过完年再走。年关将至，想必高姐也没工夫理会你入党的事。等开年她得闲了再去找她，岂不更好？"

"一个月呀……"阿四妹犹犹豫豫看向贵婶，"要叨扰贵婶这么久，怎好意思？"

贵婶亲昵地拉住阿四妹的手。"没事，没事，你们只管安心住，这家里也就我们娘俩，冷清得很，多你们做伴一起过年也是福气咧。"

— 14 —

　　第二日，阿康哥便上山去砍来竹子自己搭个竹床睡，地上阴冷，这几日都睡不踏实。贵婶也赶紧把旧棉絮弹了弹，给他们添了张棉被盖。阿康哥和阿四妹算是真正在这村里安顿下来了。
　　清晨女娃们都要早起忙家里的活计，阿四妹也帮着贵婶干活，到了中午休息时分，二花帮着把大伙儿都招呼过来，阿四妹的识字课堂就迎着正午的太阳正式开张了。课堂设在村口一棵几百年的大榕树下，须虬繁茂，根若游龙，女娃们正好坐在"龙背"上听。来上课的女娃儿中，最大的要数招娣，十五岁，站着与阿四妹一般高，乌黑辫子，明眸皓齿，肤如凝脂，是难得的好模样。最小的是阿兰，才七岁，懂事得很，乖乖缩在一角给姐姐们腾出位置。贵婶搂着盆在边上缝着衣裳，也忍不住竖起耳朵听。还有个调皮的秀姑，十二岁，能把榕树叶子摘了卷成卷笛，吹得嘀嘀响。阿四妹把一块泥地踩平整了，再捡根硬朗的树枝在上边比画着，这就是黑板了。

这事叫阿四妹兴奋，却也忐忑，毕竟阿四妹自己也才学过一阵子，是个"半桶水"，那报纸上的字也是高姐一个一个领着读才记得的，离了报纸再写出来，可就不一定能写对了。比如招娣的"娣"字，阿四妹就写不来，勉勉强强写了个"弟"字，意思算是对了。幸好阿兰的"兰"字阿四妹是记得牢牢的，当初跟阿四妹一起学习的姐妹当中，也有一个叫阿兰的，当时高姐还说了个成语，好像叫蕙质兰心。可惜眼前这个阿兰还小，不晓得什么蕙质兰心，阿四妹也就懒得说了。阿四妹打从心眼里羡慕那些能说出些许来历的名字，对自己"阿四妹"这样简单的名字一直深感不满，阿四？自己为什么是阿四？绞尽脑汁也只能说出个四季平安之类的俗气话来。

除了认字写字，阿四妹还给她们读报，读到激动处，也学高姐那样伸手到鼻梁处扶一扶眼镜，然而阿四妹的鼻梁上没有眼镜，这一扶手总要落空，但阿四妹还是假装完成了这个扶眼镜的动作，并昂起头看着前方，学高姐的模样骄傲地说："因为我是共产党员！"

阿四妹清晰记得，高姐说出这句话时，那语调是抑扬顿挫的，每个字都是被高姐在嘴里焐热了才吐出来的，呈现出一种欣欣向荣式的骄傲自豪。高姐可能至今都不知道，自己这个动作会成了她们竞相模仿的对象。阿四妹和一帮小姐妹，经常私底下演出这一幕只有八个字台词的小剧，不管谁演，每次都能博取一阵欢乐的掌声。

正想着，秀姑已经拿稻草自己编了两个"眼镜框"撑在鼻子上，学阿四妹的样子，一字一顿地说道："因为我是共产党员！"这一来把所有人都逗乐了，大伙儿争着抢着要把她的"眼镜"揪下来，戴到自己鼻梁上。

当个共产党员真好呀！阿四妹看着她们开心的模样，心里又惆怅起来：不知将来见了高姐，她会不会真的介绍我入党呢？

— 15 —

　　待得夜深人静时，阿四妹的心思就更不管不顾地蔓延开了，裹住阿四妹的棉被，绕上阿四妹的床头，摇来晃去搞得床也不安生，叫人无法入睡。阿四妹左思右想想不出个子丑寅卯来，干脆爬起来摇醒了阿康哥问。阿康哥睡得迷迷糊糊，含糊地说："这我也说不好。"阿四妹只好悻悻回到自己床上，翻来又覆去，好像床板有多烫似的不翻就会焦了。阿康哥又睡了一会儿，猛然清醒了，一下坐起身来，见那边阿四妹还在辗转难眠，便宽慰阿四妹说："快睡吧，别想那么多了，这也不是一天两天的事。"

　　阿四妹猛地坐起来问："阿康哥，当初是怎么成为共产党员的哇？"

　　这问题叫阿康哥有些措手不及，瞌睡虫瞬间便跑得无影无踪。

　　"那，那自然是因为我有本事。"

　　"有什么本事？"阿四妹追着问。

阿康哥灵机一动，说道："要成为一名共产党员，光是有决心、有思想觉悟是不够嘅。"

"那还要什么？"

"还得有胆识，有毅力，有好的身体。"

"要这些做什么？"

阿康哥笑道："万一被敌人抓了去，严刑拷打，你要是没好的毅力和胆识，那还不一下就抖豆子一样全招了？"

阿四妹不解，"好端端，怎会就被抓去严刑拷打了？"

阿康哥说："好好好，就算没被抓去严刑拷打，你身手愚钝，怎么跟敌人作斗争？又怎么去救人？"

阿四妹想起自己之前在广州吓得瘫软的无胆样，低下头不敢看阿康哥，再想想阿康哥说高姐是怎样冒死救护伤员的，更是羞愧难当。阿四妹思来想去，决定恳求阿康哥："那，你可得帮助我进步！"

阿康哥像是已经有了主意，一拍胸脯："放心，包在我身上。"

"快说快说，你有什么好法子？"

阿康哥故意慢吞吞说："当年我入党时，是要参加操练的。"

"操练？"

"就是练本事！你要是愿意，得闲我也给你操练操练！"

阿四妹兴奋了，"我愿意我愿意，阿康哥你快说，要怎样操练？"

阿康哥故意背过身去，"你先睡觉，明日起来我便告诉你。"

阿四妹不依，把他又翻过来，"就不能先告诉我？"

阿康哥眨眨眼，故作神秘地说："这可是秘密，党员怎能随便泄密，你赶紧睡，养足了精神才好。"

阿四妹猛点头，赶紧回到自己床上一动不动催自己入睡。阿四妹在心里暗暗下了决心：这回我可得好好听阿康哥的，练好本事，否则纵然是见着了高姐，也是白搭。

16

鸡叫第一遍时,太阳只懒洋洋抬了抬眼皮漏出一丝光来,阿康哥就已经背起一个小箩筐,踩着晨露带着阿四妹出发了。大部分人还在睡梦中,村里的路都空荡荡的,显得更为宽阔。二人路过三叔的大屋时,忽然嘎吱一声门响,一个人影鬼鬼祟祟从右侧的房间出来,看身段和走路的姿势,像是贵婶。

"啊!那人可是贵婶?"

阿康哥赶紧一把捂住阿四妹的嘴巴,"小点声,别叫她听见了。"

阿四妹挣脱开他的手,压低声音问:"那可是贵婶?"

"像是。"

"她怎么——"

"没什么好大惊小怪的。"

阿四妹还是难以置信的样子,"贵婶,贵婶她怎么能……"

阿康哥想了想,"贵婶守寡多年,那三叔也是一个人,倒没什么不可的。"

"那为何偷偷摸摸。"

"这我也说不来，"阿康哥为难地说，"大概是乡下不兴改嫁吧？要被口水淹死的。"

"这……"阿四妹欲言又止。

"你可万万不可跟她提起这事。"阿康哥叮嘱。

"嗯，这个晓得。只是……"

阿康哥拉着阿四妹往前走，"别只是了，再不走乡亲们都该起来了。"

两人赶着星星追着晨曦绕过半座山，再追赶着仓皇逃走的夜色一路到了山那头，来到一块豁然开朗的空地上。空地的一侧是光溜溜的石壁，石壁下方是一条细细的小溪，另一边则是一大片野草地，当中还长满了各种颜色的小花，静谧，开阔，看得阿四妹满心欢喜。

"花草为毡，峭壁作屏，好极！就在这里操练吧！"

确实好极！阿四妹只觉心旷神怡。"那我们操练什么呢？"

阿康哥说："先从最简单的开始吧，练扎马！"

扎马步有什么难的，阿四妹心想，不就是平举双手半蹲着嘛。阿四妹随阿康哥摆开了架势，才刚站稳，眼睛就忍不住咕噜噜四处瞧去。

这真是个好地方呀！远处的山像几个驼背的老人佝偻着排成一排，近处的石壁也不是光滑的，一道接一道折叠凸起，像极了老人脸上的褶子。有泉水从那褶子处渗透出来，滴滴答答落在下面的石头上，缓缓的，碎碎的，就跟老人家念叨什么一样。再多听一会儿，阿四妹渐渐就感觉有些支撑不住了，腿摇摇晃晃不听使唤，胳膊也沉得很，抖呀抖。

阿康哥笑道："支持不住了吧？这才一刻钟不到呢。"

阿四妹面子上挂不住，咬紧牙说："谁支持不住了，就是有蚊咬我。"

北风呼呼，又是清晨，哪来的蚊？阿康哥在心里偷笑，见她实在撑不住了，便说："若是痒得紧，就歇下来挠挠吧。"阿四妹一屁股瘫坐在地上，假装伸手要挠，偏偏身上穿着棉衣棉裤，无处下手，只好在脖子上挠了几下。

越挠，阿四妹心里越痒得紧，最简单的扎马，自己也只能坚持这么小一阵子，若真入了党，怕也是要拖人后腿。厚着脸皮歇了片刻，阿四妹又站起来重新扎好马步。

"怎么？不痒了？"

阿四妹憋红了脸说："不痒了。"

很快，阿四妹便又坚持不住了，她感觉自己的手和脚都像被绑了个大秤砣似的，摇摇晃晃直往下坠。阿四妹咬着牙对自己说："阿四妹呀阿四妹，你可不能再丢脸了，要不然高姐该笑话你了。"一想起高姐，阿四妹不禁浑身一颤，听哪，高姐在耳边说话了，她说："不要畏难退缩。"不一会儿，高姐又说："坚持！斗争！"到后来高姐又扶起眼镜了，"因为我是共产党员！"

对呀，共产党员怎可以轻易投降呢？阿四妹咬紧牙告诉自己，投降就成不了共产党员！

阿康哥见她憋得脸色发紫，有些担心，便主动说："又被蚊咬了吧？停下来挠挠吧。"

阿四妹摇头，咬着牙苦苦坚持，这一坚持，竟整整坚持了半个多时辰。

练习了两天之后，阿四妹已经可以站足整整一个时辰了，阿康哥见她站着面不改色，便说："是时候加大难度了。"

"难度"就在阿康哥的手指捏着，竟是几根轻飘飘的狗尾巴草。狗尾巴草在阿康哥手里酝酿情绪转了几圈后，毫不客气地向阿四妹的耳垂边脖子边进攻了，时进时退，丝丝痒痒，逗得阿四妹扭着身体嬉笑不止。

"站稳了，不许笑，也不许动！"阿康哥板着脸喝道。

阿四妹忍住笑，"阿康哥，这是做什么？"

"练定力。"

"练定力做什么？"

阿康哥一本正经地说："共产党员不怕苦不怕累不怕死，哪能怕挠痒痒。"

阿四妹说："我不怕苦不怕累不怕死，就是——就是怕挠痒痒！"

"不怕死可不是随便说说的，敌人真拿刀顶在你脖子上，看你怕不怕咧。"

阿四妹说："你拿把刀试下？"

阿康哥哭笑不得，"你知道我不会割你脖子，自然不会怕。"又说，"再说了，刀也不一定比草厉害，听说有敌人严刑逼供用的就是挠痒痒，没几个人能忍得住。"

这话真叫阿四妹紧张起来。心想自己这么怕痒痒，若真被敌人绑住了挠痒痒，岂不很容易就当了叛徒？扭头见阿康哥掩着嘴偷笑，这才醒悟过来，"哼，原来你在整蛊（捉弄的意思）我！"

阿康哥终于忍不住捂着肚皮大笑起来，"同你讲下笑，你还当真。"

阿四妹又羞又恼，气鼓鼓道："我好认真的，谁人同你讲笑。"

阿康哥赶紧收了笑，"好好好，认认真真操训，我来教你射箭吧！"

"射箭？"阿四妹惊讶，"哪里有弓箭？"

阿康哥掀开背着的箩筐，竟真的从中扯出一张弓来。那弓没有弦，阿康哥把弓的一头顶在地上，另一端绕过腰际反向一拉，就熟练地把弦给安了上去。阿四妹拍手称赞，"好犀利啵！你学过弓箭？"

阿康哥说："小时候跟师傅学过，射的是虎头靶。这把弓还是当年师傅留给我的呢。"

阿四妹接过细细一看，这弓的握手处，还绣着个隽秀的"康"字，心想这阿康哥果然出身大户人家咧！但那几根箭却简陋得很，一看就是自己用竹子随便削的，再插进去几根鸡毛。

"这是你自己做的箭？"

"还用问吗，"阿康哥得意地叉起腰，"我很小的时候就识得做箭了。"说着又从筐里掏出一个半红的苹果来，扯过藤条裹在树枝上。

"没有虎头靶，挂个苹果当靶吧。"

阿康哥挂好苹果，走到约莫十米远的地方，前后脚叉开站好，左手握弓，右手拉弦，他原本瘦弱的身体因为使了劲而肌肉鼓起，两撇浓眉因为双目的凝视而拉成一条横线，乍一看，真有几分英姿飒爽。阿四妹看得发呆，没想这猴子身段的阿康哥，也有这样壮实的一面咧。一晃眼，箭已嗖一声飞出，却连苹果的边都没挨着。

阿康哥脸上闪过一丝尴尬，随即若无其事地把弓递给阿四妹说道："我帮你试过了，这弓没问题，到你试下啰！记住瞄准那个苹果。"

阿四妹跃跃欲试伸出手去，却又犹豫，"我行吗？从来没拿过弓箭咧！"

阿康哥笑道："又没叫你跑马射蚊须，摆下架势罢了。"

阿四妹接过弓箭，在阿康哥的指导下扎好弓步，握弓，拉弦，一步一步倒是像模像样的，只是拉那弦实在费力，阿四妹手一抖，箭就飞了出去，打在石壁上差点震断了箭头。

阿四妹被反冲的劲吓得"哇"一声跳起来，阿康哥倒镇定得很，捡回箭又给安上，"来，再试下！"

这回阿四妹小心翼翼死死拉住弦不敢松手，直到瞄准树上的苹果才松开了弦，没想"嘭"的一声，那弦弹在阿四妹手肘内侧，当下就红了一片。阿康哥赶紧接过弓来扔到地上，双手轻轻按住发红的位置揉着，嘴里止不住念叨："阴公（可怜）啰，都瘀咗。我同你讲啊，这握弓的手不可以太直的，要稍微弯开着点，太直容易弹到手的……"阿四妹的手被阿康哥揉着，头就在阿康哥鼻息边，只听他的声音在耳边嗡嗡嗡响，近得能跟自己的五官都产生共鸣了，不由羞得深深低下了头，一时倒忘了痛。

这阿康哥……还真有些本事咧！阿四妹想。

17

　　小溪里的水真清澈呀！黑不溜秋的鱼儿清清楚楚的，在石头缝间拱来拱去。阿四妹拿着削尖了的竹子去叉，却总是比鱼儿要慢上半拍。

　　"阿康哥，为什么要拿竹子去叉鱼哇？"

　　"练眼力劲呀，干革命工作必须眼明手快。"

　　"阿康哥，为什么要提两桶水去走独木桥哇？"

　　"练的是胆识和臂力呀，若真打起仗来，负重行军那是常有的事。"

　　阿四妹被阿康哥拿汗巾蒙住眼，张开双手像老母鸡一样去把田地里吃散落稻粒的鸡给捉回笼子里去，扑腾来扑腾去，鸡没捉着，自己倒差点被绊倒嘴啃泥了……阿四妹生气地扯下汗巾，"阿康哥，为什么要蒙住眼捉鸡哇？"

　　"看你身手够不够敏捷呀！"阿康哥笑嘻嘻看着阿四妹。

阿四妹不干了，气鼓鼓要走，阿康哥却夸她："到底是训练了几天了，有点像个共产党员的样子了。"

阿四妹一听止了脚步，咧开嘴傻傻看着阿康哥笑。也不知自己这番操练是否算是合格了，阿四妹只知道自己胳膊更粗了，力气更大了，挑上满满两桶水走起来也是健步如飞。

阿康哥在沙地上给阿四妹画了几个格子，煞有其事地填上"一等"或是"二等"。阿四妹问怎么没有"三等"，阿康哥白了她一眼，"三等就是不合格了！我阿康教的，怎会是不合格？"

扎马，一等，叉鱼，二等，挑水，一等……填到"溶洞"那一项时，阿康哥挠挠头不知如何下笔，阿四妹却早已在边上忍不住笑出声来。阿康哥瞪了她一眼，"笑什么？"这下阿四妹更是笑得前俯后仰。"阿康哥！我们什么时候再来一次摸黑进岩溶洞吧？"

这一带山里有许多满是天然钟乳石的岩溶洞，有的很开阔，里头别有洞天，甚至当中有小溪流过；有的则很隐秘，当中滴水声声，阴冷袭人，常年不见天日。记得那天阿康哥就指着最阴暗的那一个对阿四妹说："走，从洞口摸黑进去，走到底了，再摸黑走出来。"

阿四妹探头往里望，深幽幽的不见底，一阵阴风吹来，阿四妹打了个冷战。

"阿康哥，为什么要进洞去哇？"阿四妹问。

阿康哥直接把她往里推。"快去快去，你说要破除黑暗，驱除寒冷，怎可怕黑怕冷噶？"

阿四妹自小倒是不怕黑的，只是这溶洞里潮湿而光滑，偶尔透进来的一点点光反而被折射得光怪陆离的，确实瘆人。阿四妹摸着冰冷的石壁缓缓往前走，心里多少有些发虚。阿康哥不放心她一个人，便与她拉开距离，悄不出声远远跟着，听前方的阿四妹被突然飞起的蝙蝠吓得尖声惊叫时，不禁捂嘴窃笑。走着走着，前方忽然有光，阿四妹一喜，循着光走过去，前方果然是个洞口，一出去忍不住惊呼起来。外面是个百米来高的悬崖，只有一块灶台大小的石头可以站立。底下是一条河，水哗啦啦地流。山是绿的，倒映在水里也是绿的，阿四妹站在"灶台"上极目眺望，远处的山是绿的，近处的崖壁也是绿的，地上的草也是绿的，目之所及皆被绿色占据。阿四妹雀跃地回头，竟见阿康哥脸也是绿的，正扶着石壁瑟瑟发抖。

"阿康哥，你出来看呀！这里可以看到村里咧！"

阿四妹兴奋地伸手去拉阿康哥，阿康哥赶紧摆手说"别，别"，脚步不自觉往后挪。阿四妹见状，扑哧一声笑了，这阿康哥，莫不是畏高？！又细细一想，是咧是咧，上次爬树，他也不敢爬咧，想必是有畏高的毛病！再看看扶着石壁慢慢往后缩的阿康哥，阿四妹笑得直不起腰来。

这项最"惊险"的训练，就在阿康哥红一阵白一阵的脸色中悄然落幕。阿康哥本想给阿四妹打"一等"的，见阿四妹笑得猖狂，板着脸写了个"二等"。

— 18 —

　　转眼他们就在村里住了十日有余，渐渐地，村里人都跟阿四妹熟了，"阿四先生""阿四先生"叫得甚是顺口。阿兰家里种了好几亩地的番薯，快到散学时分时，阿兰她娘便会挑了最粉最糯的，煮熟给阿四妹送来，又对阿四妹千恩万谢，"我家丫头若是敢不听话，阿四先生尽管打，拿藤条打！"慌得阿四妹连连摆手，"阿兰好听话，耳聪目明，学什么都快！"

　　有次阿康哥听见了，走过来笑道："阿四先生脾气好，哪舍得拿藤条抽学生。"

　　阿兰她娘一见阿康哥却收了笑脸，嘴里说着"那是那是"便匆匆告辞走了。

　　阿四妹虽觉得有些奇怪，但也没放在心上。再过些时日阿四妹就发现了，不仅是阿兰她娘，村里人见了阿康哥，都是一副见到瘟神的模样，躲得远远的。这让阿四妹好生奇怪，想问问，又不知找谁问好。自从上次撞见了贵婶的事以后，阿四妹就像是自己被撞见了似的，反而不好意思跟贵婶说话了。憋了好些天，阿四妹终于忍不住问贵婶："贵婶，你有没有觉得村里人好像不怎么喜欢阿康哥？"

贵婶一拍大腿，"哎哟！听你这么一讲，我都觉得是咧！上次阿康同我一起浇完菜回来，路上遇见小顺他爹，阿康给他打招呼，他也是不理，急急就进屋去了。"

这就怪了！阿康哥做啥事得罪村里人了？阿四妹有点坐不住了，思来想去，决定去找阿兰她娘打探打探。

阿兰她娘一听阿四妹问起阿康哥，连连摇头。"阿四先生啊，你是个好人，我们都敬重你，可你这个表哥可真不是什么好人哪，你跟他一起也得多长个心眼才好。"

"他怎么不是好人了？"

阿兰她娘神情激愤。"这个后生仔，成日里坑蒙拐骗的，村里好多上了年纪的，都上过他的当啰！"

"怎么坑蒙拐骗？他做了什么？"阿四妹一惊。

阿兰她娘把嘴凑到阿四妹耳边，右手呈喇叭放在嘴边悄声说："你不知道呀？前几日才刚把阿六爷家下蛋的老母鸡骗走了，还有顺叔，被他坑走了一块猪肉，顺婶说那肉是要腌了留着过年吃的，到现在都还对顺叔不依不饶咧。"

阿四妹回想，这些日子阿康哥的确时不时会拿些东西回来，阿四妹只当他是卖古董的钱换的，没想竟是骗来的。阿兰他娘还在絮絮叨叨说着："今年收成还好，但缴了地租也没剩多少了，谁家还有余钱给他骗呀，都数着米粒过日子的……"阿四妹一股气冲上脑门，也顾不得端先生的架子了，哇地哭出声来，也不听阿兰她娘的劝，抹着泪一路小跑回到贵婶家。

阿康哥正坐在屋前的地上削箭，见阿四妹哭着回来，赶紧放下东西追了过去。

"怎么了怎么了？哪个欺负你了？"

阿四妹狠狠推开了他，"你！"

阿康哥一个踉跄才站定，一脸茫然，"我好端端帮你削箭，怎的就欺负你了？"

阿四妹用手背一抹泪，问道："你说，你拿回来的那些东西，可是坑骗乡亲们的？"

阿康哥被骤然这么一问，呆住了，过了一会儿才小声嘀咕道："怎能叫坑骗，明明是借，我说了一个月内会双倍还嘎，蚀不了。"

"你又无钱，拿什么还？可不就是坑骗？"

阿康哥觉得冤枉，"我有古董哇，乡下人不识货卖不出罢了，等我去镇上卖了拿回钱来，别说双倍，三倍四倍也不在话下！"

"那你怎么不去？"

阿康哥想起"歪目林"，支吾道："我，我想过几日再去。"

"你！你真是要急死我！"阿四妹跺脚。

阿康哥见阿四妹又哭起来，赶紧哄道："你莫要生气啦！我也是因为住在别人家里心里过意不去，才想着帮补点用度。这样，我明日就去做工挣钱，把借乡亲们的钱还上，行不行？"

阿四妹死死盯着他说："要做得到才好讲啵！"

"做得到做得到！"阿康哥举起手指作发誓状，"这世上就没有我阿康做不到的事！"

19

第二天傍晚，阿四妹还在帮贵婶喂鸡，阿康哥就甩着一根树枝大摇大摆哼着小曲回来了。阿四妹见他一副吊儿郎当的模样，故意问他："这么开心，挣到钱了？"

没想阿康哥竟真从口袋里摸出好几块大洋来，拉过阿四妹的右手，丁零当啷一块一块慢慢排到她手上。

"这么多？哪来的？"阿四妹另一只手也赶紧凑过来捧住。

"工钱！"

"你找到什么工了，这么多钱？"阿四妹惊讶极了。

"给六爷家的四公子上课。"

六爷，就是村里那个大地主六爷？阿四妹不解地问："他怎会请你教书？"

阿康哥挺直了腰，把树枝在另一只手掌心拍打着，清了清嗓子说："看到没？我可是大广州城里来的教书先生。"

阿四妹哭笑不得。"你怎就成了教书先生了？"

阿康哥抹抹头发，假装拉拉"身上的"长衫下摆，装出一副教书先生的架势。"像不像？我说我在广州当教书先生，他们就信了。"

阿四妹看着他黑乎乎的对襟衫，露出半截小腿的阔腿裤，哭笑不得。"这，这怎能随口乱讲呢？这不是骗人吗？"

阿康哥却不以为然。"我也是读过好多年书的，四书五经还有洋书都读过，教一个开裤裆的小子自然不在话下，怎是骗呢？"

"那，那也不好跑去给地主家干活。"

阿康哥神神秘秘地压低声音在阿四妹耳边说："这你就不懂了！我自有计划。"

阿四妹见他胸有成竹的样子，便点点头，但还是有些不放心，"你都还没开始上课呢，怎就先拿了工钱？"

阿康哥哈哈大笑，"你等着瞧吧，何止工钱，我迟早把他们剥削来的财物统统拿过来！"

这话叫人摸不着头脑，但阿四妹一听到"剥削"两个字，无来由就热血沸腾起来。

嘿嘿，这阿康哥，毕竟是阿康哥咧！

20

　　转眼又过了十来日，年关已近，静谧的村子渐渐闹腾起来了。打扫洗刷，杀鸡宰鸭，也有筹备年货或是缝制新衣裳的，女娃们也都跟着忙起来了，来找阿四妹上课的越来越少。阿四妹一边帮贵婶磨着米浆一边在心里盘算着时日，等过了春节就该起程去江西了。

　　正想着，招娣低着头走了进来，见了阿四妹也打招呼，搬个凳子坐下就开始瞅着地上掉落的豆子发呆。阿四妹见她双手把自己的衣角绞了又绞，差点要绞出花来，便问她怎么闷闷不乐，没想这一问，就招惹得招娣的眼泪大颗大颗滚落下来。

　　"阿四先生，我，我不要嫁给那个病猴子。"

　　"什么病猴子？"

　　"就是六爷家的大儿子，陈炳文。"

　　"是谁要你嫁给他了？"

　　招娣抽泣道："我爹。那六爷差人挑了两大担东西上门提亲，我爹就答应了。"

阿四妹心里咯噔一下，心想天下的爹娘怎都一般糊涂呀，尽想着皮囊上的痛快。地主家的浪荡子，能是什么好货色。

"你爹问过你没有？"

"没有，他说自古婚嫁都是父母之命媒妁之言，答应了之后才叫我娘跟我说的。"

"哼，封建！这都是封建思想！妇女可不是任由他们差遣的工具！"

"阿四先生，你说我该怎么办呀？"招娣哀求道。

阿四妹安慰她："莫急，莫急，你见过那个病猴子没有？"

"怎没见过！那个病猴子整天抽大烟，就连出门都要坐在轿椅上抽，村里人都见过。"

阿四妹听说过大烟，那可是骇人的东西，能把活生生的人抽筋扒皮去骨变成大废人。"你爹能不知道他抽大烟？"

"当然知道。"招娣抬手抹了抹泪，"可我爹说了，陈家有的是钱，有的是地，抽不穷的。"

"那你娘咧？你娘也舍得你嫁给抽大烟的？"

招娣说："娘倒是不舍得，哭红了眼，但到底还是得听我爹的。"

阿四妹死死盯着眼前磨米浆的石磨，忽然觉得这石磨碍眼得很。可恶的封建思想呀，可不就跟这沉重的石磨一样吗？把女人们碾碎了，磨成粉，想做成啥就做成啥，迟早要端上男人的饭台。这封建剥削一日不根除，中国的女性就别想过上舒心日子哇！

阿四妹越想越气，忽然抬手"砰"一声狠狠拍在桌子上，把招娣也吓了一跳。

想当初，阿四妹知晓爹爹收了那软壳濑尿虾家的聘礼时，心底也如招娣这般害怕，还恨，恨自己怎么不是真正的男儿身，横竖都逃不过嫁人。然而自己终究是逃出来了，那出逃的脚步是坚定的，不容置疑的。阿四妹知道自己之所以不迷惘，就是因为高姐。阿四妹告诉自己，只要找到了高姐，只要成了共产党员，这一切就会改变，终身大事也不会落在算盘上由得人盘算。

可眼下招娣又该怎么办呢？即便是她想逃走，阿四妹也想不出来她能逃去哪里。

阿四妹见四下无人，悄悄问招娣："你可有自己相中的人？"

招娣先是一愣，继而羞红了脸，手指更加用力绞着衣角，微微摇了摇头。

阿四妹又问："那——你可有想过要嫁给怎样的人？"

招娣还是摇头，"男人就没个像样的。"

这倒出乎阿四妹的意料，"为什么这样说？"

招娣说："你瞅那虾皮，整日里躲在地里跟人斗蛐蛐。还有那冬子，明明有书读就是不学好，被先生拿了戒尺追到他家里打。阿胜倒还老实，就是天天闷声不吭守着他家那头大水牛，比闷葫芦还闷。"

招娣说的，是村里几个跟她相仿年纪的男娃仔，阿四妹见是见过，没怎么留意他们的为人。

"照你这么说，都还比不上那病猴子咯？"阿四妹故意说道。

招娣急得跺起脚来，"不是不是，不是这样比的，那病猴子只晓得抽大烟，脾气还不好，我还见过他用脚踢轿夫，踢得人躺在地上求饶。"

阿四妹一听他这么欺负人，语气也不好了："那是极坏的，行凶作恶！"

"我，我怎能嫁给这样的人哇，说不定，说不定他也拿脚踢我。"

"嗯，那是决计不能嫁的。"阿四妹附和道，想了想又叹了口气，"可眼下怎么办才好，这样的大坏蛋，断然不会同意退了这门亲事的。"

招娣一听又嘤嘤哭起来，"不嫁，我不要嫁给病猴子。"又拉着阿四妹的胳膊求她，"阿四先生，你见多识广，你比我有能耐，求求你帮我出出主意呀。"

阿四妹见她哭，心里也乱如麻。"我能有什么能耐哇，实话告诉你吧，我爹娘也要把我嫁给那软壳濑尿虾做填房咧。"

"软壳濑尿虾？"

"就是我们那里乡绅家里的，那人我见过，虽说不抽大烟也不踢人，可见了那些地主会的恶人就只晓得巴结奉承，也就剩吃粮食的能耐，比软壳濑尿虾还没骨气。"

"那你后来怎么办呢？"

阿四妹说："我实在不愿意嫁他，就趁我爹和我娘在地里忙时，偷偷逃出来了。"

招娣惊叫，"啊！你逃出来的！"

"嘘！"阿四妹赶紧示意招娣莫要嚷嚷，"细声点，叫人听见了。"

招娣惊慌捂住自己的嘴，"我，我不知道，竟然，竟然还可以逃走的。"好一会儿才冷静下来压低声音问道，"阿四先生，你可真有胆量，你就是逃婚才逃到我们这里来的吗？"

阿四妹摇摇头，"我是要去江西找高姐呢。"

招娣问："就是你一直给我们讲的那个'活观音'高姐吗？"

"对。"

"你找她做什么？"

"我要请她介绍我入党,我要干革命工作!"

招娣想起来她们平日里模仿高姐说的话,心里羡慕不已。"要是我也可以跟你一样就好了。"

一个念头从阿四妹脑子里迸出来,"哎呀,我怎么没想到呢,你也可以跟我们一起走呀,一起去找高姐!"

"真的?"招娣先是兴奋地跳起来拍手,但很快又像泄了气的气球一样悻悻坐下,"阿四先生,你说,你说逃婚会不会被人瞧不起的?以后,以后还能再嫁人吗?"

"逃婚怎么会被人瞧不起?"

"那你怎么不敢给人知道?"

阿四妹冷不防被招娣这么一问,竟戳中了痛处。是呀,自己怎么一直不敢给人知道自己逃婚的事呢?连阿康哥都不敢告诉。想来自己在心底也早就认定了,这样的事并不光彩。

这么一想,阿四妹顿时感觉到一股深深的羞愧,明明是逃离封建束缚,是光荣的事,怎么就不光彩了?

招娣见阿四妹不语,以为她恼了自己,赶紧拉着阿四妹的胳膊讨饶,"阿四先生,是我无礼了,你莫生我气。"

阿四妹轻轻拍了拍她的手,说:"我没生你气,我是怪我自己,竟还顾忌着封建那一套。"

两人正说着话,阿康哥穿着一件崭新的灰色长衫大摇大摆回来了。

这可是阿四妹第一次见阿康哥穿长衫,两撇浓墨开出的眉毛搭配底下的青色盘扣,倒真有几分做学问的样子,就是胳膊腿细了些,显得长衫有些空荡荡。

阿四妹惊讶地问道:"你怎的穿上这衣裳?"

阿康哥抬手摸着光滑的下巴假装捻须，摇头晃脑道："这才有个教书先生的样子嘛。"

阿四妹又问："你这长衫哪儿来的？"

阿康哥抬手去弹衣衫上并不明显的褶皱，"这可是东家差裁缝专门给我做的，这六爷家可是讲规矩的，晓得尊师重教。"

招娣听他提六爷，噘嘴道："他们才不讲规矩呢，他们都是欺霸乡里的坏人。"

"欺霸？"阿康哥看向招娣，"他们欺谁霸谁了？"

这招娣正要说话，阿四妹赶紧把阿康哥拉到一边，凑在他耳边把招娣的事说给他听，话都还没说完，阿康哥已然拍着大腿高声赞同，"逃！就应该逃，我阿康平生最恨的就是抽大烟的！"

阿四妹欣喜，"那你是同意带她一起去江西了？"

阿康哥一愣，"去江西？为什么要去江西？"

"那她还能去哪里？"

阿康哥侧过脸看了一下依旧坐在石磨边低头看着地面的招娣，把阿四妹往远处拉了几步，低声说道："她一个女儿家，也不同你有革命志气，去找高姐作甚？再说，她以后的生计，可怎安排？"

阿四妹想了想，"就不能到江西给她谋份营生？"

阿康哥摇摇头，"江西是怎样个情形，你我都不知道，怎能又带多一个人。"

"那依你看，招娣该怎么办？"

阿康哥拉起长衫的衣襟来回走了两圈，忽然站定了看着阿四妹兴奋地说："去广州！对，去广州！这广州城虽说刚遭了劫难，但根基还在，一个女仔谋份养活自己的营生不是难事。"

"怎么谋？"

"我阿康是谁呀，广州城哪个不得给我阿康几分面子？"又说，"只要我给我朋友写封书信，给招娣找份差事那就是分分钟的事。"

阿四妹想起那个穿旗袍露大腿的女人，没好气地说："你的那些个朋友，也不一定可靠。"

阿康哥只当她是担心招娣的安危，宽慰道："你放心啦，我阿康你还信不过咩？啊对啦，就找阿群，阿群开了个裁缝店，让招娣去裁缝店里当个学徒，也好学门手艺！"

裁缝店听起来还像话，阿四妹点点头，"那个阿群会答应？"

阿康哥拍拍胸脯表示敢打包票，"我们自小玩到大的，我阿康的事，他岂敢怠慢！"

阿四妹听他说得笃定，便去与招娣说。招娣一听广州城，张口就问："可是大牛哥去当兵的那个广州城？"

阿四妹说："对对对，还能有几个广州城。"继而又狡黠地用胳膊肘碰了碰招娣，轻声说道，"瞧你，还说你没自己相中的人呢。"

招娣的脸一下火烧似的红到了耳根，急急解释道，"不是不是，我的意思是，我也要像大牛哥一样，去大大的广州城，去干大事！"

阿康哥哈哈大笑，"你能干什么大事？"

"我也可以当兵！"

阿康哥上下打量了一下娇弱的招娣，嘿嘿笑道："你就别干什么大事了，到裁缝店当好学徒，给你大牛哥做几件好衣裳就算是大事了。"

"哎呀，你说什么呢！"招娣跺了跺脚，低着头作势就要跑。

阿四妹赶紧拦住她安慰道："你别听阿康哥瞎说，我们妇女也可以干大事的。"说完还是忍不住看向阿康哥扑哧一笑，到底还是不觉得她招娣真能去干什么大事。

招娣娇嗔地捶了下阿四妹的胳膊，渐渐收了脸上的红晕，脸色变得凝重起来。

"两位先生，你们说，我真的能去广州城吗？"

阿四妹和阿康哥对望了一下，问她："你想不想去？"

招娣认真地点了点头，"想！留在这里，就算不嫁给病猴子，将来也是跟我娘一样的，在我爹面前啥话都说不上。"

阿四妹欣喜地拍着招娣的手臂说："好，你有这样的觉悟那就太好了，高姐就跟我说过，广大妇女必须自救，否则世世代代都是男人们的工具。"

招娣也被阿四妹的激情感染了，心底一团火涌到了脸上。"对，我要自救，我才不伺候那病猴子。我这就回去收拾东西，明日趁我爹娘还未起身就走。"

刚走了几步，招娣又折了回来，恳求阿四妹道："阿四先生，你能否帮我写几个字给我爹娘？我怕他们找不到我，以为我出了什么事。"

阿四妹点点头，"对的，是要留个书信，我当初也给爹娘留了书信的。"

阿四妹找来纸笔摆好，问招娣："你要怎么写？"

招娣想了好久才缓缓开了口说："就写——爹，娘，我不嫁人，我走了，勿要寻我。"

阿四妹写了几个字就犯难了，这嫁人的嫁字，右边可怎么写？

阿康哥抢过笔来，"我来写吧。"写完还自作主张在结尾加上了一句"你们保重"，再端端正正地署上大名，招娣。想了想，又拿起纸笔写了个地址塞给招娣。"拿好了，到了广州城上这个地址找阿群老板，就说是康少爷介绍的，他会帮你打点的。"

招娣拿了信，看了又看，仔仔细细折了塞进腰间。阿四妹以一副过来人的口吻叮嘱道："你半夜出发可得小心，留意听周围的动静，若是有不妥就赶紧跑起来，跑得越快越好。"

阿康哥觉得好笑，"你当初就是这么到广州城的？"

阿四妹脸微微一红，悄声问道："你身上可还有钱？"

阿康哥掏出兜里所有的大洋，在掌心排开数了数，有八个，阿四妹便拿了四个，轻声对阿康哥说："算我借的，日后赚了钱定会还你。"

阿康哥耸耸肩，"钱啫，何苦认真。"

阿四妹感激地看了他一眼，把钱塞到招娣手里，叮嘱道："拿回去缝到衣衫内里，别叫人看见了，路上吃住要用。"

招娣正要推辞，阿四妹在她耳边悄悄说："拿着，这钱在阿康哥手里也是片刻就挥霍了，你就当帮他使了。"招娣往日里也听说过阿康哥的劣迹，便收下了，向二人鞠躬致谢离去。

这一晚的夜色似乎比往日里都要凝重，空气里全是湿答答的水汽，随便吸上几口，从鼻子到眼睛到嘴巴都会湿润起来。在招娣离去后阿四妹就一直沉默，一边编着手上的干草秆子，一边看阿康哥在自己跟前来来回回地往水缸里装水，好几次想喊他过来说说话，话到嘴边又咽了回去。阿四妹暗暗打定了主意，日后若真要跟阿康哥提起逃婚这事，可务必要记得跟阿康哥说，自己是未曾拜堂未曾过门的，可算不得已经嫁人。

转眼已是年二十八。招娣是年二十六清晨悄悄逃走的，掰起手指算，已过去二日有余，若一直往南走，想来已然是在从化境内。这两日里阿四妹时时竖起耳朵来听村里的动静，却没听到什么大动静，似乎不见了个女儿家这样的事在年关将至的重要时刻并不能掀起什么波澜来。二十六日招娣爹娘倒是有在村里四处询问过，后来听阿兰她娘说他们找到了一封招娣留下的书信，便不再找了，关上门一个哭得呼天抢地，一个骂得昏天黑地。

年节是不会因为几声哭几声骂就缓了脚步的。年二十八的时候，招娣她娘已经安安静静踮起脚尖去扫屋檐挡板上乱糟糟的落叶了。年廿八，洗邋遢（搞清洁），一代代留下来的规矩不能坏。

阿四妹一上午都在帮着贵婶刷洗灶台擦洗桌椅，年的味道就在家家户户忙得不得闲的紧张气氛中愈加浓烈了。

阿康哥是这屋檐下唯一的男丁，自然而然就领了补屋顶的差事，可怜这阿康哥死死拽住木梯子的两边颤颤巍巍往上爬，多少年来风里雨里见惯世面的木梯子都被他抖得差点散了架。阿四妹见他明明怕得要死却还要逞能，忍不住在底下偷偷掩嘴笑。

晌午时分的太阳总算扔下来些像样的光来，均匀铺在屋顶上还有阿康哥的衣衫上，金灿灿，暖乎乎。阿康哥刚修葺好屋顶下来，惊魂尤未定，就见那六爷带着两个凶神恶煞的狗腿子家丁风风火火地闯了进来。

阿康哥拍拍裤子上的灰正要端起教书先生的架子，没想六爷已指着他冷笑道："哼，你果然在此，给我搜！"

两个狗腿子得了令，冲进贵婶屋内，把能藏人的地方都搜了一遍，一干物什被推得七零八落，就连贵婶今天刚做好留待过年用的发糕，也被掀翻在地。

"住手！这般无礼！"阿康哥冲上去要拦，被他们一把推倒在地，还挨了一脚踹，阿四妹赶紧过去扶他，贵婶则吓得在一旁抖着手腿直哆嗦，"这是作甚？作孽哇，作孽哇。"

片刻之后，两个家丁随脚踢开门口挡道的鸡笼，骂骂咧咧走了出来。他们凑到六爷的耳边说了些什么，六爷两撇倒垂眉皱到一起，"找仔细没有？"

两个狗腿子相互看了一眼，低下头。

六爷瞥了一眼对他怒目而视的阿康哥和阿四妹，亲自走进屋里，把阿康哥装家什的筐子一脚踢翻，里面的东西都滚落出来。六爷用手中的拐杖撩起那件长衫，两眼直勾勾盯着阿康哥说，"人赃俱获，看你这盗贼还有什么话讲！"

阿康哥不明其意，"什么盗贼？"

六爷把手中的拐杖往地上一戳，"这可是我家账房先生的衣服，还不是你偷的？"

阿康哥急了，"你勿要乱讲！这明明是账房先生赌输与我的！"

阿四妹惊道："赌输？你不是说这是……"

阿康哥赶紧捂住阿四妹的嘴巴，低声道："他们要诬赖我呢。"

六爷蹲下，用手拨拉了几下筐中滚出的那些物什，啧啧摇头道，"你这盗贼，收获不少呀！都是从哪里盗来的？"

阿康哥扑过去，把那些古董玩意儿护到身下，抬头喝道："血口喷人！这都是我家祖上留下的东西。"

那六爷随手拿起掉落在地的几块大洋，在手上抛着玩，戏谑地说："这也是你祖上留下的？"

阿康哥顿时语塞，"这是，这是二少爷赌输与我的。"

六爷冷冷一笑，"好哇，见你有几分见识，给你个教书的差事，倒讹到我儿头上了！这不是打孔老夫子的脸吗？斯文扫地！"

两个家丁听六爷这么一说，相互看了一眼，冲上去对着阿康哥就是一顿拳打脚踢，阿康哥身下的东西也被踩烂了不少。

阿四妹下意识扑过去以身子相护，"别打了，你们别打了，许是有什么误会！"

"误会？"六爷示意那二人停下，假意责怪，"没规矩！怎可对康先生无礼。"说着踱步到阿康哥跟前，用手揪住他的衣领拉近了些许，又松开，轻轻给阿康哥掸去灰尘，细语道："康先生，你是个明白人，还是老实说了吧，你把人藏哪里去了？"

阿康哥一抹嘴角的血，"什么人？"

六爷压低声音道："你莫要装蒜，你那字迹，我可是认得的。"

阿四妹脑袋嗡一下子，原来他们是为招娣来的！

阿康哥看了一眼阿四妹，忍住痛把头一横，"什么人什么字，我听不懂。"

这六爷流露出十分失望的神情，摇头叹道："康先生啊康先生，我六爷向来敬重读书人，请你当我儿的先生，又以礼相待，想不到你竟恩将仇报，活活拆散我儿好姻缘，如此行径，对得住圣贤之教诲吗？"

阿康哥不服气，"什么好姻缘？分明是强抢民女。"

"胡说！谁不知我六爷家中供的是菩萨，读的是圣贤书，哪能干这强抢民女的事！我不嫌她贫寒，差媒婆说亲担聘礼登门，礼数周全无缺，你去问问，这方圆十里，哪个大户人家能做到？"

阿四妹忍不住插嘴道："招娣不愿便是强抢。"

"荒谬！简直荒谬！"六爷气得眉尾发抖，声音中竟有些许哽咽，"自古以来婚姻大事都是父母之命，媒妁之约，那招娣不懂礼数丢我脸面，你们饱读圣贤书的也不懂吗？竟胡搅蛮缠，真是气煞我也！"

阿四妹也毫不客气地回敬道："你这都是封建思想！"

"你！不与你妇道人家一般见识！"六爷不再理她，喘匀了气对阿康哥下最后通牒，"你听好了，我不管你们之前如何胡闹，赶紧把人交出来，我便放过你，这些东西也能归你，若是不说，可别怪我管不住下人。"

阿康哥刚尝过那二人的拳脚，心有余悸，本想着先服个软敷衍过去，反正招娣已然远去，谅他们也追不上的，扭头却看见阿四妹瞪大了眼看着自己，一副视死如归的样子，只好硬着头皮说道："要打便放马过来，少在那里惺惺作态！"

这话可彻底激怒了六爷，他放开阿康哥的衣领，右手一挥，"好！好！敬酒不吃吃罚酒！给我打！把这个盗贼往死里打！对待贼人怎可心慈手软！"

阿康哥随手抄起刚才拢稻草的竹耙子朝他们挥舞，无奈对方二人身强力壮，双拳难敌四手，很快便被那两个家丁按在地上动弹不得，拳脚如雨点般砸落在身上。阿四妹屡次冲上去相护，都被人狠狠推开，嘴唇也磕破了鲜血直流，贵婶过来拉她，也被人猛地推倒在地。

眼看着阿康哥已然被人打得奄奄一息不能言语，阿四妹悲痛大喊："救人哪！救人哪！要打死人了！"

没想还真有人应声而来，且是许多人。

跑在前头的是阿兰家的三兄弟，拿着锄头钉耙，想必是还在地里干活，打着赤脚就奔跑而至，一进来便横架着锄头把那二人死死架开，紧跟其后的是秀姑家的，还有秋英家的，就连秀姑也躲在她兄长身后跟了过来。最出乎阿四妹意料的是这当中还有三叔，一改平日里慢悠悠的郎中架子，身手敏捷三步并作两步，一来就直接挡到贵婶和阿四妹身前。

那两个家丁自然不怕这些泥腿的，但见对方人多势众且手持长物，便不敢妄动，齐齐看向六爷。六爷见此架势怒道："你们这是要作甚？胆敢护着盗贼！"

三叔扶起了阿四妹，给旁边瑟瑟发抖的贵婶使了个眼色，对六爷拱手道："六爷，就算那阿康真是盗贼，也只剩半条命了，这阿四先生可是无辜的，您怎好伤及无辜。"

六爷"哼"了一声，"这两个外乡人本就是一伙的，说什么无辜。"

秀姑从她兄长身后探出头来插嘴道："你胡说！阿四先生是好人！"话刚说完又被她兄长一手摁回到身后去。

六爷见一个小小丫头也敢放肆,更加怒气冲冠,"反了反了!这村里还有没有规矩了?!你们,把这两个盗贼给我捆回家里去,我慢慢审问!"

两个狗腿子正要伸手去拉阿四妹和阿康哥,几条大汉已把他们死死拦住,"走,你们快走!"

阿兰他娘帮着阿四妹把阿康哥扶起来,"你们快逃走吧,逃到安全的地方去。"

三叔也说:"对,你们快走吧,这地不宜久留。"

说话间贵婶已帮阿四妹把她的包裹拿出屋来,阿四妹见此等情形,心想也只剩逃走一条路了,便接过包裹,紧紧握住贵婶的手道别,又朝大家伙儿一个鞠躬,这才搀着一瘸一拐的阿康哥往村外走去。阿康哥走了几步还挣扎着要回去拾地上的竹筐,被阿四妹死死扯住往前走,"阿康哥,逃命要紧!逃命要紧!"

22

　　二人边走边回头张望,耳边还响着那六爷气急败坏的声音,叫嚣着要回去喊人,要好好惩治这些"刁民"。阿四妹心里害怕,不由加快了脚步。

　　刚开始阿康哥还一瘸一拐由阿四妹搀着,走着走着步子便顺溜起来,再走一段,已是健步如飞。泛黄的干芦苇踩在脚下,窸窸窣窣有些鬼祟。泥地都是干硬的,踩不出落荒而逃的仓皇脚印。这样也好,省去了被追踪的麻烦。

　　到了分岔路,二人犹豫了,右边是野草茂盛的泥地,被来来往往的脚踩出一条通往繁华的"秃"线来,多少像是条路的样子;左边的路就不太像路了,近处还见有草,再往远处看就全是黑乎乎的石头了,全然没半点生机。阿四妹抬脚要往右侧走,阿康哥想起前段时间在镇上结了仇,赶紧一把拉住阿四妹。

　　"别走那边。"

阿四妹不解，"为什么？这边才像条路。"

阿康哥说："不像才好，那六爷正带人追来咧。"

阿四妹觉得在理，二人便往左拐去。渐渐地，地上的碎石越来越多，越来越多，再走一段就完全不见了泥地，不见了田间小路，不见了茂盛的树木花草。他们不知怎的走进了一片荒地，荒凉得只剩冰冷的石头。天色渐渐黑了下来，乌黑的、形状怪异的石头在阴着脸的霞光下渐生光怪陆离之感。阿四妹挑了一块看起来还算友好的大石头坐下，气喘吁吁，"已经走了这么些时候，应该追不上了。"

阿康哥抬手抹了一下嘴角已经半干的血，气愤道："这帮贼人，下手真狠！"

阿四妹见阿康哥手臂被利器割出好几道口子，还在往外渗着血水，便从行囊里取出一件旧衣裳，撕下布条帮他包扎。这阿康哥一边疼得龇牙咧嘴，还碎碎念叨道："这回真是老猫烧须咧！可惜了那几样古董，都是值钱货色，就这么便宜了那个心狠手辣的……"

阿四妹听着听着渐渐恼了，停下手上的活儿，侧着身子生气。

"怎么了？"阿康哥不解地问。

阿四妹转过头看着他，用质问的口气说道："你说，那长衫和那些钱，是不是你偷回来的？"

"怎会是我偷的呢？这是和尚头上的虱子，明摆着的事，他这是为招娣不见了的事来的，故意诬陷我呢！"

阿四妹说："他自然是来找招娣的！可你要是清清白白，他怎有借口污蔑？"

"我怎的不清白了？"

"那你说，那长衫到底怎么来的？"阿四妹问。

阿康哥言辞闪烁起来。"确实，确实不是东家给我做的，我也是想着既然是教书先生，就该有个教书先生的打扮。"

"那到底怎么来的？"

阿康哥说："长衫是账房先生的，我见他身材与我相仿，家中又有许多长衫，便与他赌了一局，赢了一件长衫回来。"

"赌？"阿四妹惊道，"你拿什么与他赌？万一输了呢？"

阿康哥有些扬扬得意起来，"我阿康是谁呀？六岁起就会玩骰子，哪可能失手！"

阿四妹见他无半分悔意，更是气急，"这样说来，那些钱也是你赌赢来的？"

阿康哥竟面露得意的神情，"哎，你不知道，他家那个二公子，就是个半傻子，我随便与他说说他就……"

"阿康哥！"阿四妹悲切地打断了阿康哥的话，"俗语话十赌九输，你怎好这么烂赌！"

阿康哥却不以为然，"放心啦，我阿康这辈子就没怎么输过！"

阿四妹猛地想起他那些贵重的古董，心中压抑许久的疑惑又涌上心头，干脆打开天窗问道："你筐子里那些东西，也都是赌赢来的？"

阿康哥愕然："哪有那么好的事！"

"那莫非真是偷来的？"

阿康哥说："莫要瞎想！那些真的都是我祖上留下来的。"

"祖上？"

"对，我阿爷留给我的，"阿康哥叹口气说，"既然你想知，我便话你知吧。"

阿康哥指了指身边的一块石头，示意阿四妹坐下，然后便一边揉着自己瘀青的膝盖,一边给阿四妹讲起自己家里的故事来。

原来阿康原本是广州西关一大户人家的少爷,那间大屋就是祖上留下来的。当年他爷爷走南闯北做古董生意收集了不少好东西,直到晚年才在广州建了那西关大屋安定下来。本想着可以安度晚年,没想到唯一的儿子也就是阿康哥的父亲却被歹人教唆抽起了大烟,万贯家财渐散。爷爷被气得早早离世,弥留之际,把私藏的一些贵重之物悄悄赠予孙子康诚。俗话说知子莫若父,他爷爷猜想以那不肖子日后必定会当物卖屋,儿媳又早已离世,担心孙子无依无靠生计堪忧,才预先藏了那些东西没给那不肖子败光。刚开始阿康哥把那些东西藏在床底下,后来父亲果然把那西关大屋也抵押与人了,只留下那一小间屋子两父子挤着度日,阿康哥怕父亲知道自己藏有贵重之物,便把那些东西都在烂泥巴里滚上几滚,再裹上些稻草碎屑,随手扔在屋子角落,他父亲没去烟馆的时候就在家吞云吐雾,竟一直没正眼瞧过那堆东西。

说到激动处,阿康哥朝地上狠狠呸了几声。"这个人,一凑上烟嘴就如龙似虎,放开烟嘴就成了死蛇烂鳝,整日里躺在床上吸大烟,就是有贼来偷东西都懒得出声,你说,这样的人,怎配做老豆(父亲)!"

阿四妹点头,"怪不得你说你生平最讨厌抽大烟的人。"

阿康哥接着说道:"后来他就抽烟抽死了,我这才把这些东西清洗了一下,想来也没地方可放,就还是像往常那样随意扔在地上了。"

阿四妹问:"那不会被贼惦记?"

阿康哥苦笑道:"我那间屋子原本是下人房,墙壁都差点长草了,哪里还有贼会惦记。"

阿四妹见阿康哥神情落寞，便安慰道："你读过书，是个有学识的人，这个大少爷不当也罢，当久了整日里吃喝玩乐，也就跟地主乡绅家的公子少爷无异了。"

这说法倒新鲜。阿康哥问："地主乡绅家的公子少爷是怎样的？"

阿四妹脱口而出："就是像软壳濑尿虾那样的呀！"

"软壳濑尿虾？"

阿四妹赶紧捂住嘴，心想糟了糟了说漏嘴了，"就是，就是我们那里一个地主家的少爷，浑身上下没一根硬骨头，就像，就像粪坑里的蛆虫！"

这个比喻可把阿康哥逗乐了，"幸好，幸好，我差点就成了蛆虫！"

阿四妹认真地说："那是自然。而今你加入了中国共产党，为千千万万劳苦大众而战，那就是雄鹰了，是光荣的，岂是那蛆可比的。"

阿康哥见阿四妹把自己比作雄鹰，自然是十分高兴的，正要说什么，阿四妹忽然想起来，"哎呀，死啰，你那支枪咧？不是落在贵婶家了啾？"

阿康哥还没来得及开口，阿四妹已嗖地站起来如无头苍蝇般乱窜。"这可如何是好，这枪落入地主豪绅手中，他们必定会拿去干坏事的，你丢了枪，怕是也要受组织批评，都怪我都怪我，我应该让你回去取了东西的……"

阿康哥起身双手按住六神无主的阿四妹，把她按回到石头上，然后一脚踩到石头上，拉起裤脚给阿四妹看，那枪正严严实实地绑在脚踝处。

阿四妹抚着胸口长吁一口气，"呼，吓死我了。"

阿康哥笑，"看你吓得！"

阿四妹缓了缓劲，又问："阿康哥，你明明有枪，刚才那二人打你，你怎不拿出来？"

阿康哥面色尴尬。"怎可轻易拔枪，枪是拿来对付阶级敌人的。"

"地主乡绅还不是阶级敌人？"

阿康哥说："那不一定。地主乡绅也有好坏之分的。"

这话阿四妹可不同意。"高姐说过，地主豪绅就像吸血鬼，要他们发善心是办不到的。"

阿康哥笑道："发善心自然是办不到的，但也不是所有的地主乡绅都十恶不赦！再说了，也不能误伤了农民兄弟。"

这话听着有理，阿四妹羞愧了，心想人家到底是共产党员咧，觉悟跟自己到底是不一样的，便蹲下去，轻手轻脚继续帮阿康哥包扎起伤口来。

阿康哥的腿并不比阿四妹的粗，而且白，像脱水蔫了的白萝卜，上头鲜红的血尤为刺眼。腿毛倒是很粗，一根根乌黑地蜷在苍白的皮肉上，不密，稀稀拉拉的，叫人忍不住想去拔。阿四妹见过男人的腿，都不是这样的。农忙的时候，一根根粗壮的青筋凸起的腿在泥里拔来拔去，不是干裂留下的沟壑就是各种疤痕，再密的腿毛都遮盖不住。大概像阿康哥这样没下过地的公子哥，腿都是这样的吧？阿四妹在心里琢磨着，阿娘果然没说错咧，什么样的人就有什么样的长相。

不知怎的阿四妹眼前竟莫名其妙浮现出六爷的身影来。那个六爷身穿斯文长褂，鼻子上架着金边眼镜，与以往见过的地主乡绅是大不一样的。他的眉粗而长，眉尾下垂，额头高起，按娘的话说，那是罗汉面相，不像是大奸大恶之人。可这样的人，又为何会强抢民女作威作福呢？看来阿娘的话也不一定对咧。

阿四妹忍不住问："阿康哥，你说那个六爷长得斯斯文文，怎就为非作歹呢？"

阿康哥没好气地说："什么斯斯文文？那叫斯文败类！无端端屈（诬赖）我是盗贼！"

这倒提醒了阿四妹了，噘起嘴来，"算不得屈，你那长衫和钱也不是什么正经来历。"

"怎就不正经了？没偷也没抢。"阿康哥嘀咕。

"赌也不行！"

"好好好，"阿康哥见阿四妹认真了，赶紧赔着笑，"不赌，以后都不赌！"

见阿四妹还要说什么，阿康哥赶紧岔开话题。

"你说那个三叔平日里孤傲得很，见谁都爱搭不理的，关键时刻倒是几仗义啵，我猜，他大概是看在贵婶的面子上……"

阿四妹接过话头说："三叔是好人。"

"你怎知道？"

"我就是知道。"阿四妹的声音低了下来。

阿四妹可没打算告诉阿康哥，那回病好后，她就把剩下的那罐药全都送去给三叔了。三叔自然是千恩万谢，阿四妹趁着无旁人低声在他耳边叮嘱一句："请务必照顾好贵婶和二花！"三叔先是一惊，很快便眼含泪水，端端正正朝阿四妹行了个大大的鞠躬礼。

—— 23 ——

　　在贵婶家的时候，阿四妹学会了纳鞋底，还悄悄为自己缝了一双红色的布鞋。然而此刻阿四妹脚上穿的依旧还是那蹉着脚指头的草鞋，没猜错的话，那双红彤彤的耗了阿四妹好几晚心血的布鞋应该还在贵婶家床头，压在阿四妹睡的草席底下。
　　布鞋是不能轻易拿出来穿的，尤其是红色的布鞋，一针一线那都是阿四妹的小心思。阿四妹虽心疼，却又觉得一阵轻松。罢罢罢，就当是日后留给二花的嫁妆了。
　　何况草鞋也没什么不好。草鞋踩在地上，更容易叫人感觉到一种革命的信心，高姐送给自己的书里是这样说的：这是无产阶级的革命。无产阶级穿着草鞋闹革命，那最合适不过了。这样一想，阿四妹顿时就轻松了许多，好像自己正在做的事就是跟春雷一路的，咋呼归咋呼，总是能唤醒和改变这片沉睡的大地。但这只限于白天，只限于一切清晰而透彻的时候，当清晨的薄雾笼起，或是夜晚的霞光收起时，阿四妹便又感觉心里没底了，那些微弱的闪烁的光，到底是属于日还是夜？到底是属于落日还是晨曦？那种朦朦胧胧的感觉叫人害怕，谁也不想自己的眼前蒙上一层纱。

　　阿四妹多想拨开纱去寻找呀，高姐！高姐！你到底在哪里哇？

— 24 —

山里只有日夜，没有日子，这天日头西斜时阿康哥坐在石头上歇息，忽然掐指一算大叫起来："哎呀！今日已是大年初一了！"

阿四妹也在心底算了算，果然是，不免有些失落，谁能料到这个春节就这样稀里糊涂在荒山野岭里度过了呢。

这是阿四妹第一次没在家中过春节。往年的大年三十，几个出嫁的姐姐多少私下匀些油米回来，阿四妹的娘便把这些油和平日里攒下的油一起倒进一口大锅里，炸煎堆，炸油角，那香味借着风能跳舞能翻跟头，饶你纵是在百米外的村头，也会被那阵味儿勾出口水来。一年里也只有这一天阿四妹能闻到这撩人的香味，平日里阿四妹的娘死死攒着油，攒着糯米粉，炒青菜的锅从不沾半滴油水，为的就是大年三十能吃上这两样好意头的东西。那胀开肚皮的煎堆刚从锅里捞上来的时候，金黄金黄的，就跟大金球似的，浑身还滋啦啦冒着小泡泡，能把人馋得忘了冷热，伸手一摸烫得哇哇叫。眼下大年三十已过，这煎堆和油角也不知还剩没剩，阿四妹想着想着，忍不住吞了吞口水。

阿康哥问她："往年春节，你可有收到利是？"

阿四妹点点头，"阿娘会给我拿张红纸，折好了放衣兜里，图个吉利。"

阿康哥四下张望，见一棵不知名的植物上有红色的叶子，便扯下一片来，仔仔细细折好递给阿四妹，"来，收好，利利是是！"

阿四妹忍不住扑哧一笑，也扯下一片叶子来包好递给阿康哥，"你也利利是是！"

阿康哥懊恼地说："可惜我的钱都被那衰人六爷整没了，不然就可以给你包上几个钱。"

阿四妹安慰道："谁人在意钱不钱的，也就取个好意头。"

阿康哥忽然想起了什么，撩起衣衫从胸口掏出一个指头盖大小的玉坠，是一尊观音的模样，连同挂着的红绳一起包到红树叶里塞进阿四妹的口袋里，嘴里念道："来，袋袋平安。"

阿四妹惊讶极了，"你身上居然还有玉坠？"

阿康哥说："这个不同那些东西，这是我出生时我阿爷就给我挂在胸口保平安的。他说，观音菩萨会保佑我无病无灾。"

阿四妹赶紧把玉坠从口袋里掏出来塞回给阿康哥，"这么重要的东西我可不能拿，你快点挂回脖子上去。"

阿康哥笑了，"那你先在口袋里放一会儿，取个好意头，晚点再还给我。"

"那也行！"阿四妹看着他，脸微微泛红。

沉默了片刻，阿四妹又问道："阿康哥，你们广州城里的春节一定很热闹吧？"

一说起这个，阿康哥就来精神了。"热闹！当然热闹了！偌大个广州城，万人空巷啵，街上满满当当逼（挤）满了人头。"

"逼到街上做什么？"

"行花街，买年橘呀！"

阿康哥忽然从石头上噌地站了起来，拉着阿四妹的手说："来来来，我带你行花街！"

阿康哥指着笔挺的大松树下满地的松塔说道："你看你看，这株叫五代同堂，从阿爷到孙仔齐齐整整。"

阿康哥又指着石头缝里冒出的几棵小苗说道："你看，这些是兰花，各种品种都有，是不是很清雅？摆在厅堂最合适不过了。"

就这样，阿四妹被阿康哥拉着，在这荒无人烟的"花街"上大摇大摆地"逛"。

"这个花街好，不用人逼人！"

"哈哈哈，对，不用人逼人！"

这"花街"的花可真多呀！阿四妹被阿康哥逗得玩心大起，也随手指着周围的野花野草说道："这是水仙！这是牡丹！这是桃花！"

阿康哥把她的手指从一株野草上拉回来，换个方向指去，"错了错了，桃花在那边！"

阿四妹顺着手指看去，还真是桃花！就在不远处的山沟边上，一株粉红色的桃花树开得正艳。阿四妹雀跃起来，一蹦一跳往那边跑去，伸手采下一朵来，插到自己右边耳朵上。

"阿康哥，好不好看？"

那抹粉色在阿四妹的耳边是那么地娇嫩，把阿四妹的脸也衬托得无比娇羞，阿康哥一时都看呆了。

"好不好看嘛？"阿四妹追问。

"好、好看！"阿康哥好一会儿才回过神来。

阿四妹见了阿康哥的神态才幡然意识到什么，脸霎时羞得通红。天啦，自己怎也干出这等羞人的事来！

阿康哥尴尬地看向地面，见桃花树下掉落了不少的桃花，便蹲下捡了一些，在地上摆成了一条鱼的形状，抬头对阿四妹说："过年怎么可以无鱼？等我蒸条鱼给你吃！"

阿四妹抿嘴笑，"这么大一条！"

"那是！"阿康哥得意地说，"这条石斑有十几斤重噶！"

阿四妹见那桃花瓣上沾有黑色的东西，正要伸手掸去，阿康哥叫起来，"莫掸！莫掸！这些是蚝豉！"

"蚝豉？"

"对啦！食蚝豉，有好事啊嘛！"

阿四妹笑着摇头，"我们逃难至此，身无分文，高姐也不知在何处，哪来的好事？"

阿康哥说："吃了蚝豉，好事就会来临了，说不定明天我们就有高姐的消息！"

阿四妹兴奋地点点头。"对！说不定我很快就可以见到高姐！很快就可以入党！"

说起入党，原本已经很疲倦的阿四妹又是精神抖擞了，她看着阿康哥无比憧憬地说："只要推翻这人吃人的阶级制度，我们无产阶级天天都可以像过年似的，想吃油角就吃油角，想吃蒸鱼就吃蒸鱼，那日子过得，多美呀！"

阿康哥嘿嘿应着"是"，眼角却偷偷瞥向阿四妹，想着：还得加上一条，想娶什么样的老婆就娶什么样的老婆，那才叫美！

25

渐渐地,温婉的山忽然又变得陡峭起来,像是被谁用斧子劈出来的,顶上还削平了大块;树的叶子也越发尖尖细细,摆出一副警觉的模样;夜里的霜如细细碎碎的水晶挂满枝叶,白日里太阳一照,亮晶晶晃得刺眼,就是不肯消融半点。阿康哥搂紧了袄子,估算了下距离对阿四妹说道:"我们应该已经行至江西的边界了。"

"就是已经到江西了?"阿四妹虚弱地抬起头问。

阿康哥摇摇头,呵出的热气化作一道白烟。"我也说不准,也可能还在韶关境内,得找人问问。"

这连日来风餐露宿,食物也时有时无,二人都有些虚弱,两条腿圆滚滚像灌满了水似的,抬起来都有些费劲。这荒山野岭的,去哪里找人问呢?

阿康哥爬到高处眺望,"远处有江,想必会有人家,我们再走快几步,天黑前赶到那边,你也好休养休养。"

阿四妹咽了咽冒烟的喉咙，仍嘴硬道："谁人需要休养了，我还能走。"

阿康哥摇头苦笑，"好好好，那便走吧。"

又走了一段，前方传来阵阵硬物敲打的声音，伴随着的还有劳动号子，一声声听得二人好生欢喜。"有人！那边有人！"

二人循着声音一路寻去，脚下越来越多新翻过的松软黄泥，踩起来吱吱往下陷。再往前，黄渐渐覆盖了一层黑，阿康哥弯腰用手指抹了一下，像是煤。四周敲打的声响越来越大，人却不见半个，没有人，这此起彼伏的声音从何而来？二人搜寻了片刻，还是阿四妹眼尖，发现了一个满头满脸都黑不溜秋的汉子正坐在一块大石头旁边的地上，把头凑近一个木桶，嘴里咬着一根什么东西，样子甚是滑稽。见有人靠近，那"黑汉子"警惕地抬起头，"你们是谁？"

阿康哥这才看清，他手里拿着的是个烟杆。阿康哥整日里见他爹抽大烟，对烟杆是最熟悉不过了，不由得一阵厌恶，没好气地回问："你又是谁，怎的在此抽烟？"

那汉子白了他一眼，并不回答，敲了敲手中的烟杆，又插进竹桶里旁若无人地抽了起来。

阿康哥和阿四妹瞅见那竹桶里居然还有半桶水，烟杆在水里汩汩冒着泡，不由目瞪口呆，怪哉，烟竟还有这样的抽法？

"哎！"阿康哥喊。那人不理。

"哎！兄弟！"阿康哥又喊，那人还是不理。凑近了看，那人眼是闭着的，口一张一闭，皓白的牙齿在漆黑的唇间若隐若现。

阿康哥和阿四妹无奈地对视一眼，细细打量起四周来。这地方到处散落着镐子铲子之类的工具，还有簸箕和筛子，有几个竹筐还装满了乌黑发亮的石头，旁边扔着些扁担，看样子像是个劳作的工地，决计不可能只有这汉子一人。

果然，片刻之后，就陆陆续续有人骂骂咧咧从地里"冒"了出来，阿康哥这才发现，原来近在眼前就有个洞口，这些人就是从洞口爬上来的。有的先露出头，有人先露出手里的工具，清一色都是头脸黑亮的大汉。这些人与抽烟的汉子装扮差不多，都是穿磨得起边的灰蓝大褂，腰部勒得紧紧的，脚上的粗布鞋挂着一层黑粉，辨不清原来的颜色，还有满身的煤灰，抖一抖能下起煤"雨"来，要不是身形有差异，叫人怀疑眼前这些黑溜溜的人，其实都是同一个人的分身。

这当中有个戴了个军帽的，一边弹着帽子一边朝他们走过来。"你们是谁？来这里做什么？"

阿康哥见这人像是个头目，便笑面迎上去道："兄弟，我们二人是过路的，在山里走了好些日子，难得见到有人，过来看看。"

那戴军帽的斜眼打量一下阿康哥和阿四妹，"你们不像是山里猎户樵夫啵，好端端的跑山里做什么？"

阿四妹插嘴道："我们从广州城一路走过来的。"

一听说广州城，好几个人围了上来，七嘴八舌叽叽喳喳。"广州城？你们从广州城来的？""怎么来的？""那可是个厉害地方。""不近咧。"

阿康哥有些得意地说："我原本就是如假包换的广州人。"

只有那戴帽子的不屑地问："那你们来这里做啥？莫非是逃难来的？"

"逃什么难！"阿康哥说，"我们是寻人来的。"

"寻谁？"

"我们要寻的人在江西。兄弟，这里可是在江西境内？"

戴帽子的摇头，"这里是仁化，你们要去江西，恐怕还得朝那边再走上些时日，这山可不好走。"

阿四妹见他手指指的方向正是二人刚走来的方向，慌了，"我们莫不是走反了？"

阿康哥心里也咯噔一下，但很快镇定下来。"我们都走到仁化来了，再往上便是江西，算不得走反，只是这山路弯曲不好辨认方向，难免要走些冤枉路的。"

阿四妹深深呼了口气，只觉得腿有些发软坚持不住了，一屁股坐到了地上。

那戴帽子的人见了脸色缓和下来，"这妹仔怕是走不动了。"

阿康哥急了，"兄弟，借问这附近可有可歇脚的人家？我带她先歇息两日，等体力恢复了再前往江西。"

那戴帽子说，"什么人家，这里除了我们这个采矿队的人就没见着什么人。"

"那你们住哪里？"阿康哥问。

那戴帽子的伸手一指，"喏，那边！"

阿康哥朝那边望去，在一片低矮的灌木旁边，果然有一排用竹子和茅草搭建起来的工棚，便欣喜地问道："那我们可否到你们的工棚里暂住几天？"

那戴帽子的为难地说："这我可做不了主，你得问我们队长。"

"哪个是你们队长？"

"他这会儿应该在工棚那边，正好我们收工了，你跟我们一起走吧。"

阿康哥便搀起阿四妹跟着大伙往工棚那边走去。

那戴帽子的嘴里的队长，姓瞿，也是个灰头土脸满身煤灰的家伙，个头不高，胳膊倒是挺粗壮的，布满青筋，一看就是个干力气活的好手。对于这些手里有活计的人，阿四妹天然就有好感，都是受压迫的阶级，想来也不会为难自己人。没想这瞿队长还没听阿康哥说完便一口回绝了，显得十分不耐烦。

"我这里是给工人住的，你当是客栈？"

阿康哥哀求道："我们也就借住两天，等我这表妹身子好些了马上就走。"

那瞿队长还是油米不进一口回绝，"不行，快走吧快走吧，我这很快又有新的工人来了，还嫌不够住呢。"

阿康哥听他说有新的工人来，灵机一动，"你这里还招工人？"

那瞿队长看出了他的心思，冷笑道："我这里是招工人，但你就免了，你这身板，吃不了这碗饭！"

阿康哥不服气，"我这身板怎么了？瘦是瘦点，力气还是有的！"

瞿队长不再正眼看他，自顾张罗众人生火烧饭，阿康哥和阿四妹被晾在一边面面相觑。待得汤锅里咕噜咕噜飘出阵阵米汤香时，阿康哥再也坐不住了，心想要是阿四妹能美美喝上一碗多好啊，这身体没准就好了大半。

阿康哥想了又想，终于打定主意把那瞿队长拉进旁边高高的灌木里"密谈"，待得二人从灌木丛中出来时，那瞿队长已全然改了口风，不仅同意阿康哥他们在工棚里住下，还同意带阿康哥一起下井挖煤。

阿康哥对阿四妹说："此处已离江西不远，我们就当在此歇歇脚了，你只管先养好身体，我先挣些盘缠，待我联系上组织，打听清楚高姐在江西哪里再去也不迟。"

阿四妹点点头，"也好，总比无头苍蝇乱闯要强。"又觉得奇怪，"你同他说了什么？怎的又肯留下我们了？"

阿康哥凑到阿四妹耳边压低声音说："我把那个玉坠给他了。"

"什么？！"阿四妹轻呼一声，又赶紧用手捂住嘴巴，片刻后才松开手焦急说道，"那可是保你平安的玉观音，怎就这么给人了？"

阿康哥说："平不平安，岂是一个小小玉坠说了算的。"想了想又叹口气道，"就是可惜了这样好的玉坠，一介莽夫不识宝，怕是要上好沉香当柴烧。"

"那你还舍得？"

"有什么法子，"阿康哥摇头道，"俗语有话，卖仔莫摸头，咬咬牙给了他便是了。"

忽然两个工人因为什么事打了起来，周围变得闹哄哄。围观的有，就是没人劝，都精疲力尽的谁都懒得动。

阿四妹看了一会儿，才明白是因为在井底时，一个错饮了另一个的水。

"难为你了，你哪里晓得怎样下井挖煤哇，这明摆着不是轻松的差事。"阿四妹一脸担心。

阿康哥见阿四妹发愁，赶紧拍着胸脯说道："嘿，我阿康是谁？你就放一百二十个心了，这世上就没有能难倒我阿康的事！"

阿四妹勉强一笑，"就怕你很快就从阿康变成阿黑了！"

26

瞿队长唤人把他们带到最边上的一个工棚。阿四妹见棚里有个小马扎，捶着硬邦邦的腿刚要坐下，阿康哥已经一屁股瘫坐在地直喘粗气。

"阿康哥，你没事吧？"

阿康哥抬手拍了拍地面，"没事，没事，我就试试这地好不好睡。"

阿四妹心里一暖，这个阿康哥！明明累趴下了还死要面子。

同住这个棚的是一对夫妻，湛江人，男的便是抽烟那个，姓周，不怎么爱说话，人称"闷葫芦"；女的虽唤作"阿娇"，却长得四肢健硕，脸大脖子粗，说起话来气沉丹田，也不知那摇摇欲坠的棚顶经不经得住她一声大吼。

按惯例女的不下井，但阿娇也没闲着，或是去帮着挑那一筐筐挖出来的矸子石，或是帮着队里洗衣做饭，干起活儿来半点不输男人。这阿娇还是个话痨，平日里对着"闷葫芦"大眼瞪小眼已是憋得慌，忽然逮着两个能说话的，恨不得把肚里闷出的陈年蘑菇都一一抖落出来晒个清楚。

阿娇对他们说，这一带富产煤矿，几镐子就能挖出煤矸子来咧！

阿娇又说，原本像他们这样挖煤的有不少，到处都是一条条的民窿，可壮观咧，可后来官家把地都圈了起来，只许他们自己的人挖，好多民窿都被封了，他们只好躲着到深山里来挖。

阿康哥忍不住问："你说的官家，可是指县政府？"

"可不！"阿娇说，"就是吃官家饭的，一个个凶神恶煞。"

阿四妹看向阿康哥："你识得？"

阿康哥说："如此，那就是国民党军官管的事了。"

阿四妹一听是国民党，有些怕了，"是不是跟广州城里的是一伙的？会不会杀共产党？"

阿康哥说："这里是这里，广州城是广州城，你先别慌，且看看局势吧。"

这样的局势哪能不慌哇！阿四妹心底刚刚安放好的吊桶又七上八下的。

"阿康哥，你说我们能找到高姐吗？"

阿康哥说："能，怎么不能，只要高姐还在江西就一定能找到。"

"那——见到了高姐，她会愿意推荐我入党吗？"

"为什么不愿意？"

"我，我什么都不会……"阿四妹惭愧地低下头。

阿康哥笑道："谁说你什么都不会啦，你忘了？你操练过噶。"

阿四妹抿着嘴唇说："那些算得什么，真要干革命，我什么忙都帮不上。"

"那你说说，高姐她都会些什么？"

一提起高姐，原本满身疲态的阿四妹可来了精神。

"高姐会的那可就多了，她知识渊博，能教我们读书看报写字！"

"你不也能教二花她们读书看报写字？"

"她脑子里都是进步思想，能带领我们妇女冲破封建牢笼！"

"你不也帮招娣冲破封建牢笼了？"

"她还会医病，会救人！"

"你也学会了给人包扎呀！"

"怎能一样咧，高姐还懂草药，能给人看病医治咧！"

阿康哥挠头，"这可难了，看病开药，可不是一时半会儿能学会的。"想了想，阿康哥又安慰道，"这天底下有那么多的共产党员，也不是个个都会看病开药的。"

阿四妹点点头，心想若这些就算是革命的话，那自己也还是做得来的。但转念一想又不对，高姐做的又岂止这些。

"不行，我还是得学习，得进步，不然见了高姐也没脸面说入党的事。"

阿康哥见她执着，便问她："高姐送你的书和报可否还在？"

阿四妹说："当然在，我就是丢了命，也不能丢了这些东西。"

"那你可都看了？"

"看是看了，就是有些字不认得，有些话不懂是什么意思。"

"那你就再好好学学，若有不懂的，我来教你。"

"好！"阿四妹这才高兴起来，"一言为定！"

阿娇听他们说了半天，云里雾里的，想插嘴插不上，见阿四妹兴奋起来，终于逮着话头说道："瞧你高兴的，你一个女儿家，怎的满脑子都是这些稀奇古怪的东西？"

阿四妹说:"女儿家怎么了,照样可以扛大旗,干革命!"

阿娇摇头:"我不晓得你们说的什么革命,我就想趁还有力气多干些活儿,多存下些钱来。"

"那你们存下多少钱了?"

一提钱,阿娇就来气了,她一把抢过"闷葫芦"手上的烟杆,骂道:"抽!整天就知道食水烟!我们这辛辛苦苦挣的几个钱,还不够你买烟丝的!"

"闷葫芦"无端端被抢了烟杆,满脸不高兴,一脚踹翻了水桶出棚外去了。

阿娇指着他的背影气得跳脚。"你看看,你看看,还说不得!"

阿康哥接过她手中的烟杆,仔仔细细研究起来,这东西跟他爹抽大烟的家伙可不大一样,就简简单单一碌竹筒,竹身油黑发亮,中间插了个竹片,沾满煤垢。

"阿娇婶,你刚才说这是——水烟?"阿康哥问。

"可不。"

阿康哥晃了晃,里头有水声,凑近一闻,那水恶臭难闻。

"为何放到水桶里?"

"咋的?"阿娇没好气地说,"你也想抽?"

"不不不,"阿康哥赶紧摆手,"我就是没见过,问问。不是抽大烟就好。"

阿娇呸一声,"还大烟呢,快连最便宜的烟丝都买不起咧。"

"你不是说这挖煤好赚得很?"

"那是说官家的!我们这都是偷偷摸摸挖的几个煤矸子,能卖几个钱?那些收矸子石的无良得很,知道我们这不见得光,故意压低价,这一年忙到头来,也攒不出几斤肉钱。"

"那你们还干这个？"

"不干这个还能干啥？要地没地要田没田，也就剩下这身力气了。"

阿四妹算是听明白了，"那些人可不就跟那些可恶的地主豪绅一样的。"

阿康哥说："没错，这资本家和地主豪绅，本来就差不多。"

阿四妹认真地说："既然都是压榨人的，就是该要打倒的。"

没想那阿娇猛地摔了手上的抹布，愤愤地附和阿四妹说："对！就该要打倒那些压迫人的！"

阿四妹被阿娇的义愤填膺感染了，也激动起来，"太好了阿娇婶！我们要团结起来，勇敢地同这些压迫人的阶级作斗争！打倒地主豪绅，打倒无良资本家！"

那阿娇也激动得喊起来，"打倒地主豪绅，打倒无良资本家！"

阿康哥见这二人喊得起劲，不禁摇头苦笑。再喊，光口水都能把地主豪绅淹死了！

当天夜里,阿四妹就迫不及待点了个油灯要看书学习。阿康哥劝道:"你这身子还虚着呢,早些歇息吧,来日方长。"

阿四妹哪里肯依。

"没事没事,我喝了米汤,又歇了会儿,好多了。"

油灯是两个芯的,阿四妹怕费灯油,特地把另一个油芯给剪了,只留一个油芯,挑了又挑,棚里的一角便笼罩在一股微弱的光中。光太弱,阿四妹要把书凑得离油灯很近很近才能看清上面的字。阿康哥就坐在阿四妹一侧,歪着头看阿四妹一字一字地读,遇到不认识的字,便教阿四妹读。

这阿四妹看书时的模样十分生动,腮帮子鼓着,眉微微皱着,耳朵微微抖动,像是用尽了脸部的力气在与眼前的字作斗争,读到若有所思处,还会用食指和中指在书上摸了又摸,站起来又坐下,恨不得调动全身的力量来完成这件"大事"。

"妇女解放,是使妇女不再处于单纯生产工具的地位,与男人享受平等的社会权利,成为全面而自由发展的人。要做到这一点,须消灭私有制……"

读到这里,阿四妹忽然想起那时贵婶问的问题,忍不住问道:"阿康哥,你说这妇女能跟男人享受平等的权利,那能像男人一样三妻四妾吗?"

阿康哥已经昏昏欲睡了,一听这样的问题顿时没了睡意。"瞎想什么呢,女人要三妻四妾做什么?"

"那怎么男人就可以?"阿四妹追问。

阿康哥哭笑不得,"男人也不一定三妻四妾的,像我爹,也就只娶了我娘一个。"

阿四妹不服气,"这个不作数。你爹抽大烟的,谁人愿意嫁他。"

阿康哥狡黠一笑,"怎的,你还想三妻四妾?"

阿四妹的脸红到了耳根,支支吾吾道:"谁人想要三妻四妾了,我就是想不明白,问问。"

阿康哥认真地看着阿四妹说:"我阿康发誓,我这辈子只娶一个的。"

这话有些猝不及防,阿四妹的心蹦到了嗓子口,嘴里说的却是,"谁人管你娶几个,我问的是女人是不是也能三妻四妾。"

阿康哥说:"嫁了自己喜欢的人,还惦记他人作甚?"

"那若是不喜欢呢?"

"不喜欢为何要嫁?"

阿四妹急了,"若招娣没有逃走,岂不就嫁了她不喜欢的病猴子?"

"哦,你说这个呀!"阿康哥恍然大悟,"那她不是逃走了嘛。"

阿四妹鼓起勇气问道:"那你说,她逃了婚,那婚约是否还作数?她算不算是个已经婚配了的人?"

"当然不算！"

"那你的意思是，她还可以再嫁人啰？"

"有何不可？她想嫁给谁便嫁给谁，想嫁给那个大牛哥就嫁给大牛哥。"

在阿四妹心底沤了许久的问题终于有了答案，但阿四妹还是有些不放心，"那你说，那个大牛会不会知道了她是逃婚出去的就嫌弃她呢？"

阿康哥奇怪地看着阿四妹，"你今天是怎么了，净替招娣操心。那大牛若真是干大事的人，断然不会有这么封建的思想的。"

阿四妹还要继续问，忽然棚的那边一下一下摇晃起来，伴随着摇晃的还有粗粗的喘息声，一声接一声越过中间堆着的麻袋，透过布帘，钻进阿康哥和阿四妹的耳朵里。阿康哥即刻就反应过来是怎么回事，尴尬地低下头干咳了两声，阿四妹愣了一会儿终于也明白过来，羞得满脸通红。

早些时候阿四妹是想叫阿娇一起来学习的，也好有个伴，可那阿娇一看阿四妹拿出书来就吓得连连摆手，"我这大字不识一个，就算了吧，算了吧。你看，你慢慢看！"说着便躲到棚的里边一角睡觉去了，这棚被他们用麻袋堆在中间隔开成两边，他们夫妻睡里面，阿康哥和阿四妹在外间，麻袋堆了近一人高，倒也互不干扰。过了一会儿，那"闷葫芦"也回来了，像是还在为傍晚时分被抢了烟杆的事生气，扫了阿四妹他们一眼就闷声不吭往棚的里间去了，阿四妹在看书的时候，间或还能听到阿娇压低声音的说话声，嗡嗡嗡的，没想这会儿，忽然就变成这种声响了。

两人红着脸愣了好一会儿，还是阿康哥先忍不住扑哧一声笑出声来，阿四妹赶紧伸手捂住他的嘴，"嘘！别笑，叫他们听见了！"

28

  第二天晨起阿四妹见到阿娇的时候，还是不自觉就唰地满脸通红，那阿娇倒像没事人似的，大声招呼阿四妹，"快！快去洗把脸，番薯就要蒸好了！"

  阿四妹本想跟她说说书里讲的推翻私有制的事，才刚开口说了两句，阿娇就催促她道："说这些做什么，管它什么制的，你要是去晚了，那番薯就只剩下歪瓜裂枣的，指不定还是长虫的咧！"

  阿四妹见她这么快就忘了要打倒剥削阶级的事，有些气恼，无奈肚子叫起来，只好由得她去。阿四妹匆匆赶去伙房，帮阿康哥拿了馒头和番薯，用布包好，那便是阿康哥带去下井的午餐了。

  对于阿康哥下井挖煤这事，阿四妹一直是忐忑不安的，就阿康哥这瘦小的身板，耍耍嘴皮子可以，真要干力气活儿怕是有心无力。更何况这阿康哥还未必真"有心"，若是躲在井底里偷懒怠工，指不定才第一天上工就要被辞退。阿四妹在心里默默念叨着：阿康哥哇阿康哥，你可争气点，千万莫要白白浪费了那上好的玉坠！

那队长拿了玉坠，对阿四妹还是关照的，见阿四妹身体尚虚，便没有叫她跟阿娇去挑矸子，而是跟着自家女人做些拾掇工棚、洗衣劈柴的轻活。

队长家的女人叫阿旺，是个海边女人，也不知怎会来了这里。这阿旺黝黑的皮肤，颧骨凸起，包着个头巾，虽说长得没有阿娇那么粗壮，却也是手脚硬朗麻利得很。也不知是不是语言不太通的缘故，阿旺说话不像阿娇那么大嗓门，也不像阿娇那么爱念叨，两人一起在水边咻咻咻搓了半天衣裳，也没说上几句话。直到心不在焉的阿四妹手中的衣衫差点被水冲走，那阿旺一个眼疾手快冲上去捞了扔回给她时，俩人这才打开了话匣子。

阿四妹问他们怎么也不歇歇，大过年的都还在挖煤，那阿旺只得苦笑，说也就大过年的才算太平，能安心挖几天，那些官家的得了空便四处找麻烦。阿四妹想起阿娇说的那些事，也不免感慨，想来这剥削的事，哪哪儿都逃不掉的。说着说着话头便转到阿康哥头上了：

"你那个表哥，对你真是没说的，人瞅着也可靠。"

"可靠？"阿四妹暗暗好笑，这真是第一回听说。

阿旺说："可不，我那个死鬼就靠不住，哪里管过我死活喔。"

阿四妹想起那块玉坠，撇嘴道："瞿队长可是干大事的人，你就是享福的命。"

阿旺却摇头苦笑，"他干的哪门子的大事？还不是一样下井挖煤，我又能享他啥子福了？"

阿四妹张嘴欲言又止，悻悻道："那好歹也是个当队长的。"

29

到了日落西山时分，下井的工人们陆陆续续扛着工具归来了，他们身上的工具上的煤粉泥沙一路抖落在地，在窿井到工棚之间"画"出一条若隐若现的"煤渣路"来。阿四妹就站在"路"的这头，望眼欲穿。

工人们三三两两回到工棚，大都疲惫不堪耷拉着脑袋不想言语，也有还能讲带荤的笑话的，三三两两聚一起咧开嘴笑，"闷葫芦"独自躲在一边抽水烟，抽着抽着就有人过来抢着吸一口……白天里冷冷清清的工棚，瞬间就拥挤不堪。阿四妹瞪大了眼睛踮脚尖眺望，就是不见阿康哥身影。阿四妹急如热锅上的蚂蚁，心想糟了糟了，莫不是出什么意外了？这个阿康哥，可不像其他人般身强力壮，这井里头也不知是个什么境况。

"闷葫芦"正拿着瓢往水烟竹里灌水，阿四妹摁住他的手问："阿康哥呢？"

"闷葫芦"扬瓢往工地的方向一指，又继续伸到水缸里舀。

阿四妹循着那"路"一路寻去，走了大半截，才见阿康哥和瞿队长两人勾肩搭背有说有笑朝这边走来。那瞿队长像是很高兴，笑得每颗牙齿都争着往外蹦，露出黑色的牙缝，见了阿四妹才停了笑，拍拍阿康哥的肩膀走开了。

阿四妹挨近了问："你又给他什么了？怎的这么高兴？"

阿康哥无奈地把裤兜底子往外一翻，"我哪里还有什么东西可给。"

"那他怎对你这么好？"阿四妹疑惑。

"我给他讲广州城里的事呀！"阿康哥兴高采烈地说道，"我跟你讲，这个瞿队长，都算见过世面的，好多年前就去过上海北平噶，他见过四个轮子的汽车，我给他讲那能坐好多人的电车，他就没见过了，到底是在小地方待久了……"

阿四妹打断他道："这瞿队长就这般好奇哪？放了工也不舍得放你回来？"

阿康哥见阿四妹语气有些不对，便识趣闭了嘴，伸手拍起身上的煤灰来。

从他耳朵脖子上藏着的黑，阿四妹多少也能揣度出井下的光景来，头随便抖一抖，就是一地尘。阿四妹伸手帮阿康哥拍着，呛得连咳两声。

这时瞿队长拿了两个口杯过来，递给阿康哥一个，"润下喉咙。"

阿康哥接了过来，顺手却递给阿四妹，"你喝一口，别呛坏咯。"

瞿队长大口喝光自己口杯里的水，对阿四妹笑道："甭抠了，这身上的黑抠不完的，习惯就好。"

阿四妹冲他笑笑，心里却嘀咕：你是习惯了，阿康哥第一天上工，还生着咧。

然后就听瞿队长忽然夸起阿康哥来，说这阿康哥到底是读过书的，聪慧，这活儿该怎么干一点就明。又夸阿康哥肯卖力气，一镐接一镐的就没停过，别看着身子板瘦小，干起活来半点不输给那些大块头的。

最后啧啧夸奖道："我这些个工人如果都有阿康一半勤力，早就都发达咯！"

旁边一个工人听到了，十分不屑："发哪门子的达？我们这些苦命人，每日里忙死累死也挣不到几餐好饭，还发达！"

瞿队长狠狠瞪了他一眼，"发什么牢骚，有本事上官家的煤窑挖去！别忘了自己是什么个情况！"

那工人被他一斥，不敢言语了，低下头摆弄工具，显然不服气，嘴里絮絮叨叨还念叨着些什么。

阿四妹听瞿队长夸阿康哥，又惊又喜。

"我还以为你会——"阿四妹说了一半赶紧收回后半句。

阿康哥却追着她问："会什么？"

阿四妹只好硬着头皮继续说："会——会偷懒。"

阿康哥刚想说这井底下湿冷难耐，不动动身体怕是要冻坏，眼骨碌一转却改口说："见你夜里秉烛夜读，争分夺秒要学习，要进步，我哪里还敢偷懒！"

阿四妹一跺脚娇嗔道："你可答应过我，不会的只管问你。"话一出口，阿四妹就被自己这软得腻人的声调吓了一跳。

阿康哥心花怒放，"好说，好说！"

阿四妹！起身耙田啰喂！
书要勤读，田要深耕！
深耕兼耙烂，产量翻一番啰喂！
阿四妹！起身绣花啰喂！
对住朝霞绣红花，日头一照会开花啰喂！
阿四妹！起身去农协行一圈啰喂！
人交心，树交根，天下农民一家亲啰喂！

高姐！是高姐！高姐在阿四妹的梦里总是那么地亲切，她俯下身子，清晨的第一缕阳光从她背后穿过来，照在阿四妹的脸上。

— 31 —

阿四妹猛地睁开眼,没有光,四周漆黑一片,自己趴在竹棚里一个竹编的凳子上睡着了。

阿四妹想起来,自己在棚子里读书咧。阿四妹很羞愧,怎就睡着了呢。

这里的棚子是用成年毛竹搭的,横竖丈余宽,中间用麻袋隔开后,两侧虽翻不开跟头,打个地铺却也绰绰有余,阿康哥和阿四妹就是在地上头尾交错打了两个地铺,"闷葫芦"和阿娇那头却摆的是个竹床,一人多长,半人多宽,挤二人很是勉强。

现下这头两个地铺都是空的,阿康哥去哪儿了咧?阿四妹正要去找,麻袋那一侧的竹子又嘎嘎叫唤起来,很快,整个棚的竹子也叫唤起来,嘎吱嘎吱响得比人还嚣张。数日下来,阿四妹早已习惯了那二人的动静,只是见棚顶上的茅草摇摇欲坠不免担心,这棚子本就是用竹子胡乱拼凑出来的,哪一根都不是叫人放心的货色,可经不起闹腾。

这阿康哥，准是又"逃"出去了。每每见阿康哥溜出棚去，阿四妹心底既欣慰又失落。欣慰的是这阿康哥果然是个正人君子，失落些什么，就说不清了。

后来阿康哥见月色撩人，干脆建议阿四妹到外头看书去，可外头冷，风大，煤油灯一下就被吹灭。阿康哥想法子拾来些干柴，在附近的空地上生起篝火，火花噼噼啪啪跳得热烈，不仅亮，还暖，阿四妹在火上搓着手，终于可以安心地看书学习了。

次日晨起，阿娇见那堆烧得乌黑的柴火上结了厚厚一层冰霜，脸上终于有了些许歉意。"哎呀呀，可难为你们了。"那"闷葫芦"却全然事不关己的模样，端起一大瓷碗粥，埋头喝得"滋滋"响。

阿康哥端了粥，喝一口故意凑近"闷葫芦"说道："嘿，兄弟真是好体力啵！"

"闷葫芦"抬眼看了他一下，麻溜把剩下的粥倒进嘴里，手背抹抹嘴拎起工具就走了。阿康哥讨了没趣，摇头嘀咕道："不愧是闷葫芦。"

正在旁边洗碗的阿旺朝这边看了又看，欲言又止。等他们都上工去了，阿旺才悄悄对阿四妹说："你晓得吧？阿娇跟那'闷葫芦'可不是正经夫妻。"

"什么意思？不是正经夫妻？"

阿旺停下了洗碗的手，"她是被'闷葫芦'拐带出来的。"

阿四妹一头雾水，"拐？怎么拐？"

"就是拐跑了嘛！听说那阿娇的爹娘嫌她是个女娃子，打小不待见，有邻村的媒婆提了一麻袋米面和一只鸡上门来，爹妈就点头把她给嫁了，还是嫁给个肺痨的，整天这样！"阿旺说着，拿起抹布当手绢捂在口鼻处，假装咳了几声，又假装喘不过气的样子，惟妙惟肖。

阿四妹没想到在别人面前少言寡语的阿旺也会这么风趣，掩嘴笑道："真像！"

阿旺接着说："那'闷葫芦'本是过路一个帮打剪刀的，帮阿娇她娘打了把剪刀的工夫，就勾搭上了，连夜就带着人跑了。"

阿四妹惊呼："那不就是私奔？"

阿旺点点头，"也可以这么说。"又连连摇头念道，"这'闷葫芦'三棍子打不出一个屁来，咋就这么有本事？想不通，想不通。"

阿四妹道："那怎的都比嫁个肺痨鬼好！"

"那倒是！"阿旺附和道。

阿四妹忽然想起来，"这事你怎么得知的？"

阿旺笑，"她自己说的呀！她这个嘴巴，喇叭一样的，我们这队里的，谁人不晓得喔！"

"这种事也到处说？"阿四妹诧异。

"可不！"阿旺说，"这个阿娇，倒是个爽快人，就是口无遮拦。"

阿四妹听阿旺这么说，心底仍是悬着一堆的疑问。到了傍晚，三人在水边洗衣裳时，阿四妹终于忍不住问："阿娇婶，你是怎么嫁给周大哥的？"

阿娇大咧咧地说："怎么嫁的？被他拐走的！也不知这闷货给我撒了什么迷药，脑子一热就跟着他走了。"

果然与阿旺说的无异！阿四妹追问："那你可有后悔？"

阿娇夸张地甩着胳膊："悔！当然后悔！跟嫁了个哑巴似的，有什么话都只能往自己肚子里咽！"又凑近了压低声道，"一到晚上又变得跟驴一样倔，我一躺下他就使出蛮劲骑上身来，非要作威作福。"

阿四妹羞红了脸，低声道："那你由着他？"

"还能不由得他？他只消弄舒服了，第二天就会老老实实下矿干活，卖力得很。"

阿四妹听得目瞪口呆。阿娇又倾身过来高深莫测地说道："还有，回来挨了我的骂，也不会赤鼻子红脸，老听话咧！"

"那，那你还说后悔？"

"嗨，嫁鸡随鸡嫁狗随狗，谁叫我嫁了个驴，我认了。"阿娇虽嘴上这么说，眼底却流过一丝叫人难以捉摸的笑意。倒是旁边也在搓衣裳的阿旺听到了啐了她一口，"你这嘴巴，怎好跟阿四妹说这些！人家还是黄花大闺女！"

阿娇不以为然。"怕什么讲，迟早都要嫁人的。"

阿旺摇头，"若不是别的棚挪不开地方，也不该让他们住在你那儿。"

"不住我这儿住哪儿？住你棚里？你跟瞿队长夜里不干那事？"

"你！"阿旺冷不丁被戗，用洗衣棍把衣裳捞进桶里，气鼓鼓走了。

阿娇朝她的背影追着啐了一句，"窑子里出来的，装什么正经。"

阿四妹以为自己听错了，"窑子？"

"可不是。"

"你说的，可是……那种窑子？"

"还能是什么窑子，"阿娇啐道，"伺候男人的窑子！"

"哪能哪？"阿四妹不信，这阿旺怎么瞧都不像跟窑子能扯上关系的。前些日子在广州城里见的那个穿旗袍连大白腿都藏不住的，才像是窑子里的咧。

阿娇说："听说她打小就被卖去窑子里，可惜长得不好，吃不了这碗饭，也只能帮窑姐们洗衣做饭。"

阿四妹吁了口气："那算不得窑子里的。"

"怎么不算？"阿娇说，"天天在窑子里待着，什么没见过？"

"那她怎么就嫁了瞿队长？"

阿娇不屑地哼了一声，"还不是耍了手段的。"

"手段？"

"对，瞿队长原本是看上了一个窑姐的，本想把钱给那窑姐赎身，也不知这阿旺耍了什么手段，竟让瞿队长心甘情愿把她给娶走了，听说给她赎身也花了不少钱的！"

阿四妹呆呆听着，"那还真是本事。"

"可不是嘛，"阿娇忽然露出了鄙夷的表情来，"这人手段可多着呢，你对她可得提防着点。"

阿四妹不敢搭腔，埋头咻咻搓手中的衣裳。空气躲进衣服鼓起的泡泡，到了阿四妹的手里藏无可藏，咻一声就都被挤出来了。阿四妹觉得，那些轻飘飘的本就虚无的泡泡全钻进自己心底去了。

32

　　天寒地冻的，阿四妹执意要在户外生起篝火读书，阿康哥拗不过她，干脆使劲帮她吹，把火吹得又高又旺。燃烧的柴火堆噼噼啪啪照亮了半边天，热浪像一张波澜荡漾的巨网，把周围的一切都兜进去了，"网"后的世界，如梦似幻。

　　阿四妹伸手去烤，暖烘烘软绵绵的，不由想起家里养的那两只兔子来。阿四妹在家的时候，总爱抚摸着那白乎乎肉嘟嘟的小家伙，那掌心的感觉，温软，踏实。阿四妹掰起手指头算了算，离家也有一段时日了，那两只小兔子也不知是什么境况，可有人喂它们。

　　阿四妹想念爹娘，想念乡下的生活了。乡下的一切都是简单的，明摆着的，公鸡啼，母鸡生蛋，牛识耕田，狗识看门，连夜里扯着嗓子叫嚣的是哪一种虫子，阿四妹都一清二楚。不像这山里，藏着各种不明身份的动物，回荡着各种不明来源的声响，仿佛谁的声势大，谁就是这座山的主宰似的。阿四妹只觉得心慌。一切都在阿四妹过往十六年的经验之外，包括阿娇，包括阿旺，都是一团混沌的迷雾。

高姐说过，"夫为妻纲是封建思想，广大妇女要坚决抵制"，这自然是毋庸置疑的。但不以夫为纲，女子又该以什么为纲呢？

在阿四妹长大的家里，从来就没有人提到过纲不纲这样的字眼，阿爹不说，阿娘不说，阿爷也不说，三个姐姐更不会说。但不说不代表没有，有些东西就像空气，看不见摸不着但一直填满每一寸角落。记得三姐出嫁的前一晚，阿娘把三姐拉到了自个儿屋里，又把阿爹赶到外头，母女二人窸窸窣窣说了大半夜，阿四妹隔着一层大泥巴墙，还是能隐隐约约听出点动静来，像是抽泣，又像是谁捂着嘴在笑。阿四妹拍门想进去听，阿娘不让，用身子堵住门板起脸教训道："女儿仔凑什么热闹！"

阿四妹不服气，"三姐不也是女儿仔？"

三姐在旁边笑起来，说阿四妹莫不是急着要嫁人了，惹得阿娘又好气又好笑地把阿四妹往外推，"去去去，有你听的时候，着什么急！"

阿四妹那晚翻来覆去一直在想，阿娘和三姐到底在说什么悄悄话呢？为什么要嫁人了才能听？如今想来，说不定就真的跟这个"纲"字能扯上点关系。自从三姐嫁了人以后，很少回来，偶尔回来一次俨然是走亲戚的样子了，客客气气的，说不清道不明的生分。莫不是嫁了人纲就变了，人也跟着变了？

阿四妹小的时候是没有这种烦恼的。爬树，掏鸟窝，抓泥鳅，在晒谷地上打滚……挨起揍来，一样当众扯开裤子就抽，男娃女娃一个样。再大点的时候，阿爷就不让阿四妹跟着男娃们到处跑了。

阿四妹呀，你是女娃子，可不能再穿这开襟的褂子咧！

阿四妹呀，你是女娃子，可不好再跟他们搂搂抱抱玩摔跤咧！

阿爷的话犹在耳边。阿四妹恼哇，恼自己怎不真的生作男儿身咧？男儿多好呀，拿起锄头就种地，拿起土枪就打豺狼，做什么那都是家里的脊梁骨，谁人管你什么纲不纲的。可投胎是没得挑的。

生作女儿身又该如何？

阿四妹又想起了高姐，自己最崇拜的高姐又是以谁为纲的呢？回忆在摇曳的火光中若隐若现，与高姐相处的一幕幕在阿四妹脑子里逐渐清晰起来……

记得初见高姐时，阿四妹才12岁。

那时的高姐也不大，穿着学生装，短发，戴着圆框眼镜，是作为"新学生社"的骨干团员来到他们村的，就住在阿四妹家里。高姐像个"大家姐"一样，忙时与阿四妹她们一起下田干活，闲时就教她们读书识字，还给她们讲妇女权益，讲马克思列宁，都是些新鲜的东西，阿四妹爱听，小姐妹们也都爱听，就连上了年纪的阿姑阿婆阿婶，有时也凑过来听上几句。那时候阿四妹已经稍微有点女娃的样子了，能静静跟她三姐一起待着。有一回放了工，阿四妹跟一帮小姐妹坐在田头听高姐读《新青年》里的文章，阿四妹的娘就在不远处磨农具，边磨边竖起耳朵听。忽然阿四妹的娘手里的农具哐当一声落地，捂着腹部蹲了下去，汗如雨下。阿四妹和她三姐赶紧过去扶住阿娘，为阿娘轻轻揉搓肚子。高姐说自己自幼跟父亲学过些医术，还在广州市妇孺产科学校学习过，便自告奋勇要为阿四妹的娘把脉。

起先阿四妹的娘不肯,挣扎着摆手道:"不用不用,忍忍就好。"高姐好言相劝,阿四妹哭,她三姐也跟着劝,阿娘才点了头。

高姐给阿四妹她娘把了脉,又细细按压按压,皱起眉说像是流胎留下的疾患,已是祸及脏腑。阿四妹她娘一听羞红了脸,"那已是一年前的事了,不妨事,不妨事。"

"哪能不妨事呢?都痛成什么样了。"高姐的声音忽然严厉起来,随手帮阿四妹她娘抹去豆大的汗珠,"滑胎那也是大事!"

高姐那时年轻,自然没怀过胎,但从她嘴里说出的每一句话都叫人没法辩驳。她说女子得妇科病是很正常的,并非丢脸面之事,又说得了病就得治,若不及时治疗怕是要患大病,到时更是痛苦难堪。阿四妹仰着头听,每个字都不舍得落下。那一刻,阿四妹多希望自己可以变成高姐这样的人呀,可以解了阿娘的痛,可以说出"妇女不比男人低一等"这样叫人热血沸腾的话。

后来高姐给阿四妹她娘写了几样清热消炎的中药,叫阿三妹阿四妹执了药给她娘服用,农闲时又亲自带着阿四妹去拔了些金银花、鱼腥草、蒲公英之类的草药来,叫她熬了给她娘清洗下身。阿四妹脑子不钝,眼睛也好使,去了两次就把那些草药的模样记得牢牢的,后来高姐走了之后,一直是阿四妹去帮阿娘采草药来熬。

阿四妹的娘病刚好那会儿,家里门槛就差点被踩烂了,进进出出都是村里的老妇人小媳妇,都是来找高姐或者打听药方的。当时村里只有男的赤脚大夫,妇女得了病感觉难以启齿,大都是私下忍着,一听说有人治好了阿四妹她娘滑胎落下的病根,还是个女的,都喜出望外,纷纷登门请求高姐给自己治病。高姐来者不拒,挨家挨户东奔西跑地上门给她们医治,渐渐地,高姐就成了几个乡里远近闻名的"高医师""活观音",深受爱戴。村里几个家里供泥头菩萨的阿婶病治好了以后,俨然把高姐当成了现世的菩萨,见了高姐就跪,嘴里念念有词,把高姐慌得都不知往哪里躲了。

阿四妹常丢下手头的活儿跟在高姐屁股后头跑进跑出,躲在一旁偷偷看高姐给人把脉治病。什么沉的,浮的,细弦,细缓的,阿四妹听不懂,但信口也能跟着说出几个类型来。阿四妹她娘看到了阿四妹的"偷懒",也只是睁一只眼闭一只眼,偶尔旁敲侧击唠叨两句:"这哪里是你看看就能学的喔,还耽误了活计!"

阿四妹自然知道这个不好学,但就是喜欢跟着,看高姐开方子,帮高姐拔草药,若能长久,指不定也能有样学样开方执药。只可惜高姐很快就又被派往别处去了,阿四妹心里那个着急呀,都还没学到点皮毛高姐就要往别处去了!高姐离开的那天清晨,阿四妹早早就起来给高姐蒸干粮,边蒸边哭,高姐见状便把自己随身带着的几页报纸赠予阿四妹,叮嘱她好好学习,留个纪念。

再见到高姐时,已是第二年秋。

听说龙湖那边成立农民协会时高姐也会来参加,阿四妹兴奋得一夜睡不着觉。正值秋收忙碌,阿四妹为了能见高姐一面,早早就起身干活,中午也不歇息,死赶硬赶干完了所有的活儿,才匆匆跑去央求村里要去参加成立大会的大哥们带她一同前往。

那农协设在九湖的王氏大宗祠里,离阿四妹他们村有些距离。他们去到已是掌灯时分,大门口亮起两个圆圆的大红灯笼,摇曳着散落满地红色光芒。阿四妹早就听村里年长的说过这王氏大宗祠的来历,从明代时就有了,青砖石柱木檐子,几进几落均雕龙画栋,气派得很。这会儿亲眼见到,阿四妹却是被这古老大宅焕发的新气象镇住了:堂前和过道都挂满了红通通的标语,角落里堆着农具和武器，堂前还有一副对联"坚忍卓绝为吾人本色，艰苦奋斗是我辈精神"，叫人看了热血沸腾。这革命的决心，一望而知。

天井里亮着灯，有个戴眼镜的男的正在天井那里念歌仔，阿四妹他们也赶紧围了上去。只见念歌仔的人长相斯斯文文，圆框眼镜下的双眼不大，却炯炯有神。村里的阿胜哥悄悄告诉阿四妹，"这人就是阮啸仙，是咱们的县委书记。"

"打倒平山大地主，唔忧无米煮！

打倒洛场地主楼，唔忧无地求！

拆平龙口霸主屋，农友分米又担谷！"

那阮书记念得生动，围观者听得热血沸腾，连声叫好。阿四妹一句句跟着念，念着念着，不觉眼眶就充盈了泪，刚抬手去抹，日思夜想的高姐忽然就出现在眼前了。

高姐见了阿四妹也是很高兴，拉着阿四妹的手绕过众人出了祠堂，来到一棵龙眼树下。微风吹起了颤动的婆娑树影，把高姐嘘寒问暖的声音衬托得更加温柔。她说阿四妹又长高了咧，又夸阿四妹有上进心还惦记着革命。听闻阿四妹她娘的病还偶有发作，即刻又进屋去寻来纸笔给写了新的方子，仔仔细细叠好了放进阿四妹的衣兜里。

"你刚才也听到了吧？艰苦耕田嘅能饱肚，辛苦劳作嘅有屋住，这是多么美好的世界呀！这些都要靠农民去反抗，去斗争！去从剥削阶级手中夺回来……"此时的高姐已经是共产党员了，刚从农民运动讲习所进修回来，说起这些来格外意气风发。

"这农协搞起来也是不容易咧！多得阮书记指导，还从广州搞来了一批枪支！有了枪我们就有底气，也不用怕那些地主豪绅……"

阿四妹痴痴地听着，清澈的眼睛紧紧盯着高姐因激动而泛红的脸庞。忽然头顶砸落一颗熟透的龙眼来，一骨碌滚到阿四妹的脚边。阿四妹随手捡起来看，那龙眼的壳已经裂了一道缝，像一个撑破了衣裳的胖娃娃。这是老天爷给的启示哇！阿四妹只觉得心头一热，感觉自己也是一颗龙眼，很快就要爆开壳了，要露出厚实的、饱满飙汁的白色果肉来。趁着月色，阿四妹终于大胆说出了自己也想加入共产党的愿望，话一出口便羞得满脸通红。高姐听了却很高兴，说你有这样的志气是极好的，只是加入共产党也不是件容易的事，你得学习，得进步，又说下次过来时，要给阿四妹带更多的进步刊物。那一晚，阿四妹只晓得拼命点头，也就是从那一晚，阿四妹心中种下了一棵只有她和高姐知道的树，那棵树在长根，发芽，很快就枝繁叶茂。

那以后再次见到高姐时，阿四妹已经14岁。那段时间高姐跟农协的人在附近几条村东奔西跑，反动民团老是东打一耙西打一耙地闹，高姐忙得焦头烂额。阿四妹听闻高姐就在附近，光着脚跑了好几个村庄，才终于跟高姐见上。也就是那天，高姐把自己珍藏着的《共产党宣言》借给阿四妹，并叮嘱阿四妹一定要好好学习，待下次见面时再归还。没想接下来两年，二人就怎么都遇不上了，有人说高姐是去了粤东，也有人说是去了顺德，总之到处奔走行踪不定。

"阿四妹哇阿四妹，记住保持住斗志啵，斧利不怕扭纹柴，见地不平就担镑铲啰！"

"阿四妹哇阿四妹，记住日日多读书啵，无学识都是因这个，毫无进步搞到器具也粗疏！"

高姐的这些话，阿四妹全然深深烙在心里了。阿四妹恨不得自己变成高姐的影子，好随她四处奔走，干革命。然而高姐并不缺影子，她本身就是一束光，一直都在阿四妹的前方闪烁着，如清晨第一缕阳光。

莫不是高姐就是以共产党为纲的？如此一想，阿四妹的目光顿时黯淡了下来。自己加入共产党的事遥遥无期，怕是没指望了。

— 34 —

阿康哥见阿四妹这几日愁眉不展,便安慰道:"你勿要急啦,长命功夫长命做,养好身体才是最紧要的。"

"我们几时出发去找高姐?"

"这个……等你养好了身体再说吧。"

说着阿康哥抬脚就往外走,阿四妹立刻追出去。"我身体早就好了。"

"那——都是要再赚些路费再走,风餐露宿,铁打的都挨不住哇!"阿康哥加快了脚步。

"我不怕风餐露宿。"

"我们也还不知道高姐在哪里。"

"那你快去找组织打听打听!"

"组织?"阿康哥停下来愣了一下,尴尬地说,"那也不是你说找就找的。"

"那要怎么找？"

"好好好，你莫急，明日瞿队长要上镇里联络买家，我去跟他讲搭个伴去，正好打听打听。"阿康哥安抚道。

"那你快去跟瞿队长说，快去！"阿四妹直接把他往瞿队长那棚推。

第二天一早，阿康哥果然就跟着瞿队长到镇上去了，直至日落时分，二人才气喘吁吁各抱着一大包东西深一步浅一步回到棚地来。

阿四妹第一个迎上去。"怎样怎样？可联系上了？"

瞿队长把手中的一大袋东西往阿四妹怀里塞，呵口气搓起手来，满脸掩饰不住的兴奋。"阿康真是把好手，三言两句就把生意给做成了，百斤比上次多了将近一块钱！"

阿四妹看向阿康哥，"不是问这个，阿康哥，你可联系上组织了？"

阿康哥跟瞿队长一样喜形于色，把东西往阿四妹手里塞，"快，把糯米粉拿进去，招呼阿旺她们一起包元宵，差点都不记得今日元宵节咧！"

阿四妹抱着糯米粉急得直跺脚，"我问你话呢！"

阿康哥却像听不见似的，把阿四妹往伙房那边推，"快点去啦，瞿队长今日高兴，要给大家加菜呢。"

阿四妹无奈地摇摇头，抱着东西往伙房走去。

阿旺见了那一堆糯米粉，很是诧异。"年夜饭都没想加菜，怎么突然间想起来包元宵？"

"听闻是今日去谈买卖，煤石卖了个好价钱。"阿四妹嘟着嘴说。

阿旺一听笑逐颜开，"那是要加菜的！"又说道，"哎，我们做这一行的，哪有什么节不节的，有钱赚就是过节。"

阿四妹帮着倒糯米粉，刚要伸手进去搅，阿旺就推开她说："我来我来，这个我在行，以前元宵节给姑娘们做汤圆，都是我一手包办的。"

"姑娘们？"

阿旺面不改色地说："就是我以前伺候的主儿。"又嘱咐道，"总之这里交给我就行啦，你去烧开水吧，烧多一点！"

"哎！"阿四妹应了一声，手在衣角抹了抹，跑出去搬柴火。

等灶上的水咕噜咕噜烧开时，阿旺果然已经把汤圆都包好了，一只只白雪雪，肥嘟嘟，整整齐齐挤在簸箕里，怎么看怎么惹人欢喜，阿四妹终于也高兴起来。

到底是过节咧！晚上大家端着一大瓷碗的汤圆往嘴里送的时候，大锅还在扑哧扑哧烧着。大锅上氤氲的水汽把整个棚子都熏得湿漉漉的，如同人的心情一样，一捏就能捏出水来。

这心情一潮湿吧，大伙儿说的话也变得温软起来。整日里戴着军帽的那个叫福根，这会儿正搂着阿康哥的肩膀滔滔不绝讲着他的"光荣史"，把阿康哥逗得哈哈大笑。"闷葫芦"把嘴巴塞得鼓鼓的，脸上深深的沟壑也被水汽熨开了，现出了黑乎乎的、常年待在矿下的证据。阿旺见瞿队长的碗里空了，又端来一碗往他碗里倒，阿娇见了也不甘示弱跑去锅里舀，见锅底只剩下小半碗不到，狠狠一掷那大勺，发出哐当一声响。外头谁也没听见，大伙儿的耳朵都被嬉笑声占满了。

阿四妹借口吃不下，把剩下的半碗都倒进阿康哥碗里，逮着机会继续追问："阿康哥，你到底联系上没有？"

阿康哥被嘴里的汤圆噎了一下，硬生生咽下去说："联，联系上了。"

阿四妹大喜，"那可有高姐的消息？"

"暂时还没有，他们答应帮打听打听。"

"那你可得记得去问。"阿四妹嘱咐道。

阿康哥又往嘴里送了一勺汤圆，含混地应承着："知道，知道。"

阿四妹还想问他是怎么联系上的，组织在哪里，阿康哥已经端着碗跑到棚外去了。外头有人学阿四妹燃起了篝火，火光噼里啪啦照亮了一个个兴奋的面孔。冬日里的寒风呼呼往这边挤，又呼呼被热浪给赶跑了。瞿队长到底是走南闯北惯了的，见多识广，竟拉起阿旺的手跳起舞来。那舞阿四妹没见过，脚一下一下用力踩，溅起许多泥沙。泥沙在大家的裤脚边翻滚，分不清哪些是新溅到的，哪些是原来就有的。

想不到黑黑瘦瘦的阿旺跳起舞来还蛮有看头咧。她用手背叉腰，挺直了身体与瞿队长对视着，脚却忙碌得很，随着节奏生动得跺着地，踩几下，转圈，踩几下，再转圈，地上的泥沙被她踏出一个大大的蝴蝶形的痕迹来。此时她脸上的神情是肥沃的，凸起的颧骨上孕育出两朵风情万种的桃花，桃花映照在瞿队长的眼睛里，全都盛开了。

阿娇大概也看到那盛开的桃花了。她呆呆地盯着阿旺的身影，眼神迷离，眼底像是有一团叫人疑惑的薄雾，当阿四妹的眼神迎上她时，那迷雾又消失了，剩下的只是尴尬。

"呸！"阿娇不屑地朝脚边啐了一口，"窑子里来的，花样就是多！"

谁也不承想跳了大半宿舞的阿旺会在第二天做饭时忽然腿一软坐倒在地上,把阿四妹慌得手足无措,一摸,手脚冰凉。阿四妹欲跑去矿下喊瞿队长,被阿旺叫住了。

"别,别去,"阿旺说,"我歇歇就好了。大概是昨夜里冻着了。"

"冻着了至于这样?"

再追问,阿旺才说自己前些日子刚打了胎,可能身体还没好,昨晚又着了凉。

"没事的,"阿旺倒安慰阿四妹来,"歇歇就好。女人打胎,常有的事。"

阿四妹大惊失色,"为什么要打掉?"

阿旺苦笑,"在这种地方,哪养得来娃子。"

"那——那瞿队长怎好还拉你跳舞!"

阿旺说:"莫怪他,他不知情。"

"你没告诉他？"

"说他知做什么，也帮不上忙。"

阿四妹把阿旺扶回棚内躺下，给她倒了些热水喝，摸摸阿旺的身子，还是冷冰冰的。

"这，这可怎么好？"

倒是阿旺不慌不忙的，指挥阿四妹去伙房取了点盐巴，又取来红糖加了一小勺。"许是流血过多，身子虚。补补就好了。"

"补补？"说起这个，阿四妹想起来了，高姐也说过阿娘气血虚咧，高姐带自己去采过几样草药给她阿娘煲水喝，灵得很咧。

阿四妹扭头就往外走，"你等着，我这就去给你找药去！"

"你去哪里找药？"

阿四妹已经头也不回地跑出去了，远远抛回两个字："山上！"

这一带全是山，绵延不绝。

阿四妹被头顶一股悬着的气提着噌噌往前走，往上爬，很快就进了深山林子里。一个人上山自然是危险的，何况阿四妹走得匆忙，只随手拎了个挖矿用的小号镐子。这里的山多是红色的砂砾岩，看久了眼晕；山垂直而险峻，像被谁一刀刀竖着削过一样，又看得人心悸。

到处都是山，到处都是峭壁。

所幸密豆花也到处都是，阿四妹轻而易举就找到了一株，用镐子整棵凿出来，扯掉叶子，掰去细枝末条，像根拐子一样挎着走。这"拐子"晒干了捣碎就是鸡血藤，补血甚好。益母草也不难找，躲在大树底下，混在各种草里，阿四妹也能熟练地铲了出来。最难得的是竟顺手掘到棵紫乌藤，高姐说了，其根如拳名唤何首乌，可是个好东西。

日落总是在不经意间发生的。阿四妹被冻得一阵哆嗦，这才想起来抬头看看天，日头已不见，一道红彤彤的晚霞就挂在远处的山峰上。阿四妹惊慌地回看来路，发现来时根本没有路，被她踏倒的那些草早就直起了腰杆恢复了原状。

阿四妹是哭着拨开那些半人多高的草的，手上的拐子起了些作用，但作用不大。什么也代替不了阳光，没了光，人也就没了眼睛。

在这样的荒山野岭独自一人没有眼睛可不是闹着玩的。阿四妹终于惊慌地呼救起来，山很贴心，一座跟着一座接力喊，阿四妹听到远处山的回应，才惊觉自己竟爬了这么高。声音在各个险峰间峭壁间撞来撞去，弱是弱了，到底还是飞到了阿康哥的耳朵里。

此刻阿康哥正与几个工友拿着挖矿的工具往这边赶。他们放工回到棚里听阿旺一说，立马就把刚放下的工具拿起来一路寻过来。然而"路"并不属于他们，"路"全是属于草的，属于荆棘藤条的，对于这帮贸然闯入的人，它们并没有给什么好脸色，阿康哥他们披荆斩棘往前走，手脚厚厚的茧都不顶用，不是磨得生疼，就是被刮出一道道的红痕。这帮人都是吃惯苦的，谁也没退缩，只是阿康哥不管不顾往前冲的样子有些吓人。

福根拉住他劝道："慢点，天都快黑了，别落单了！"落单的是阿四妹哇！阿康哥哪里肯听他的。

这一路阿康哥也是有呼喊阿四妹的名字的，在这空旷的山间却荡不起半点回响，像被无底洞吸走了。想来站的位置不同，大山给的待遇也是不同的。他一声接一声叫唤着，声音先是洪亮，渐渐变成了嘶哑。就连向来不怎么待见他的"闷葫芦"听了也皱紧了眉头，跟着开腔呼唤起来。

到底还是听到了阿四妹微弱的呼救声，大家循着声音找去，一个瑟瑟发抖的身影就在头顶的半截崖上蹲坐着。阿康哥抬头唤阿四妹，阿四妹往前探着身子唤阿康哥，两人的声音穿过层层草叶碰触到了一起，人却还隔着十来米高的崖，一上，一下。阿康哥丢下手中的铁锹就要往上爬，被福根拦住了，"这里太陡爬不上去的，从那边找路绕上去吧。"

阿康哥甩开福根的手，抓住崖上的藤条野草就往上攀。崖在抖，整座山都在摇晃，阿康哥只觉得天旋地转脑袋嗡嗡根本不敢往下看，才爬了一人多高，脚就打滑踩空了，腿肚子在红色的砂砾岩上划出了深深的一道口子，鲜红的血飙出，到底是比砂砾岩还要红些。阿康哥惊叫了一声整个人掉落下去。血，他腿上全是血！阿四妹在上面看得一阵晕眩，失去了知觉。

等阿四妹醒来的时候，已经是躺在竹棚的床上。那是阿娇和"闷葫芦"的床，阿四妹猛地挺坐起来，发出嘎吱一声响。阿康哥就坐在旁边的地上，腿上的伤口用布条绑着，脸上手上满是细细的血口子，见阿四妹醒了他也噌地站起来，疼得嘶嘶吸着气。

阿四妹哭起来："你逞什么能，那里怎可能爬得上噶！"

阿康哥不好意思地挠头，"一时心急，没看清楚。"

"你心急什么，我好好坐在那里，又不会跌落下来！"

阿康哥低声嘀咕道："不都是心急救你啫。"

竹棚的门是关着的，把凛冽的寒风挡在了门外。棚内有些闷，仿佛谁在棚里生了篝火似的，阿四妹的脸一下就被焗得红扑扑的。见阿康哥腿上的布条绑得凌乱，阿四妹跳下床来，重新给阿康哥拆开再打上。

"阿康哥，你忍住喔。"

阿康哥拍拍胸脯，"男子汉，怕什么疼。"

撕下布条时，阿康哥还是龇牙咧嘴。

"痛啊？"阿四妹焦急了，"我见高姐都是这样给人包扎噶。"

阿康哥咬住牙硬撑住说："不痛！"

阿娇在旁边看着好笑，忍不住问："阿康，你是不是要把你小表妹娶回家呀？"

阿康哥还没答话，阿四妹先脸红了。"娇姐您勿乱猜喔。"

阿娇笑道："若不是，他怎会这样搏命喔！听闻那崖可陡得很呢。"

"是啰，"阿四妹扭头问阿康哥，"你不是畏高吗？"

"我是畏高，又不是畏你！你在高处，我畏你做什么，当然就往上爬了，有什么可畏的……"阿康哥说得语无伦次，阿四妹听得一头雾水，阿娇则笑得前俯后仰。

"哎呀！"忽然阿四妹噌一下站起来，额头直直撞在阿康哥下巴上，捂着额头就左顾右盼四处寻。

"我采的药咧？药在哪里？阿旺还等着我的药咧！"

阿康哥揉着撞疼了的下巴说："放心啦，药给了瞿队长了。"

对此阿娇却一脸不屑，"她不就是打个胎？哪个女人没打过胎，大惊小怪。"

阿四妹惊诧，"你也打过？"

阿娇说："当然啦，几次咯。"

"几次！"

阿娇满脸不在乎地说："有什么大不了的，那窑子里来的女人什么没见过！"

阿四妹说："她腿软站不稳咧，还周身冰冷。"

"饮点糖水就是啦，还要吃药！我打了胎照样搬矸子噶，哪个像她这么娇气……"阿娇一边絮絮叨叨念着，一边打开门出棚去了。

阿四妹对着她远去的背影，心里像是吃了一锅草药汤煮的汤圆，说不清是啥滋味。

见阿四妹神色不对，阿康哥忙问："怎么了？闷闷不乐的。"

阿四妹摇头，"我就是觉得她们可怜。"

"她们？"

"就是阿旺和阿娇。"

阿康哥不解地问："怎就可怜了？她们可都逃出来了，嫁的也都是自己选的人。"

"可你看看她们，依旧还是……"

"是什么？"

阿四妹茫然地看着他。

"我也说不上来，就像……就像一头驴，或者一头牛，就像工具……"忽然，阿四妹激动起来，"对！工具！就是工具！高姐说过，受压迫的妇女就是劳动工具，生仔的工具！"

阿康哥问："那你说谁压迫她们呢？瞿队长？还是'闷葫芦'？"

"不，都不是！"阿四妹坚定地摇头，"书里说了，是这个吃人的社会！只有打倒封建思想，妇女才能翻身，才能不被当成工具。"

阿康哥笑了，"你倒学得仔细。"

阿四妹听了夸，禁不住满脸得意。她一把拉住阿康哥的手，"阿康哥，我们得快点找到高姐才行，你快去打听清楚高姐在哪里！"

"好！好！"阿康哥笑得有些牵强。

这一片棚区盖在了一块相对平整的瓦砾地上，背面的山上种满了拳头粗的大毛竹，闲暇时男人们就会就地取材砍些下来，箍个桶，或者削成竹篾编个簸箕、编个筐，个个都是熟手。前方不远处就有一条小溪流过，阿康哥说，应是锦江的某个支流，女人们通常就手挽男人们编的竹篮子到水边洗衣，见着有不知死活往上凑的愣头鱼，还能用竹篮子捞上一条半条来。这矿队里的日子虽苦，到底还是有些意思的，男工女织，山清水秀，若不是阿四妹心早有所向，这里倒是个安顿下来的好地方。

远处有树林，近处也有树林，深绿色的树林更衬得棚区这一片黯红瓦砾地有些突兀，倒像是谁家的红砖大瓦房被踏平了似的。阿四妹问阿娇，阿娇也说不上来。

"不能吧？这荒山野岭的，哪儿来的大瓦房？"

"那这些瓦砾从哪儿来的？"

"谁晓得嘞！"阿娇满不在乎地磨着她新做的竹梳子，"我们过来的时候就是这样的了。"

阿旺忍不住插话道："那可不好说，指不定这里几百年前就住着人咧！"

阿四妹问："那人咧？"

阿旺说："大概……大概是逃难去了？或者灭族了也不一定。我走南闯北的，见过不少这样的事，本来挺兴旺的一大家族，得罪了高官权贵，或是被马贼什么的洗劫一空踏为平地，也就只剩一地瓦砾了。"

阿四妹听她这么说，不禁打了个冷战，再低头看那些黯红的瓦砾，红通通瘆得慌。

阿娇不屑地冷笑道："手不会编，嘴巴倒挺能编。"

阿旺立刻不甘示弱地回敬道："对，你手能编，尽给自个儿编些破玩意，队里装矿石的竹筐有几只是你编噶？"

"你！"阿娇气急了，正要站起来骂人，忽然"砰"一声棚门被撞开了，门口站着气喘吁吁的"闷葫芦"。"闷葫芦"拉起阿娇的手就往外拽，"快！跑！官家的人来了！"

"官家！"阿娇大惊，甩开他的手急急就去翻床铺，"等等，我把东西带上。"

阿旺也惊慌失色，急问："他们呢？"

"闷葫芦"说："被堵在窟里了。"

"那你怎出来的？"

"闷葫芦"看了她一眼不作声，又催促阿娇道："快！还拿什么东西！就追来了！"

阿四妹看看这个又看看那个满心疑惑。这是怎么了？为什么要跑？

这时阿旺已经出了门撒腿往工地那边跑，阿四妹犹豫了一下，也追了上去。刚跑出一小段路，阿旺又扭头往回跑，一把拉住阿四妹的手躲进了一块巨石后头的干草堆里。

"嘘！他们追过来了。"阿旺低声说。

阿四妹还是一头雾水，"他们？"

"就是黑狗子，警察局的。"

阿四妹更是惊诧，"我们为什么要跑哇？"

"别叫他们逮着了。"

"逮我们？我们犯什么事了？"

阿旺把食指放到嘴上，"嘘！别出声。"

人声渐渐近了，脚步声也清晰起来。阿四妹透过干草的缝隙往外看，是几个穿黑色制服的大檐帽，腿绑得高高的，背上还竖直背着长枪。为首的那个却反而没穿制服，穿着个镶金嵌玉的狐毛短褂，黑色长衫，干干瘦瘦的，挂着两撇小胡子，走几步就要伸手捻几下。

只听其中一个大檐帽指着前方说："那里有棚子！应该就是他们的住处。"

那小胡子用下巴示意，"走，看看去！"

另一个大檐帽却把手指放到了嘴边，"嘘，轻点声，别打草惊蛇。"他说这话的时候，脸就正对着阿四妹。阿四妹瞥了一眼，隐隐约约觉得面熟，仔细一回想，惊得差点喊出声来。

这人，可不就是软壳濑尿虾？！

软壳濑尿虾的模样，阿四妹是断然不会记错的，身材魁梧，方脸，厚嘴唇，经常耷拉着眼睛，就连鼻子右侧那颗痣，阿四妹都记得一清二楚。地主会那帮人只要说话大声点，他就吓得手抖脚抖,差点没把那颗痣给抖落下来。

这没脊梁的,怎又成了警察局的走狗了?阿四妹怎么都想不明白。

待得他们脚步声都远去了,她们才从草堆里钻出来。阿旺都顾不得拍拍衣裳,扭头就继续往工地那边跑。无奈工地已经不见半个人影,只留下一地挖煤的工具,横七竖八如龙卷风刚过境。地上黄的是土,黑的是煤,鲜红鲜红的是血,也不知是谁的血,刺眼得叫人头晕目眩。阿旺寻不着瞿队长,阿四妹也寻不见阿康哥,二人四处乱窜乱翻。

"完了!"阿旺跌坐在地,"怕是都被黑狗子抓去了。"

阿四妹也急哭了,"阿康哥又没有犯什么事,怎的也给抓走了呀?!"

阿旺恨恨地说:"准是那'闷葫芦'去通风报信的,怎就他一个人逃了出来?"

"这可怎么好?阿旺姐,我们该如何把他们救出来呀?"

阿旺摇头,"难了。"

"他们到底犯什么事了?为什么警察要来抓?"

阿旺不说话,只顾着抹泪。过了一会儿忽然站起来对阿四妹说:"走吧,回去拾掇拾掇,凑点钱去打点打点,指不定能赎出一个半个来。"

阿四妹惊道:"回棚里?警察刚刚过去哪!"

阿旺说:"他们找不到人就会走的。"

"那东西还能有剩?"

阿旺拍拍阿四妹的胳膊:"放心,我藏得深,他们找不到的。"

阿四妹猛然想起自己包裹里的那些书报,也急了。

"他们不会一把火把棚子给烧了吧？"

"不会，"阿旺肯定地说，"这可是林子，搞不好就整座山都给烧了。"

阿四妹还是忧心忡忡，"也不知阿娇和'闷葫芦'逃出去没有。"

阿旺没好气地说："你操心他们作甚，这两人比猴子还精！"

说话间就走到了棚子附近，二人拿树杈当掩护慢慢靠近，直至确定大檐帽们都走了，这才松了口气。棚内一切如故，没有阿四妹想象的一片狼藉，阿四妹掀开铺盖取出包裹，见那些宝贝书报都还在，拍拍胸脯长呼了一口气。

工棚里就像往日里他们都上工去了一样宁静，但阿旺的尖叫声和咒骂声很快就打破了这种宁静："天杀的！你们不得好死！"

阿四妹闻声赶紧跑过去看，只见阿旺正跪坐在伙房的灶旁，泥砖垒起的灶台被她抽出来一块，她指着那个空空如也的洞朝阿四妹哭诉："这俩天杀的呀！怎就知道我把东西藏这里了哇！"

阿四妹这才明白她说的"天杀的"指的是阿娇他们。

阿旺抬起手抽自己嘴巴，"叫你大意！叫你大意！"

阿四妹赶紧摁住她的手劝道："兴许是刚才那些警察掳了去。"

阿旺说："不可能！这里哪有翻过的痕迹？单单就翻了这里？准是我哪回放东西时没留心，被这贼人瞧了去。"说完又捶着地号啕大哭起来，"日防夜防，家贼难防哇！"

阿四妹只好安慰道："阿旺姐，你先别急，我们再想办法。"

"有什么办法？现在身无分文了，也不知他们是死是活。"

阿四妹想了想，问："你说，他们会被抓到哪里？"

阿旺说："不是县里，就是镇里。刚才那个带队的我认得，姓谭，是县里一大官的亲戚，这一带的采煤队都是他管着的。"

阿四妹惊道："是因为挖了他们的煤才抓人的？"

阿旺摇头，"不是。"

阿四妹哀求道："阿旺姐，你快告诉我呀，这到底是怎么回事哇？怎的就抓人了？"

阿旺看着阿四妹犹豫了好一会儿，这才慢慢开了口：

"早些年我随老瞿东跑西跑谋营生，到了仁化身无分文，便进了这姓谭的采煤队里混口饭吃，谁知那姓谭的不是人，掉钱眼里了，逼着人日夜不停地挖。有个工友生病了没有下矿挖煤被他知道了，竟丧心病狂叫人硬把他扔进井内，不挖足十筐煤石就不准出来。"

"万恶的资本家，丧心病狂！"阿四妹忍不住骂道，又问，"那后来呢？"

阿旺接着说："后来几个工友看不过眼，就偷偷下井去帮忙。那日也是邪门，负责插竹筒子排瓦斯的那人昏了头了，竟没把竹筒子插好，那帮工友进去没多久，就昏死在里头了。"

"啊？死了？"阿四妹大惊。

"死了。"阿旺叹口气说，"煤矿里死几个人，不算个事，那姓谭的只说了声晦气，就叫人把他们埋了了事。"

阿四妹气得牙齿打战："这般草菅人命！"

"可不是嘛！"阿旺说，"老瞿原本也要下井帮忙的，刚好那天被叫去运煤，才捡回条命。老瞿与那几个人关系甚好，气不过便带着几个工友去与那姓谭的辩驳，那姓谭的说他们闹事，竟叫人把他们关起来打。"说到这里，阿旺眼睛一红哽咽起来。

"欺人太甚！"阿四妹轻轻拍拍阿旺的背，"那后来呢？"

阿旺抹了泪继续说道："后来老瞿他们瞅准机会抄家伙逃了出来，还打伤了几个狗腿子。"

"哼，伤了也是他们活该。"阿四妹说。

"怪就怪拳头不长眼睛，一个不慎就弄翻了油灯，那屋子起火烧了个干干净净，听说那几个被打伤的没逃出来，烧死在里面了。"

"这……"阿四妹愕然，"又是几条人命！"

阿旺接着说："背上这几条人命，我们几个只好东躲西藏，在这深山里偷偷挖煤为生。"

"那，那阿康哥又没犯事，他们怎也抓了去？"

阿旺说："那姓谭的哪儿记得谁跟谁，逮住了肯定先抓走再说。"

阿四妹急得跺脚，"这阿康哥也真是，也不晓得辩驳。"

"辩驳有什么用，姓谭的心狠手辣，即便给你安个偷采煤矿的罪名，也断然不会饶了你去。"阿旺摇头苦笑。

一股凉风吹过阿四妹心头。"这么说来，怕是凶多吉少。"

— 38 —

　　日头渐渐西落，树的影子在地上越拉越长，在棚前折了一折，洒到两个相对无言的人身上，把气氛衬托得越发凄凉。往日里这个时候，正是男人们三三两两扛着工具回来的时候，空气里飘着饭香，里里外外全是人声。可眼下只剩下阿四妹和阿旺二人，你看着我，我看着你，都不知该如何是好？阿四妹第一次遇见这样的状况，慌得失了心神。

　　以前在花县见过农军与地主民团交火，也知道会死人，但爹娘把大门一闭，一切就被挡在门外了。听说村口的阿田哥就是被地主民团的恶匪给杀害的，连尸首都要不回来。那次阿四妹亲眼看到阿田嫂紧紧抱着村口的石碑哭得死去活来。后来还是高姐去劝，好说歹说才把阿田嫂劝回了家。阿四妹不知道高姐都跟她说了些什么，只知道后来阿田嫂就扛起了阿田哥的土枪，还带着村里几个妇女一起高喊要"打倒地主匪类！""工农革命万岁！"云云。想着想着，阿四妹耳边又响起高姐柔软而又坚定的声音：

"害怕无用嘅！站起来！"

"莫要小瞧了我们妇女的力量！"

"革命不分男女！"

一股勇气从脚底油然而生，阿四妹猛地站起来说："别哭了阿旺姐，我们去救他们！"

阿旺惊讶地看着她，"我们？"

阿四妹点点头，"对！可别小瞧了我们妇女的力量。"

"可是——我们身无分文要怎么赎人？"

"谁说要拿钱赎人了！"阿四妹昂起头来骄傲地说道，"我话你知吧，阿康哥可是共产党员！只要找到共产党组织，他们不会坐视不理的，一定能把人救出来！"

"真的？"阿旺喜道。

"真的！"为了证明自己所言不虚，阿四妹还凑近阿旺轻声补充了一句，"阿康哥身上还藏着枪呢！"

阿旺听了更是欢喜，只是有些不明白，"既然有枪，为何还会给抓了去？"

"这……"阿四妹被问住了，"我也不知道，想必，想必是有他的道理吧。"

"那我们现在怎么办？"

阿四妹看了一眼已经蒙上一层夜幕的山路，再不起程就得摸黑了。

"走，先到镇上去！"

天一黑，路自然是不好走的。可革命的路哪有好走的哇？阿四妹越走越精神，脚底生风，俨然又找回了当初从花县跑到广州找高姐的感觉了。只是时过境迁，此时的阿四妹早已不是当初懵懵懂懂的阿四妹。

热心的萤火虫在她们身旁飞来飞去。借着微弱的光，她们穿过一片竹林，蹚过一条清澈的小溪，再往前走个几里路，终于看到了镇里的灯火，星星点点的灯火在寒冷的夜里显得格外耀眼，也格外温暖。阿四妹催促道："快！马上就到镇上了。"

这镇子她们并不陌生，队里吃的用的，少不了派人到这镇上添置。她们轻车熟路就找到了往日里经常做买卖的一户人家。这人家姓李，是这一带唯一一家铁匠铺，采矿用的工具大都出自这李铁匠之手。李家虽不像地主豪绅有良田千顷，也不像资本家有工人万千，但祖上传下的手艺精湛，常被富人家唤去打些精细的器具，家境倒也殷实。原本李铁匠是不屑帮煤队打那些镐子铲子的,都是粗货,赚不了钱,可家里的老人心善,与阿旺阿娇她们也聊得来,不仅接了这不赚钱的买卖,还偶尔贴补些米面什么的,权当救济。

二人敲了门,谁承想来开门的竟是阿娇!

阿旺一见阿娇就怒火中烧,扑过去就要打,阿娇也不是省油的灯,侧身躲过,反手揪住阿旺的衣领不让她转过身来。阿旺朝后踢,阿娇就把她往后拽,二人扭打成一团,对骂声不绝于耳。阿四妹和李家的人都过来劝,几个人又劝又拉,才终于把两个人分开,各据一边坐在地上呼呼喘着粗气。

阿旺还不解气,"拦,拦我做什么,打,打死这个不要脸的贼人!"

阿娇自然也不示弱,"你,你才是贼人!一进门就动,动手!"

阿四妹问:"娇婶,我周叔咧?"

阿娇一听竟号啕大哭,"被,被他们抓走了哇!"

阿四妹惊诧道:"你们不是已经逃了吗?"

阿娇捶着自己的胸口哭道:"都怪我,光顾着拾掇东西,若不是我机灵躲进竹筐里,怕是也一并被抓走了哇。"

阿旺冷笑道:"是光顾着偷别人东西吧。"

"谁偷别人东西了!"阿娇气得又要站起来,被阿四妹死死拉住。

"你没拿我东西怎就不见了?"

"你东西不见了就是我拿的?"

"你就是个贪钱的货色!"

"你还是窑子里的贱货呢!"

眼看两人又要打起来,阿四妹气得大喊一声:"都给我住手!

都什么时候了,还内讧!"

阿四妹还从没这么大声说过话,嗓子都喊破了音,那二人一时被镇住,停了手。阿四妹悲愤地说:"眼下最要紧的是救人!自己人都不团结,如何跟敌人斗争?"

阿娇和阿旺对望了一眼,不作声。

好一会儿阿旺才嘀咕道:"什么自己人,说不定就是他们暴露了矿队的行踪。"

阿娇不服气,"怎就是我们暴露了行踪?"

阿旺"哼"了一声,"是谁偷偷把钨矿石背去卖了?别以为我不知道。"

阿娇一惊,挖煤时偶尔运气好是能挖到几块钨矿石的,"闷葫芦"都悄悄攒着,叫阿娇去添置东西时顺道就背去卖了。那玩意儿可比煤矸子石值钱多了,多少能帮补点烟钱。

"那,那也不见得就是我暴露的,瞿队长不也经常去卖矸子石,怎不说就是他暴露的?"到底是失了底气,阿娇语气软了下来。

阿旺说:"跟我们做买卖的那都是老交情了,价贱是贱,可靠便是了。不像你,为个几分钱能吵上天!"

阿娇心知理亏,便闭了嘴不再争辩,过了一会儿还是忍不住细声抱怨:"还不是怪你们惹了人命官司,不然我们哪至于东躲西藏。"

阿旺冷笑道:"你们没惹官司?你敢不敢说你们是怎么到我们队里来的?你说呀!"

阿娇张了张嘴,硬是别过头把话咽了下去。

阿四妹见二人转眼又剑拔弩张,深深叹了口气。"你们别吵了,救人要紧,怎么暴露的权且不说,是我夜里生了篝火惹的人也说不定。"

那二人看向阿四妹，不再说话。

阿四妹对阿旺说："明日里我便去镇上打听消息，你留在这里吧，他们认得你，去了更容易暴露。"

阿旺问："你一个人能行？"

阿四妹点点头，"放心吧，我会小心的。"

阿旺说："也好，你去打听消息，我去找点活干，这救人的事指不定也需要钱打点。"

阿娇一听救人，像是揪到了救命稻草。"你有办法救人？"

阿四妹犹犹豫豫，"办法是有，就是不定能找到人。"

阿娇一把抓住阿四妹的胳膊，"你若能把那死鬼救出来，我，我给你磕头！"说着就要给阿四妹下跪，吓得阿四妹赶紧扶住她，"娇婶你做什么呢！你放心，我就是拼了命也要救他们的哇！"

折腾了大半夜,阿四妹感觉只是眯了一会儿眼,天便亮了。李家老太太招呼她吃个馒头再赶路,阿四妹托词说不饿,背上包裹便出了门。

这个钟点街上人不多,来回奔走的都是些在时间缝里抠饭吃的勤快人,或面如菜色,或骨瘦嶙岣。卖馒头的店家早早就已经蒸好了满满几屉馒头,来买的不是早起做买卖的,就是拉人力车的。拉货的把板车停在路边,买回来馒头就抬脚踩上板车狼吞虎咽往嘴里塞。卖馒头的见阿四妹驻足,掀开盖着的幔布在一片热气腾腾的烟雾中探出头来招呼道:"来一个?"阿四妹摸了摸口袋里仅剩的几块钱,咽咽口水摇头走开了。

在偌大一个镇子里找一个不知道在哪里也不知道姓甚名谁的所谓"组织",不亚于大海捞针。"组织"二字在阿四妹心中是神一样的不可亵渎,却也像神一样看不见摸不着。阿四妹漫无目的地在街上走了一阵，看见两个穿制服的大檐帽打着呵欠大摇大摆走过，忽然灵机一动，对呀，应该先去找警察局打探下形势，他们就是被这些大檐帽给抓走的嘞。

阿四妹远远尾随他们，兜来兜去，终于在一片喧闹的人来人往中来到了静谧的警察局，那静谧是靠一条看不见的警戒线围着的，闲杂人等不敢靠近。

阿四妹远远盯着那铁制的大门看，在心里编造了无数个进去看看的理由，终究没敢迈出步子。

谁想软壳濑尿虾却忽然出现在阿四妹跟前，幽灵般地从某个阿四妹不知道的角落冒了出来。他不笑，也不怒，耷拉的眉毛依旧耷拉，就那么面无表情地盯着阿四妹看。阿四妹冷不丁被吓了个哆嗦。

"你是老张头家的四妹仔吧？"他问。

阿四妹的心扑通扑通乱跳，"你，你认得我？"

软壳濑尿虾的脸上忽然有了一丝狡黠的笑意，嘿嘿笑道："我落了聘的老婆仔，怎会不认得？"

阿四妹以前遮遮掩掩打量过他几次，这么面对面说话还是第一次，又羞又急，"谁是你老婆仔！"

软壳濑尿虾的语调高了些许，"你这个妹仔头，收了我聘礼还能反悔？我陈家岂是能由得你撒野嘎？"

阿四妹见他脸上有了怒色，反而镇定下来，正色道："收你聘礼的是我爹，退你便是，谁要嫁你这样的人！"

软壳濑尿虾一愣，竟哈哈大笑起来，"好！有胆识，你倒是说说，我是怎样的人？"

阿四妹见他笑心又慌了，"总之，总之不是好人！"

"我怎么不是好人了？"

问这话的时候，软壳濑尿虾轻轻抬起了他耷拉的眼睛眉毛，竟显出几分英气来。阿四妹六神无主，之前念叨的各种"罪状"一个也想不起来，低头细声嘀咕道："这地主豪绅家哪有好人……"猛地想起他们抓走阿康哥他们的事，一下变得理直气壮：

"你不分辨事实，胡乱抓人，还说自己不是坏人？"

软壳濑尿虾一愣，"抓人？我抓谁了？"

阿四妹说："你们昨日里不是把人都抓走了？"

"昨日？"软壳濑尿虾想了想说，"你是说那些挖煤的？"

"对！他们犯什么事了？怎就都抓走了？"

软壳濑尿虾有些惊讶地打量着阿四妹，说："你怎识得那些人？那可都是犯了大事的凶徒。"

阿四妹一听"凶徒"二字，顿时气焰灭了大半，但还是不甘心地说："那也不是所有人都犯了事！你们不问青红皂白就把人都抓走，还打人……"

软壳濑尿虾打断她："你到这里来站了半天，就是为这件事？"

"对！"阿四妹忽然抓住他的胳膊说，"你快说，你们把他们怎样了？是死是活？"

软壳濑尿虾顺势拉住阿四妹的手不怀好意地摩挲着："你如此紧张，莫不是里头有你相好的？"

阿四妹挣脱开手说："你勿要乱讲。"

软壳濑尿虾转动着手里的大檐帽，戏谑地说道："我老婆仔好本事啵，为了相好的胆敢只身闯警察局。"

阿四妹刚要开口辩驳，见他脸上挂着一丝狡黠笑意，又有点捉摸不透他的真实想法了，犹豫了一下悻悻说道："我不与你争论这些个，你快点讲，他们到底怎样了？要怎样才可以放人？"

"你想要救人？"

"当然要救人！"

软壳濑尿虾好笑地看着她，"就凭你？细细个女儿家。"

阿四妹学着高姐的样子昂起头正色说道："你莫小瞧了妇女，男人能做的事，女人一样可以做到。"

"好好好，就算你有能耐，至少——你也要找对地方啾？"

"他们不在这里？"

软壳濑尿虾笑着摇头。

阿四妹急了，"那是在哪里？"

"是县里的警察局抓的人，自然是关在县里。"

"那你怎会在这儿？"

"碰巧过来公干啫，不承想还能见到故人。"说起故人，软壳濑尿虾脸上露出了很不正经的笑。

"如此看来，我同我老婆仔还是很有缘分啵。"

阿四妹脸一红，"谁人同你有缘！"

"你倒是说说，为何非要救这些纵火行凶的刁民？"软壳濑尿虾问。

"他们才不是刁民！"阿四妹急急便把阿旺讲的前因后果又讲了一遍，末了愤愤说道，"若不是那无良的资本家剥削工人欺压工人，哪至于失手着了火！要抓，也该先抓那姓谭的恶人！"

软壳濑尿虾见她说得义愤填膺嘴边冒泡，轻轻摇头道："你可知那姓谭的是什么人？"

阿四妹"哼"了一声，"什么人？横竖不会是好人！"

"那不是你斗得过的人物。"软壳濑尿虾忽然神情有些严肃了，

"即便不为这事，光是违规采矿一项罪名，他也能把人都逮了。"

"那，那要怎样才好？"阿四妹又慌了。

软壳濑尿虾正要说什么，忽然有两个穿制服戴大檐帽的从警察局里有说有笑走出来。年轻点的远远便朝软壳濑尿虾打招呼："喂！走啦！"

软壳濑尿虾冲他们招招手，低声在阿四妹耳边说了一句话，然后以一个优美的弧度戴上大檐帽快步朝那二人跑去，刚走近些便接过那个大腹便便、腰间像箍桶一样箍着腰带的人手中的东西，伸出另一只手在前面为他开路，极尽献媚。

阿四妹愣在原处呆呆看着他们，久久回不过神来。这会儿的软壳濑尿虾，才是印象中的软壳濑尿虾哇！那——刚才在跟前跟自己说话的人又是谁？

想着想着阿四妹竟恼了。哼，到底是地主家的公子哥，变脸就跟戏台上一样快！

软壳濑尿虾临走时在阿四妹耳边留下的那句话是：

"午时，街口血鸭粉丝店，注意隐蔽。"

阿四妹把每个字翻来覆去地嚼，怎么也嚼不透这句话的用意。时间，地点，常理说便是约会，一个男人对一个女人说的约会，难免叫人想入非非。然而最后那句"注意隐蔽"却又貌似指向另外一层意思，男女约会何须隐蔽？秘密接头才需要隐蔽咧！阿四妹想起来了，高姐每次叮嘱人办什么事，也经常说"注意隐蔽"。莫不是这软壳濑尿虾愿意帮自己救人？但这想法马上又被阿四妹自己否定掉了，不不不，这个地主豪绅家的公子，怎可能大发善心？！

阿四妹的脑袋里一下塞进了泥，一下又灌进了水，搅呀搅，一停下来就凝固，一凝固重得脖子都快撑不住了。阿四妹一边想着，脚不自觉就往街口那边走，走到街口又不自觉停了下来。阿四妹抬头看去，路对面果然有家卖血鸭粉丝的铺头，那炉灶就摆在店门口，蒸腾的热浪把灶前掌勺的人裹了起来，看不清眉眼。放在地上的"血鸭"二字是手写的，用大红色的涂料随意写在一块木板上，字迹潦草，若不是软壳濑尿虾提前说了"血鸭"二字，阿四妹怕是认不出来。

一股诱人的香味不请自到直往阿四妹鼻孔里钻，饿了半日的阿四妹肚子禁不住又咕咕咕叫唤起来。

阿四妹摸摸口袋里的钱，买一碗热腾腾的血鸭粉丝自然是够的，只是阿四妹连一个铜板两个的馒头都舍不得买，又怎舍得吃什么血鸭粉丝呀！阿四妹干脆闭上眼，把干裂的嘴唇抿了又抿，任你那香味如何飘来飘去地在跟前勾引，阿四妹就像石像一般伫立着，不往前挪半步。

临近正午时分，就在阿四妹的腿差点撑不住时，那软壳濑尿虾终于出现了，换了一身长衫棉褂，头顶着护耳帽——这软壳濑尿虾在乡下时经常就是这副装扮，阿四妹一眼就认出他来了。

软壳濑尿虾望了对面的阿四妹一眼，自顾走进了血鸭店，抹抹桌子坐下，摘下帽子放在桌角。不一会儿，那掌勺的便给他端上了两碗热辣辣的血鸭粉丝。软壳濑尿虾端起一碗一撩筷子便吃，故意把粉丝撩得高高的，一吸，满嘴油光。

阿四妹看得饥饿难耐，心想这约好的事自己可不能爽约，便磨磨蹭蹭地往软壳濑尿虾那边走，过马路时走得慌张，差点被一个拉货的板车撞个正着。阿四妹惊叫一声拍拍胸脯，这才快步走进店里缩着身子坐到桌子侧边，只挨着半边屁股。

"吃。"软壳濑尿虾用筷子指了指另外那碗。

阿四妹看着他，没敢动。

"吃啦，我请。"软壳濑尿虾又说。

阿四妹问："为何要请我吃？"

软壳濑尿虾停下手中的筷子嬉笑道："因为你是我老婆仔啰。"

阿四妹又急又羞站起来起身要走，被软壳濑尿虾一把拽下。

"坐下吃，你不想救他们了？"软壳濑尿虾压低声音说。

阿四妹惊讶地看着他，见他撇嘴指了指那碗粉，便顺从地端起碗来。那热腾腾的粉汤一进嘴里，阿四妹就做不了身体的主了，一口接一口哧溜哧溜，片刻就把一整碗吃得干干净净碗底亮光，放下碗时还响响亮亮打了个嗝。

软壳濑尿虾没有笑，正儿八经地轻声说道："想要救他们，只有一个办法。"

"什么办法？"阿四妹回过神来。

软壳濑尿虾慢悠悠从嘴角憋出两个字："劫狱。"

阿四妹先是吓了一跳，继而有些恼了，"哼，就知道你拿我寻开心。"

软壳濑尿虾却不慌不忙地说："你劫不了，自然有人劫得了。"

"谁？"

软壳濑尿虾压低声音凑到阿四妹耳边一字一顿地说："阮——啸——仙！"

阮啸仙！这名字阿四妹多熟悉呀，一个穿着长衫，戴着圆圆眼镜斯斯文文的身影即刻就在阿四妹跟前浮现出来，当初在花县那短暂的一面之后，这个身影一直深深刻在了阿四妹脑中。这可是个有能耐的大人物咧，若是他能出手，阿康哥他们就有救了！

但阿四妹马上警惕起来，不对，这怕是陷阱！阮书记可是共产党的人，与这软壳濑尿虾并非一路，莫不是他想利用自己引出共产党的人来好一网打尽？

这么一想阿四妹就慌了神了。

"什么阮什么仙，我不认得。"

软壳濑尿虾满意地点点头，"不错，识得扮嘢（装傻）了。"

阿四妹按捺着怦怦直跳的心，强装镇定说道："谁人扮嘢了？我真不识得。"

软壳濑尿虾并不搭理她的话，径直说道："你到安岗村去，找到思诒堂，便可以找到他了。"

阿四妹支支吾吾道："你说的这个人怎样帮我救人？"

软壳濑尿虾说："去了便知。"

趁着阿四妹还在发蒙，软壳濑尿虾已戴上护耳帽起身准备走了，临走前轻声留下一句："记住，对接口号是血鸭粉丝。"

阿四妹眼睁睁看着软壳濑尿虾出了店消失在拐角，猛然醒悟过来，死咯，这两碗粉丝还没给钱哪！阿四妹惊出一额头汗来，好一会儿才战战兢兢问道："师，师傅，多，多少钱？"

没想那掌勺的头也不回地说："不用，记数的。"

阿四妹如获大赦，应了一声"哎"抬脚就要走，那师傅转过头来对她说："以后你若要找陈少，来这里便是。"阿四妹慌忙又应了一声，逃一样离开了店铺。

179

— 42 —

正午的太阳驱散了轻霾，好些妇女搭起了竹架子，在路边晾晒起东西来。阿四妹向她们打听了安岗村的方向，便急急朝那边赶路。虽然揣着一肚子的疑虑，阿四妹的脚步还是很轻快的，归根结底，还是"阮啸仙"三个字给了阿四妹一颗好大的定心丸。高姐说了，这阮啸仙可不是普通的人物，花县的农民运动多得他指导才能有那般光景，若真能找到此人帮忙，救出阿康哥他们的事可就有希望了！就算他软壳濑尿虾真有什么奸计，自己多长个心眼，不给他透露任何风声便是。

正月里的风像镰刀，能把人肉给割下来，幸好一路有太阳当空护着，阿四妹竟急急走出了一身微微细汗。去安岗村的路还算好走，都是规整的泥巴路，只要不下雨，便是平坦大道。临近的时候零星遇到过几个岗哨，守岗的人背着土枪，看装扮像是农民，有些能说普通话，有些说客家话，有些只能说听不懂的土话。幸好"血鸭粉丝"四个字还算容易辨认，那些人对了口号，又打量盘问了一番，也就让阿四妹进村了。阿四妹向他们打听思诒堂所在，一人警惕地问："你去思诒堂做什么？"

阿四妹说："我找阮啸仙书记。"

那人说："书记？你找阮主席是吧？他现在是我们县委主席。"

阿四妹赶紧点头，"对对对，就是阮主席。"

那人抬手指去，"你往那边走，看到那些黑色屋顶了吧？从那里进去，思诒堂就在那里头。"

阿四妹谢过他，雀跃得整个人快要飞起来。阮主席！阮啸仙果然在此呀。远处那片低矮的黑顶房子在阿四妹眼里光芒万丈，那里头藏着可以燎原的大火咧。

思诒堂是个二进落的大宗祠，青砖青瓦，石柱木梁，迈上几个石台阶，再跨进厚实的大木门，眼前的景象让阿四妹欢喜不已。悬挂着"思诒堂"三字的大牌匾下，是一幅福禄寿悬挂画，画的下方是几张四方桌，摆满了文书笔墨，周围悬挂着许多写好的标语口号，诸如"锄平田基！焚尽田契！""拿下白色恐怖的青天白日旗！""杀尽豪绅地主！工农革命万岁！"之类，阿四妹只觉得浑身的血液都在往外冒了，恨不得也扛起土枪去跟地主豪绅拼个你死我活。

天井处有一白头发的老头正在来来回回清点东西，阿四妹问他阮主席可在？那老头说刚走，这都快天黑了。阿四妹又问："那他家在哪里？"老头说："出门右拐，再左拐，直走，门口有棵枇杷树那里便是。"阿四妹谢过老头一路寻去，果然不远便看到了一棵枇杷树。

枇杷树是四季长青的树，即便正月寒冬，依旧挺着那喜人绿油油的叶子，叫人看了信心倍增。树后头是一座低矮的小砖房，门也很低，阿四妹敲了门，不一会儿就有人来开门，正是阮啸仙哇！真的是阮啸仙哇！阿四妹兴奋得语无伦次起来，一下叫阮书记，一下叫阮主席，结结巴巴话都说不完整。

阮啸仙唤她进屋坐下，给她倒了碗水喝，好一会儿才听明白阿四妹的来意。听说阿四妹为了找高恬波从花县到了广州城，又从广州城来到仁化，十分感动，"好！太好了！有你这样的革命青年，革命何愁不成功哇！"

阿四妹迫不及待地问："那我们真的能去硬闯，把人救出来？"

阮啸仙笃定地点点头。"你来得正是时候，我们正在策划大暴动，到时冲进县城，抢占下县衙，便能把冤屈的工农朋友都释放出来。"

"大暴动？"一个熟悉的词从阿四妹脑瓜里迸出来，"那可是起义？"

阮啸仙点头，又扶了扶眼镜，"对！就是我们工农兵的起义，把那些制造白色恐怖的国民党都打跑，让工农阶级自己当家做主！"

阿四妹鼓掌欢呼，"太好了！我终于可以参加革命了！我终于找到组织了哇！"

阮啸仙见她有些见识，便问她是否识字，阿四妹点头，"高姐教我识字噶，我还读了她给我的书报咧！"

"那你可会唱《夜校歌》《农工歌》？"

阿四妹点头，"会，高姐教过。"

阮啸仙激动地站了起来握住阿四妹的手说道："太好了太好了，阿四妹同志，你来得太及时了！"见阿四妹一脸不解，阮啸仙接着说，"广大妇女也是不可小觑的革命力量啊！这边愿意参加革命的妇女很多，可惜缺少能把她们组织起来的人才呀！我们打了报告请求省里派人来支援，可人还没到，你来得太是时候了！"

阿四妹不敢相信自己的耳朵，"你说我是——人才？"

阮啸仙说："当然算！你可听说过妇女解放协会？"

"听高姐提过。"

"你可知压在妇女头上的三座大山？"

"知道！"

"你可知妇女为何要反抗封建思想？"

阿四妹点头。

阮啸仙激动得再一次站起来，"这就对了！我们就是需要这样的宣传人才！好向妇女们宣传革命，把她们组织起来！"

阿四妹不太敢相信自己的耳朵，"我真的行？"

阮啸仙笃定地点头，"当然行！"

阿四妹红着脸鼓起勇气问道："那——我可有机会加入共产党？"

阮啸仙见她有此志气，面露喜色，"当然有，共产党就欢迎能干好革命工作的人。"

"我能！我能！我一定能干好革命！"

这从天而降的大好事让阿四妹晕乎了好半天，连最后怎么走出安岗村的都不记得了。心里反反复复回旋着这样两句话：我可以干革命工作了！我有机会入党了！隐隐约约记得阮啸仙送她出门时，指着那一望无际的田地告诉她，这上面洒的全是农民的汗、农民的泪，到头来收成却都被地主豪绅夺了去，农民吃不饱，穿不暖。而今撕了田契，掘了田基，这广阔的田地都是属于农民自己的了！

这多好哇！阿四妹极目看去，愣是从正月里盖着草垛烟灰黑乎乎的地里，看出大片绿油油的禾苗来。这可是属于农民自己的田地！阿四妹的眼眶湿润起来。

阿四妹连夜赶回阿旺和阿娇那里，迫不及待把这个好消息告诉她们。

　　阿旺一听不用一分钱就可以把人救出来，十分激动："快！带我一起去，看我不把那帮龟孙子打个屁滚尿流。"

　　阿娇在旁边冷眼道："哼，就你这样的，不知道谁会屁滚尿流。"

　　阿旺正要发怒，被阿四妹一把拉住。阿四妹对阿娇说："可不能小瞧了咱妇女自身！阮主席说了，我们也是一支不可小觑的革命力量！"

　　阿娇有些不好意思地舔着脸笑道："也带我去吧，扛枪打靶谁不会？！"

　　"你会？"阿四妹不信。

　　"就是拿把菜刀，我也能砍了他们！"

　　阿四妹欣喜地看着二人问："你们都想去？"

二人异口同声道:"去!"说完尴尬地对视了一眼,"哼"一声又各自背过身去。

阿四妹把二人的手拉到一起,紧紧握住。

"别忘了,我们是一条心要去救人的,我们有共同的阶级敌人,可不兴内斗!"

阿娇和阿旺稍微扭捏了一阵,终于看着阿四妹笑了。

"好,去把那欺压人的衙门给掀了!咱以后也就不用再东躲西藏了!"阿娇说。

— 44 —

　　连着几天，阿旺、阿娇和阿四妹在各个乡里东奔西跑宣传革命，做动员，很快，这支妇女队伍人数已经过百。阿旺与阿娇见了面虽都别开脸互不搭腔，干起正事来倒还是你搭一手我搭一手别无二话。带她们四处跑的是第五区妇女解放协会的一个干事，见这三人如此卖力，乐得合不拢嘴，对能写口号能教唱歌的阿四妹更是赞不绝口："好！太好了！有你这样的人才加入，真是我妇女解放协会之幸呀！"

　　到了约定暴动的前一晚，阿四妹激动得彻夜难眠，这可是革命嘞！真真切切的革命嘞！在此之前，"革命"二字对阿四妹来说只是书中的字，嘴边的话，以及心中神圣的向往。可现如今"革命"就是阿四妹，阿四妹就是"革命"，"革命"与阿四妹忽然就这么融为一体了！以往书中那些激昂的文字，振奋人心的口号，还有这个主义那个主义，终于都成了阿四妹身上的战袍、盔甲、刀剑……沉甸甸的，闪着银色的寒光。黑暗就要被戳破了啊！阿四妹一整宿都睁着眼，苦苦等待着光明的到来。

跟阿四妹一样激动难耐的大有人在。清晨第一缕阳光刚照到枇杷叶上时，村口空地上已是熙熙攘攘。农民赤卫队早早整装完毕，就等着革命军独立团冲锋的号令，好配合他们冲向县城。男人们扛的多是硬家伙，什么鸟枪、长矛、锄头、大刀之类的，再不济也有镰刮（镰刀）铁镐；妇女们手中的东西可就五花八门了，镰刮、扁担、医药包，甚至还有拿大锅大铲的。

阿娇耍着手里的大锅得意不已："你们猜，这挡不挡得住子弹？"

阿四妹便笑，"即便挡不住，砸也要砸死几个才不算委屈。"

"委屈啥？"

"委屈了这个锅哇！"

众姐妹哈哈大笑，连故意板着脸的阿旺都绷不住偷偷低头笑了。大家说说笑笑的，半点不像要去拼命的，倒像是做菜一样，拿了锅，拿了铲，说说笑笑就能做出一桌色香味俱全的好菜来。

早在前几日阮啸仙就来犒劳过正在培训的妇女队伍。他问大家可会害怕，有个胖大姐大咧咧说道："怕啥？就当是劁鸡杀狗，割了脖子就成！"

阮啸仙又问："那你们可会扛枪？"

又有人抢着说："怎么不会？把枪对着他们脑袋一指，保管他们尿裤子！"

阮啸仙被她们逗乐了，"好！好！我早就说过，妇女的力量大着咧！有了你们，革命军冲在前头就没有后顾之忧了！"

这话给了妇女队伍极大的鼓励，这几日训练谁都不甘人后，很快就都学会了怎么运送物资、怎么救助伤员，更勇猛些的，还跟着男的耍刀舞棍。阿娇就是其一。挑惯了货的阿娇抢过男人手中的大刀左一下右一下地耍，吓得男人们东躲西躲，生怕一个不小心成了刀下鬼，那可就比窦娥还冤了！

吵吵嚷嚷间冲锋号角响起了，远处此起彼伏的枪炮声、呐喊声传到她们耳中，妇女们更加记不起自己是女人了。阿娇拿着大锅护在胸前左一下右一下横冲直撞，竟真能把拦路的狗腿子手中的匕首给撞飞了。阿娇捡起地上的匕首，一手拿锅一手挥舞匕首，竟冲到了队伍前头成了先锋，把农民赤卫队那些大老爷们看得目瞪口呆。

阿四妹和阿旺主要负责护理伤员，在阵阵的呐喊声、惨叫声、呻吟声中奔来跑去。革命军与各农民护卫队早已会合，攻到了县政府门前，几阵炮声响过，县政府的门窗便燃起熊熊大火。阿旺与阿四妹抬着一个嗷嗷叫的伤员正往回走，忽然两个大檐帽从门内逃了出来拦住他们去路，横拿长矛一推，三人均仰面跌倒在地，其中一个大檐帽一脚踹向那个伤员，另一个伸手去抓阿旺，附近的阿娇见状，冲到县政府门前那大圆柱旁，从窗沿处抽出一根燃烧着的木条，大叫一声就挥舞着朝他们冲过去，那两个大檐帽惊慌躲避，跟跟跄跄一步步往后退，几个独立团的战士见状冲了过来，三两下就制服了那二人，阿旺和阿四妹感激地看了一眼阿娇，趁机抬起伤员快步撤离。

畅快哇！奔跑中的阿四妹感觉到了前所未有的畅快！火光就尽在咫尺，就在阿四妹的眼角，阿四妹用眼角瞥见了火光中舞起的凤凰，浑身羽毛金灿灿，如雄鹰展翅，一飞冲天……谁说女子不如男？这队里的男人们都还得靠她们救出来咧！

她们也的的确确把矿队的人救出来了。独立团赤卫队的人冲进了衙狱，解了男人们手脚上的镣铐或捆绳，把一个个还在发蒙的脑袋赶出了衙狱。直到出了门口,见了阳光,他们还是不敢相信眼前这一切是真的:四周都是红旗,都是"苏维埃万岁"的标语,来来去去的人有穿布鞋的,也有穿草鞋的,甚至有赤脚的,脸上清一色地欢天喜地。阿四妹她们就在这些人当中穿梭着,或给人包扎,或给人喂水,忙得都没空看他们一眼。阿康哥抚着身上被绳子勒出的血红,呆呆看着阿四妹,恍若隔世。

眼前的这个阿四妹,可是在广州城里那个看到血吓晕过去的阿四妹?

到了夜里，如麻雀般扑腾来扑腾去的阿四妹才终于闲了下来，但依旧保持着雀跃的状态。她欣喜地拉住阿康哥叽叽喳喳说自己已经帮他找到了党组织，很快就可以出发去找高姐了。阿康哥先是支吾应答，接着沉默，到最后终于鼓起勇气与阿四妹坦白，说自己根本不是共产党员，是骗她的。

尽管阿四妹对此早有怀疑，真听阿康哥这么说，眼眶还是忍不住一红。

"你为何要骗我？"

阿康哥低下头怯怯地说："我不是有心骗你，我，我就是想同你一齐走。"

"为何要同我一齐走？"

阿康哥像是下了很大的决心，闭上眼快速念道："我喜欢你！我看你第一眼就喜欢了！我要娶你做老婆仔！"

话念得顺口又流畅，像是排练过无数遍的。阿四妹一时手脚不知往哪儿放，"那，那也不能骗人。"

阿康哥说："我也是没有办法，不这么说，你怎会信我。"

阿四妹忽然想起，"那你的枪呢？你不是共产党员，怎会有枪？"

阿康哥不好意思地低声道："那是前一日刚从一个死去的国民党兵手上掰下来的，也不晓得还能不能打响。"

阿四妹点点头，又摇摇头，像是信他了，又像是不信，手指把衣角绞了又绞。忽然哇一声哭起来："你，你还有什么事骗我？"

阿康哥慌忙竖起手指发誓，"没有了没有了，我发誓，我阿康没有什么事骗你了，如有骗你，天——"阿康哥说了一半，猛地收住了话。

阿四妹不解地看向他。

阿康哥低下头低声道："还有，还有一件事——"

"还有？"

阿康哥支支吾吾道："倒也不是什么大事……"

"到底什么事？"

阿康哥说："那时候输了很大一笔钱，本想变卖古董抵债，又不甘心，不如干脆随你一走了之。"

阿四妹一听又哇一声哭起来。

"原来，原来你就是为了躲债！"

阿康哥慌忙拉起她的手解释："不是噶，即便没有欠债，我也想跟你走的。"

"我不信！"

"真噶！"

"你口花花，谁人信你！"

"我发誓！"

……………

阿四妹哭了大半夜，阿康哥哄了大半夜，直至灯油燃尽一片漆黑。

打了胜仗之后的夜显得尤为漫长，足够县委的人彻夜清点收缴的物什，足够参与的家家户户回味这一仗的喜悦，也足够阿四妹和阿康哥把一层原本就摇摇欲坠的窗户纸捅破，再镶金嵌银地装扮起来。最后阿四妹娇羞地答应要嫁给阿康哥，但还是补充了一句，不是现在，要等找到了高姐，请她当证婚人，才能与他结成革命夫妻。

"何时出发去找高姐？"

"明日就去吧。"

46

第二日，天刚微微露白，一个浑身上下包得严严实实的身影就鬼魅般溜进村来，径直溜进阮啸仙屋里。

来人正是软壳濑尿虾——陈甘。

陈甘是来送情报的，若不是事情紧急，他也不会冒大风险亲自前来。

"那姓谢的大土豪不甘心土地被缴了，已纠结了土匪民团、地主武装两千多人准备进攻董塘，反扑革命乡村，口口声声称要一举灭了刚刚成立的苏维埃政府。"陈甘说。

阮啸仙正在洗漱，吐出一口水来说道："怕他们作甚，我们刚打了胜仗，士气正高涨着。"

陈甘说："他们兵分多路，几个村子同时进攻，我们就一个独立团怕是不好对付。"

"确实比较棘手，"阮啸仙沉思片刻说道，"却也不必怕他们。"

陈甘继续说道:"还有更棘手的,国民党驻北江十六军也正增派援军过来。"

阮啸仙背起手,在小小的天井处来回踱步,"我得赶紧跟他们参谋参谋。"

陈甘看了看天色,"那我先回去了,一会儿天亮了人多眼杂。"

"好,快走吧,注意隐蔽。"

阮啸仙伸手给他开了门,却见阿四妹正拎着篮子站在门口。

"阮主席,我给你送早饭过来。"

陈甘见是阿四妹,朝她微微一笑侧身走出门去,阿四妹把篮子塞给阮啸仙,快步追了上去。

"等等!"

陈甘停下脚步左右看看,示意她跟着他走到瓜棚后,这才掀开帽子笑嘻嘻问道:

"什么事呀,老婆仔?"

阿四妹的脸红到了耳根。"濑尿……不是……陈甘,原来你是共产党员哇!"

陈甘歪着头看着她,一脸坏笑地说:"你现在才知?"

若在以前,阿四妹见他这副玩世不恭的公子哥模样自然是十分厌恶的,这会儿看来竟觉亲切。阿四妹跟着笑了笑,有些害羞地说道:"你上次又没告诉我。"

陈甘笑笑,"机密的事,哪能随便说的。"

阿四妹问:"你,你不是地主家的公子吗,怎的也……"

"也什么?"

阿四妹不好意思地说:"也反地主。"

陈甘收了笑,看着她认真地说:"我不是反地主,我反的是剥削。我当年在外留学时就已经加入共产党了，我信仰马克思主义，信仰共产主义。"

阿四妹听他提到了马克思，忍不住插嘴道："我知道，就是《共产党宣言》上那个人。"

陈甘赞许地点点头，继续说道："信仰这种东西，是不分阶级的，地主出生就是地主，我别无选择，只是家财田地到了我手里该如何处置，便是我自己的事情。"

阿四妹问："那你打算如何处置？"

陈甘笑道："说与你知道也无妨，私下里早已变卖了不少捐给农会了。"

阿四妹恍然大悟，只道这软壳濑尿虾毫无骨气人人可拿捏，原来这层软壳不过是烟雾弹哇！底下脊梁骨硬邦邦！

"我错怪你了！"阿四妹低下头说。

陈甘故意凑近了问："你是说逃婚的事？"

阿四妹急了，"不是！"想了想却又抿着嘴说，"也算是。"

"你这个妹仔胆子倒真是大，我陈家你也敢得罪。"陈甘轻轻从鼻孔里哼出一声，看不清是怒是笑。

阿四妹脱口而出："我怎知你是共产党员啵！"

"共产党员就怎样？你就不逃了？"

阿四妹刚要说"是"，猛然想起阿康哥来，这耳边还萦绕着阿康哥昨夜的誓言哪，不由心乱如麻不知如何作答了。

陈甘忽然变得一本正经，清清喉咙正色道："阿四妹同志，你有些觉悟，人也上进，是个可以栽培的好苗子，不然这方圆百里女子多如牛毛，聘礼也不会偏偏送你家里去。"

阿四妹听陈甘如此夸奖自己，暗暗欢喜，嘴上却还是说："那也不该来落聘，我们门不当户不对的。"

"我双亲原本也这样说。"

"那后来怎就同意了？"

陈甘眉毛一挑："我自有办法。"

阿四妹点点头，心想这软壳濑尿虾是有本事的人，也不足为奇。只是有些疑惑，"你都不曾与我说过话，怎知我有些觉悟，还上进？"

陈甘说："高恬波同志话噶。"

高姐！竟是高姐！阿四妹一阵狂喜，一把抓住陈甘的手问："你可有高姐消息？"

陈甘说："高恬波同志被派往江西了。"

"我知道她在江西，江西的什么位置？"

"这可不好说，"陈甘有些为难，"岷江一带党组织被破坏严重，高同志需要在各地奔走联络，兴许在南昌，兴许不在。"

阿四妹脱口而出："这可如何是好？我和阿康哥昨夜里刚说好近日就去江西找高姐咧！"

陈甘问："阿康哥是谁？"见阿四妹神色惊慌不敢接话，更是故意把头靠近了问，"你相好的？"

阿四妹干脆低下头不语。

"你们怕是走不了了，"陈甘斜眼角看着她说道，"反动民团马上就到，后头还有援军，能逃出去再说。"

阿四妹大惊失色，"还要打？"

"他们作威作福惯了，岂会善罢甘休？"陈甘看了看天色，拍拍阿四妹的肩膀，"我不方便再逗留，你们好自为之。"说着拉低了帽子快步离去，留下阿四妹在瓜棚底下久久挪不开脚步。

阿四妹摸着棚架上枯萎的藤猜测着,感觉像是水瓜,又像是丝瓜,没有了叶子和果实,没了鲜活的颜色,这瓜藤也变得扑朔迷离。世事真是难料哇,自己原本是要嫁给真党员的,竟逃婚了。然转念一想,也没什么遗憾的,嫁给共产党员算什么?自己也可以是共产党员!

阿四妹返回暂住的农户家中，发现家家户户已是空无一人，就连阿康哥和整个矿队的人，也都挤到思诒堂外翘首往内张望。整个思诒堂挤了个里三层外三层，有站到木门槛上踮起脚伸长脖子看的，有倚着门前红岩石柱蹲坐在地等待的，脸上都写着焦虑二字。人都是阮啸仙叫人召集过来的，眼看反动武装将至，得尽快部署防护，守住革命果实。

阿四妹费了好大的劲挤来挤去，终于在侧边的小门外找到了阿康哥他们，那几人或蹲或坐在门外等待，只有瞿队长双手双脚成"大"字形撑住侧门的石头门框攀到高处往里瞧。

这侧门能斜斜望见厅堂，阮啸仙与独立团几个指挥正在方桌前指着地图议事，说话的声音不大，淹没在大家伙喧闹的人声中。厅堂前两根高高的石柱上，用黑墨写着一副醒目的楹联：源远流自长仰前人式榖贻谋惠泽江河并润，枝荣并弥大期后昆绍庭祗道蕴英奕叶重光。这些字阿四妹大都不认得，即便认得，也不知其意，只隐隐约约被其神龙绕梁般的气魄所摄，心想这地方毕竟是有大学问的，可万万不能给那些贼人冲进来一把火烧了。

阿四妹凑近瞿队长问："情况如何？"

瞿队长依旧探头往里看，"只听到一些，像是要把独立团兵分几路。"

阿四妹点点头，"那地主武装设备精良，各村光靠自己的护卫队武装，顶不住的。"

阿康哥挤了过来，"你一早跑哪里去了，看这阵势凶多吉少，我们快些收拾东西逃出去吧。"

阿四妹听他这么说有些惊讶，"大敌当前，怎可说这样的话？"

"这不是我们昨晚约定好的吗？今日就前往江西。"

阿四妹说："昨夜又不知有这样的事。"

阿康哥说："若真的实力悬殊，你我在这里也不过是白白牺牲，能有何用？"

阿四妹生气地甩开他的手道："要走你自己走！我可不能忘恩负义！"

"怎就忘恩负义了？"

"他们昨日里才拼了命将你从牢狱里救出来，你今日就想撒手不管他们死活，这不是忘恩负义是什么？"

"妇人之见！与其白白丢了性命，还不如逃离出去，说不定还能搬些救兵。"

阿四妹听他说"妇人之见"更加气愤，"妇人怎么了？你这是瞧不起妇女咩？人家阮主席都说了，妇女队伍是不可小觑的革命力量！"

阿康哥急忙解释，"我不是这个意思。"

"你就是这个意思！"

阿康哥见矿队其他人都像什么都没看到似的，也没人来劝，摇摇头说道："都是乌合之众，打什么仗，不如趁早回去挖煤。"

阿娇终于忍不住站起来说，"没有我们这些乌合之众，你还在牢里吃皮鞭呢。"

阿康哥不服气，"怎是你们救的了？冲破狱门的明明是革命军。"

"闷葫芦"破天荒给阿娇帮腔，对着阿康哥怒目道："你别不知好歹，阿娇讲得对，若没有她们拼死相救，我们如何出得来？"

这时里头有人敲铜锣喊话，大家都安静了下来。几个指挥的宣读了作战计划，分了队伍，又吩咐大家赶紧回去吃饱肚子拿好家伙埋伏起来。

瞿队长从祠堂后厨端来两碗热腾腾的糯米糍，给阿旺递了一碗。阿旺接过手习惯性舀出一大勺要放到瞿队长碗里，但瞿队长却不像往日般接过便吃，而是笑嘻嘻用手遮挡住自己的碗，"你吃，你吃，你们也一样要去杀敌的哇！"

阿四妹这才惊诧地发现，这瞿队长和"闷葫芦"从牢狱里出来以后，对阿旺阿娇的态度大不相同起来。想起这阿康哥竟如此对待自己，眼眶不觉一酸。正想着，阿康哥已经把一碗糯米糍递到阿四妹跟前，"快吃。"

阿四妹别过身去，不接。阿康哥追着转过去把碗塞到阿四妹手里，"别生气了，快吃，吃完我们该设埋伏去了。"

阿四妹喜道："你愿意留下来了？"

阿康哥说："你留我当然要留。"

"你不怕死？"

阿康哥嬉皮笑脸说："死也要跟你死在一起。"

"呸呸呸！"阿四妹弓起中指去敲门上的木头，"大吉利是！都还没打就说什么死不死的。"

阿康哥忽然很认真地看着阿四妹的眼睛说道："你放心，我定会保护你嘅。"

阿四妹脸微微一红，这才抹了泪破涕为笑接过碗来。

糯米糍自然是甜的。从昨日打了胜仗回来，一众妇女放下武器就开始忙着碾谷舂粉做糯米糍，本想好好犒劳下士兵和农友，不承想倒成了备战的前粮了。

这一场抗击战，打得甚为惨烈。阮啸仙和几个负责指挥的同志东奔西跑指挥作战，刹时间四处烽火骤起，哀号声怒吼声不绝于耳。

　　本就人数不多的独立团被分为四路迎击敌方四路进攻，因力量实在悬殊，部分村庄没多久便惨遭屠虐。莲塘冲、榄树下……好几个村片刻间就燃起熊熊大火，陆陆续续有人逃窜出来求助，可谁又能救得了谁？都自顾不暇。

　　烽火刚起，阿康哥就不见了身影。阿四妹一边跟着临时组成的后勤医务队东躲西藏救治伤员，一边焦急地四下顾盼寻找，草垛里，没有，大树后，没有，篱笆后，也没有。按理说阿康哥分到了镰刀队，就应该好好找个地方埋伏着，等那帮作恶的匪类走近了好一跃而出用镰刀割他们的脚。同样分在镰刀队的"闷葫芦"倒是见到了，就埋伏在那片烧了一半的麦秆垛子后头，燃过的草灰涂在他黝黑的身上成了最天然的伪装，转眼间就已经制服了两个拿火把前来企图纵火的凶徒。

阿康哥咧？这阿康哥到底跑哪里去了？

莫不是……"临阵脱逃"了？阿四妹不敢想这四个字，一想就迈不开腿了。阿四妹的眼睛越来越红，心想一个满嘴谎言的赌徒，终究是胆小怕死的，自己怎就信了他了？

渐渐地对峙进入白热化，有人来报一伙装备精良的敌军正在附近纵火掳掠，阮啸仙略一思忖，当即召集八名勇敢善战的队员组成冲锋队，打算正面迎击。

"与其被动挨打，不如主动迎击！兄弟们，冲啊！"

步枪仅剩两杆，他们只好长矛大刀扛上身凑数，跟随阮啸仙一鼓作气向敌人冲去。狭路相逢勇者胜，阮啸仙一行人抱着必死的决心厮杀，敌人竟被他们一鼓作气迫退二十余里，只留下满地散落的兵器和工具。

这一匪夷所思的胜利实在是鼓舞人心哇！帮着清点缴获物资的妇女队员们抚摸着那些"弃暗投明"的枪支弹药，雀跃得情不自禁唱起自己编唱的歌曲来：

　　工农兵，向前进，
　　扬起镰刀和锄头，
　　缴了你的枪，收了你的地，
　　工农联盟力量大呀，
　　打得地主团匪叫呱呱！

妇女们兴奋得像一只只早春的燕子，扑腾着翅膀这里啄一下那里啄一下。然而正月未过，霜寒未解，说早春还为时过早了些。敌人虽被逼退，仍在远处对峙着。阮啸仙与几个领导同志依旧如大敌当前般警惕，趁着这短暂的平静，挤在一个暗黑的小屋内不眠不休商讨对策。

阿四妹离开了小屋，独自坐到瓜棚底下生着闷气。什么水瓜丝瓜，那棚上的必定是苦瓜无疑了！那苦瓜还没冒出牙，还没开了花，倒先结了一个在阿四妹的脸上，这时若有人来捏一把，定能捏出许多苦水来。

"哼，骗子！无胆匪类！大话精（也是骗子的意思）！口花花无句真！"

阿四妹一边骂，一边扯地上的草，骂一句，扯一根。

"原来你在这里！我四处找你！"阿康哥忽然从屋角处冒了出来。

阿四妹抬起头，惊讶地看着穿军装的阿康哥，捆着皮带绑着高腿，虽说那军服不太合体倒也显得精神抖擞，再仔细一看，吓得不轻，帽子上赫然是青天白日徽。

"你，你怎的如、如此装扮？这不是国民党的衣服吗？"

阿康哥把大檐帽拿下来弹了弹，笑道："正是。"

阿四妹心底瞬间结了冰，忍着泪道："原来你是国民党的，我，我早就该猜到的。"

阿康哥却像没听到似的，得意地在她跟前拍打起这身衣服来，"怎么样？像吧？"

"像什么？"

"国民党呀！"

"你不是国民党的？"

"我怎么会是国民党的!"

"那你怎穿着这个?"

"不穿着这个怎骗得过他们?"

"他们?谁?"

正说着,阿旺和阿娇喜滋滋跑了过来。

"阿康,我们清点过了,一共是八杆土枪,两把手枪,两百六十二颗子弹!"阿娇说。

"喏,指挥员说了,这把归你!"说着,阿旺扔过来一把手枪。

阿康伸手接住,得意地在阿四妹跟前扬了扬。"看到没?听闻这把值个几十块大洋呢!"

阿四妹如坠云里雾里回不过神来,待得与她们细细谈来,才知道原来阿康哥冒充国民党混到地主武装队伍里,谎称国民党援军将至,由他先行报信,那带头的地主信了他的话还派出一小分队供他使唤,被他带进埋伏里全数活捉,缴了不少装备。

阿四妹又惊又喜,"阿康哥,你怎会有国民党的军装哇?"

阿康哥叉起腰,"我阿康要什么东西得不到?"

"那他们就没有怀疑?"

"我阿康是谁?自然有办法让他们相信。"

阿四妹终于破涕为笑,"我还以为你怕死逃走了呢。"

阿康哥佯作不悦,"哼,一下子怀疑我是国民党,一下子又怀疑我逃走,你就不想我点好的。"

阿四妹还没来得及开口,阿娇便抢着说:"怎没想你点好的?阿四妹心里牵挂的都是你咧,你都没见,她冒着险四处寻你,就怕你给人一枪……"话还没说完嘴就被阿四妹捂住了。

"你，你别瞎说，谁找他了，我就是看看他是不是逃了。"阿四妹红着脸说道。

阿康哥看看挤眉弄眼的阿旺，又看看满脸通红的阿四妹，摸着头嘿嘿笑了。

是夜，阿康哥又重提去江西的事。"敌人暂时打退了，看情形对峙也不是短时间结束得了的，我们还是赶紧出发吧，早日找到高姐，你也好早日入党。"

对此阿四妹反而心里没底了。"怎么找？别说我们还不知道高姐在何处，即便找到了高姐，也不知她还记不记得要推荐我入党这事。"

阿康哥安慰她道："怎会不记得，你手上还有她的那本《共产党宣言》咧。"

阿四妹想起这边刚被扫荡过，慌了，赶紧翻找自己的包裹，见书报都还在，这才松了口气。阿四妹的手指在书上摸了又摸，越摸心里越没底。"就算高姐记得这事，我又够不够格呢？"

阿康哥说："怎不够格？我们刚刚还打了胜仗咧。"

"那高姐又不知道。"

"你说与她知，她不就知道了。"

"倒像是王婆卖瓜了。"

阿康哥笑,"都是事实,怕什么卖瓜。再说了,阮主席也知道咧,他可以做证。"

阿四妹认真点了点头,"嗯,若是阮主席可以帮我写封信给高姐就好了。"

阿康哥说:"这有何不可?我们去找阮主席便是了。"

阿四妹又犹豫起来,"我们去找,能行吗?"

阿康哥笑道:"按我说,何须这么麻烦,你直接请阮主席介绍你入党岂不更直接?"

阿四妹急急摇头,"不行不行,这是我与高姐的约定。"

阿康哥看穿了她的心思,"你是不好意思去说吧?"

阿四妹低头不语。其实阿四妹何尝没想过请阮主席介绍她入党,就是一直没胆子说,怕阮主席觉得她不自量力。

阿康哥一把拉起阿四妹的手,"走走走,我陪你一起去找阮主席。"

"哎,等等,等等,我还没想好咧!"阿四妹想挣脱又挣脱不掉,就这么被阿康哥强拉着到了那棵枇杷树下,阮啸仙的屋门口。

阮啸仙和陈甘正坐在方桌前说着话,见是阿四妹他们,竟不约而同站了起来。

阿四妹一见陈甘,就下意识挣脱开阿康哥的手,低着头揉起衣角来。

"你们来得正好,我还正想差人去唤你们呢。"

阿康哥问:"找我们做什么?"

阮啸仙与陈甘对视了一眼,缓缓说道:"现在有个事需要你们帮忙。"

"什么事？"

阮啸仙给陈甘使了个眼色，陈甘点点头，缓缓说道："阿四妹同志，这个事你是最合适的人选了。"

"我？"阿四妹不解地看着他。

"是的，就是你。"陈甘说道，"近日里花县形势有些变化，花县县委在公益教堂召开党员大会时不幸被人出卖，眼下被广州保警营抓了正押往广州，怕是要公开处决。"

"这，"阿四妹问，"这我能做什么？"

陈甘说："勿急，你听我慢慢说来。广州起义军的余部撤入花县，改编成工农红军第四师后又去了陆丰后，他们刚一走，反动民团的人就组织几千匪徒疯狂进攻上古岭、九湖等地，见人就杀，见屋就烧，花县的农会已经无形解散了。现在县党委也受此重创，正是需要人的时候。"

"啊？杀人烧屋！"阿四妹大惊失色，"那我们村可还好？"

陈甘安慰地拍了拍阿四妹的肩膀说道："你要有些心理准备，据我的私人情报，我们村经历过一轮扫荡，毁了些屋，人还好，没什么伤亡。"

阿四妹嘤嘤哭起来，"也不知我爹娘怎样了。"

阿康哥听了半天，总算是理出点头绪来，眼前这个魁梧的年轻人竟是阿四妹同村的，看起来两人关系还不一般。

阿康哥抑制不住心底涌起阵阵醋意，故意拉起阿四妹的手在掌心拍了拍，安慰道："你别哭哇，你爹娘一定无事噶。"

陈甘当作没看见，继续说道："我和阮主席的意思，是想请你随我回去，负责花县和广州城间的联络工作。"

"你也回去？"阿四妹问。

陈甘点点头,"是的,我即将调往广州城的警察局。现下广州城处处戒严,北方口音的经常被排查,几位联络的同志已经转往他处,需要新的同志去接手。你们是本地人又会说粤语,不容易引人怀疑。"

阿康哥一听"你们"二字,大喜。

"我也去?"阿康哥问。

陈甘点头。

阿康哥猛然想起自己在广州城还欠着债哪,又退缩了,"不行不行,我不能回去。"

"为何?"

阿康哥支支吾吾道:"我,我原先有套祖屋嘅,无奈都转卖了出去,也没个落脚的地方……"

阿四妹说:"你不是还剩下一间吗?"

阿康哥答非所问,"之前还有些古董傍身,如今身无分文,这回去以后……"

"你是怕回去了被人追债吧?"阿四妹没好气地说。

阿康哥见瞒不过,干脆也不狡辩了,低声嘀咕:"回去了怕是要被人斩死。"

"你!谁人叫你赌钱来着!"阿四妹生气地背过身去。

陈甘想了想,说道:"二位若没地方落脚,可以到我们的情报点去,我们在西关有座茶楼,老细(老板的意思)整日里发愁伙计太少忙不过来,雇其他人又怕不安全,你们若肯去正好。"

阿四妹一听正中下怀,"如此最好。"

阿康哥却撇嘴:"寄人篱下有什么好?"

阿四妹生气了,"你若不想回去便留下,我自己回去。"

"回！你回我便回！刀山火海也回！"阿康哥赶紧嬉皮笑脸安抚道。

阿四妹的脸微微一红，见陈甘和阮啸仙神情并无异样，这才壮着胆子问道："我能否先回去看看我爹娘？"

陈甘想了想，点头道："我们回去广州城也要路过花县，那便顺道回去看看吧。"

走水路终究还是要快许多，从锦江到增江、北江，一直到东江、西江，三人在沿途联络员的帮助下日夜兼程，第二日傍晚便已回到了花县。

草鞋终于再一次踏在了家乡那片松软的土地上，阿四妹心里一阵踏实。阿四妹心里明白，自己就是属于土地的，而自己眼下正在做的事，便是要让土地真正属于辛苦劳作耕耘的农民自己。

阿四妹的爹娘仍在原来的屋里住着，只是天色刚暗便大门紧锁，从外头看，屋内一片漆黑。阿四妹敲着门叫唤了半天，才见她爹哆哆嗦嗦过来开门，一见是阿四妹，顿时拉住她的手老泪纵横，回头往屋里喊："阿细妹，是阿细妹仔回来了哇！"

"我阿娘咧？"阿四妹探头往里看。

"在屋里躺着。"她爹说。

她爹见她身后还跟着两个人，吓得后退一步，下意识就要关门，阿四妹赶紧拦住，"爹，勿惊，是自己人。"

她爹眯起眼借着月光打量了一下，天太暗，看不出什么来，只好让开身子道："都进来吧。"

阿四妹刚踏进门，就听阿娘在屋内警惕地问："是谁？"

屋内没有点灯，阿四妹循着记忆往阿娘床前走去，隐隐约约见阿娘撑着身子要起来，冲过去抱住娘哭道："娘，是我，是我！"

她爹点了油灯，屋内终于有了些光亮。阿四妹她娘搂着阿四妹哭得凄然，"细妹啊，我的细妹啊，你终于回来了。"

她爹也抬手抹了抹泪道："你娘想你都快想出病来了。"

二人抱头痛哭了好一会儿，阿四妹才抹掉泪问道："怎的都把窗户关死了？屋里这么闷，透不过气来。"

她爹支支吾吾说道："你阿娘这几日受了点风寒，吹不得风。"

她娘却说："什么风，你阿爹是被吓的！你是没看到，那帮人就跟土匪一般，见鸡逮鸡，见鸭逮鸭，隔壁家的大黑狗吠了几声，便被他们一锄头敲死装进麻袋。"

"可是团匪那帮人？"阿四妹问。

她爹点点头，又摇摇头，叹口气道："认不得，都认不得啰，都是些生面孔，一个个煞星一般，你由得他掳掠便算，稍敢反抗便是拳打脚踢，还放火烧屋，你看看对面老倌家的屋子，烧得只剩半截土墙了，可怜老倌现在只能睡草垛上，七十几岁人啰！几阴功（多可怜）！"

阿四妹忍住泪，拉着娘翻来覆去地看，"那你们怎样？可有受伤？"

她娘拍拍阿四妹的手说："没事，没事，你放心，我跟你爹都醒目，一听有动静就躲进砖窑里，他们找不着人，随便拿点东西就走了,我们家也没啥可拿的。"

阿四妹悲愤交集,骂道:"这伙贼人作恶多端,迟早遭天谴!"又问:"那农协的人呢?"

她爹一听"农协"吓得赶紧捂住阿四妹的嘴,慌张地说道:"嘘!嘘!可万万不可再提农协了,他们就是冲农协来的,只要是跟农协有关,逮住一个杀一个。"

阿四妹搂住爹娘大哭,"我不孝,自己跑到外头,叫你们受委屈了!"

她娘却双手合十道:"你不在也好,那是观音菩萨保佑,这帮人见了后生(年轻)的女的,难保不起歹心,走了也好,走了免遭祸害。"

她爹问:"细妹啊,你走了这么久,去哪里了哇?"

阿四妹这才想起阿康哥他们来,扫了他们一眼,随口编道:"我上广州城了,在广州城里谋了个差事。"

"你一个女儿家能谋什么差事,可有受苦?"

阿四妹摊开双手给他们看:"哪有受什么苦,你们看看我,这不是好端端的吗?"

她娘摸摸她的脸,"还说没吃苦,都瘦成什么样了!"

她爹又问:"你做什么差事?"

"在一间茶楼帮工。"

"茶楼?"她娘问,"可是正经的茶楼?"

阿四妹说:"当然是正经的茶楼,还是老字号咧!"说着阿四妹又偷偷瞄了陈甘一眼,见他没有半点表情,胆子便大了起来,信口雌黄道:"你们放心,那老板娘对我很好的,不让我干脏的累的,也就是端端盘子倒倒水之类的,不累!"

可她爹娘还是不放心，"你一个女儿家，跑去茶楼帮工做什么，始终都要找个好人家嫁了，我们才能死得瞑目哇。"

"呸呸呸！"阿四妹敲了敲木椅子，"好端端怎说什么死不死的，女儿家怎么了？女儿家也能自己谋个生计！"

她娘佯装恼她，"说的什么话！女儿家自然是要嫁人的，生儿育女为夫家开枝散叶，才能谋得一生富贵，衣食无忧。"

阿四妹跺脚，"阿娘！你这都是封建思想，是老黄历了。"

她娘这下真有些恼了，刚要骂，被她爹拦住了。她爹直直看着阿四妹，"阿爹问你，你之所以离家，可是铁了心不嫁陈家？"

阿四妹一听陈家心慌起来，偷偷看了看陈甘，支支吾吾不敢回答。

她爹叹了口气，"这陈家有权有势，岂是好惹的？若不是这时势太乱，早就该上门兴师问罪了吧？"

她娘插嘴道："也是怪，这么久了一直无声无息的，也不来与我们为难。"

沉默了许久的陈甘突然笑嘻嘻开了口："我同阿四妹一齐在广州城，又怎会与你们为难？"

她爹她娘闻声吓了一跳，提油灯凑近了一看，哎呀呀，果然像是陈家少爷哇！她爹手一抖油灯差点要砸落在地，幸好陈甘眼明手快扶住，笑道："稳住稳住，若然自己烧了屋子，那可太冤！"

"真，真是陈少爷哇！"她爹难以置信地揉了揉眼睛，"陈少爷，您怎会在这里噶？"

陈甘说："我随阿四妹回来看看你们。"

"看我们？"她爹她娘受宠若惊了，特别是她娘，战战兢兢从床上下来，扯直了衣角又捋了捋头发，"哪能劳您费心哇！早知道你们在广州城里,我们过去看你们才是。"

陈甘说:"你们若是想念阿四妹,就叫她多走动走动回来看你们便是。"

"那可真是观世音菩萨保佑咯!"她娘颤颤巍巍要跪下给陈甘磕头,被阿四妹死死拉住。

这柳暗花明的好消息来得太突然,她爹也兴奋得直搓手:"改日我可得到陈家说道说道,这亲事既然没散,我们就还是亲家,嘿嘿,有陈家当靠山,就不用怕民团那些贼人了,这陈家粮食有的是,饿不着我们。"

阿四妹觉得好生丢脸,放开阿娘气急败坏冲她爹喊:

"爹!我们怎可还想着要依赖地主乡绅?还向他们讨要粮?"

陈甘却笑道:"如此甚好。那也是应该的。"

阿四妹把陈甘拉到一旁,"你勿要乱讲!"

陈甘低声在她耳边说:"怎是乱讲了?地主家的粮,本就是从农民处剥削来的,分回些给农民也是合理。"

"这哪是一回事!"

"这就是一回事。"

陈甘轻轻拍拍阿四妹的肩膀,低声说道:"争什么,眼下你爹娘不挨饿最要紧!"

这一晚上阿康哥一直听得云里雾里的,待搞清楚了原委,一颗心顿时如坠冰窖。好哇,陈甘这小子,竟是跟阿四妹定了亲的哇?这会儿见他二人窃窃私语,阿康哥终于忍不住了。

阿康哥从口袋里掏出挖矿赚来的钱,全数塞到阿四妹她爹手里:"两位老人家,这是阿四妹之前的工钱!你们拿着。"

阿四妹她爹捧着钱狐疑地看着他:"你是?"

阿康哥看这形势也不好说什么，只好恨恨地瞪了陈甘一眼说："我是阿四妹在茶楼的工友。"

阿四妹爹娘打量了他一下，见他长相鬼鼠，身无长物，确实也是个当伙计的模样，便把钱掂了掂放进口袋里，拱手道："有劳了。"

她娘眉头一皱，把阿四妹拉到一边悄悄问道："你的钱，怎会在那人手里？"

阿四妹含糊答道："他是茶楼管钱的。"

她娘点点头，"那你可算清楚了，别叫他赖了去。"

阿四妹哭笑不得，只好说："好。"

她娘还是不放心，"这人是不是对你有企图？你可得离他远点，莫着了他的道。"

阿四妹反问："他有何不好？"

她娘脸一黑，"这人瘦如竹竿，穿着又寒酸，哪能跟陈家少爷比？你别忘了，你可是许给陈家的人了。"

阿四妹只得敷衍道："知道，知道。你就放心吧。"

三人只在花县待了半宿，便借口茶楼有急事，连夜风尘仆仆赶回广州城了。阿四妹的爹娘见有陈甘带着，便也放宽了心，欢欢喜喜把他们送出门去。

― 51 ―

　　广州城依旧笼罩在一片人心惶惶中。
　　街上的行人比上次多了许多，大都是行色匆匆的，鲜有停顿逗留。商业区就热闹些，说话声、叫卖声、争吵声，还有车马喧闹，靠声音硬撑住一个大城市繁华的脸面。当钟楼报时的钟声一下下"当当"响起时，总有些人停下手中的活计，停下嘴边的话，茫然看向天空。繁华被钟声撕开一道口子，一个城市心底的悲伤终究是掩盖不住的。
　　陈甘说的情报点是一家茶楼，离钟楼不远，人来人往生意甚好。阿康哥知道这家茶楼，以前还来这里喝过茶，虽比不上致宝斋，却也是有些名气的，想不到竟然是共产党的秘密联络点。茶楼老板姓周，中等身材，偏瘦，鼻子下挂着两撇小胡子，颧骨高凸，一脸汉奸相，若是在街上碰到，阿四妹定不会把他归入好人行列。
　　陈甘把他们带到茶楼附近便悄然离去了，叫阿康哥和阿四妹牢记着联络的暗号独自前往。阿康哥倒是自来熟，一到就与那周老板勾肩搭背，讲的大致都是以前在各个茶楼喝茶的事，挨个点心品头论足一翻，谈得甚欢。阿四妹插不上话，静静在一旁打量他们，看他们说到激动处一个露出黑漆漆的烟丝牙，一个咧开嘴鼻孔朝天，不禁摇头，心想这世间的人哪可真是难说哇，往后万不可以貌取人才是。

对于阿康哥和阿四妹的到来，周老板自然是喜不胜收，"好，好，早就该来人了，我这头又当掌柜又当伙计，分身术都要练出来啰。"

阿康哥被安排在前堂当伙计，阿四妹到后厨帮忙，顺带也传下菜。阿康哥原本不愿当伙计，当伙计卑微，还受气，可也没别的法子，谁叫自己掌不了勺当不了大厨，难不成还能跷起二郎腿当个掌柜？

谁叫自己寄人篱下呢！阿康哥是这么安慰自己的，等哪天康爷我发了大财，看谁伺候谁！

这周老板看起来精明，待人还算亲厚，有客人在时难免摆出掌柜的权威来，对底下的人吆来喝去，客人一走，便与堂前的后厨的说说笑笑毫无老板的样子。听说阿四妹曾到广州城里找高姐，周老板一拍大腿，"哎呀呀，那你可算慢了一步，你来那天前一晚，高恬波正好就起程赶往江西去了。"

阿四妹惊喜极了，"你识得高姐？"

周老板捻着胡须晃着头说："何止识得，我还同她打过交道嘎。那时候她带着救护队在枪林弹雨里抢救伤员，那些伤员就是我护送出去的哇，你是不知道当时那情形，好多同志身上带着伤都还在坚持战斗，行几步就有人需要救治……"

阿四妹入迷地听周老板讲得嘴边冒泡，越听越后悔不已。"我若是早两天到广州城那该多好呀，就可以与高姐并肩作战了！"阿康哥忍不住插嘴道："早到也没用，见了伤员吓晕过去。"

周老板问："谁吓晕过去？"

阿四妹羞得恨不得找条地缝钻进去。

每日清晨时分是茶楼最热闹的时候，老广一睁眼就要饮茶，近十张方桌坐得满满当当。

"伙计，茶咧？三位！"

"来啦！猪红汤一碗，濑粉一碗，虾饺一笼，老细慢用。"

"伙计，我的油炸鬼（油条）要切段噶！"

"这边台再加笼马拉糕！"

诸如此类的吆喝声此起彼伏，同在前堂跑腿的阿笙忙得恨不得多长四只手四条腿，却来来去去寻不着阿康哥的身影。

"阿四妹，你见到阿康了吗？"阿笙问阿四妹。

"没见哇！他不在咩？"阿四妹放下菜，四下顾盼。

"这个衰仔（臭小子）不晓得躲哪儿去了！"阿笙来不及骂，又赶紧应客人的叫唤而去。"哎，来了，来了！"

阿四妹找了一阵，果然不见阿康哥，心想这阿康哥还真烂泥扶不上墙，整日里就想着偷懒。正生着气，扭头却从窗台瞥见阿康哥就站在门外拐角处，与一个穿旗袍的女人正面对面说着话。

阿四妹蹑手蹑脚靠近，趴在窗后往外瞧。这女的，可不就是当初在阿康哥家门口见到的那个女人？只见那女人神情疲倦，双眼无神，正低头垂眉说着什么，阿康哥就站在她对面，也是神情严肃。阿四妹竖起耳朵听，可周围闹哄哄的，什么都听不见。

春寒未过，天还是霜打的天，这进进出出茶楼的人，个个大衣围巾把自己裹得严严实实的，偏偏这女人还穿着单薄的碎花旗袍，颜色倒还朴素，底下的衩却开到了大腿根，脸上的粉黛比之前见到的还要厚重，就像刷了一层墙粉般，一张嘴唰唰往下掉。她软趴趴站着，没筋没骨的，像是被无形的线吊着走的木偶，全然看不出半点妩媚。

阿四妹屏住呼吸贴着墙听，还是什么都听不见。"哼，准没什么正经事！"阿四妹骂了一句，匆匆应声进后厨端菜去了。

待得早茶收市，阿四妹故意逮着阿康哥问："你早上跑哪儿去了？阿笙到处找你。"

"撞见个故人，出去聊了几句。"阿康哥说。

阿四妹故意说道："故人？是旧情人唦。"

阿康哥愣了一下，竟眉开眼笑露出得意的神情，"你吃醋了？"

阿四妹这才惊觉失了态，"谁人吃醋了，你爱与谁人聊天，与我何干。"说着就要掀起帘子往厨房走，阿康哥一个箭步拦住她道："是我以前那个旧邻居，桃姐，你见过噶。"

阿四妹没好气地说："见过又如何？我不识得这样的人！"

"怎样的人？"阿康哥摇头道，"还不是个可怜人。"

"她来找你做什么？"

"哪里是来找我的,她陪人过来饮茶,碰巧遇见罢了。我见她好像换了个人似的,便与她聊几句问问。"

"她怎么了?"

"这就说来话长了。"

阿康哥告诉阿四妹,自从上次的事情之后,整个广州城风声鹤唳人人自危,打回来的国民党军队对红色恨之入骨,见到穿红色的就要抓来拷问,桃姐收到风声赶紧换了素色衣裳,无奈一时大意忘了怀中还塞着一条红手帕,抽出来用时被人看到不由分说就被抓到局子里去了,那几个盘问的人见她是风尘中人,对她百般调戏,幸好后来撞见了一个曾是她客人的军官,能证实她与共产党无关,这才被放了出来。自此那军官以她的大恩人自居,时不时就要她伺候着,百般折磨,你看下她,这才几个月,整个人老了十几岁!

阿四妹越听心里越难受,不由同情起她来。

"堂堂军官,怎可如此对待一个弱女子!"

阿康哥叹气道:"有什么办法,她照样还得笑脸相迎,千般忍耐。"

"不对不对,妇女同胞可不是男人的玩物!怎可任由男人欺凌!我,我要找她去!"阿四妹说着就要往外走。

阿康哥连忙拉住她,"你找她做什么?"

"我要同她讲,不要畏惧,男子视女子为玩物,女子又岂可以男子的玩物自居?"阿四妹越说越激动,"我们要团结起来!我们要争取与男子平等的权力!"

阿康哥不禁有些哭笑不得,"你说得对,可你想过没?她是靠男子为生的,离了男子,她怎么活?"

"这……"阿四妹刚刚烧起的火焰被阿康哥这句话迅速冷却了

下来，但又不甘心，"她也可以另谋生计嘅。"

"你说，她还能做什么？"

阿四妹猛然想起了阿旺，"对哇！人家阿旺是窑子里出来的，不也是能自力更生，而今还干起了革命，谁人敢小瞧了她！"

阿康哥愕然，"阿旺是窑子里出来的？谁告诉你的？"

"怎的，你不信？"

阿康哥挠挠头，"看不出来哇。"

阿四妹得了理，更是信心百倍。"无论哪一个阶级的妇女，没有不是充男子的机械的。妇女自己不求解放，谁人帮你解放？我同你讲，所有妇女不管是做什么的，都要联合起来推翻剥削制度和统治，才能翻身做主人……"

阿四妹讲了这许多，阿康哥便静静听了这许多，像听阿四妹念书似的，待得阿四妹意识到阿康哥一直呆呆盯着自己看时，脸一下红透了。"你望住我做什么？"

阿康哥说："你刚才的样子好像一个人。"

"像谁？"

阿康哥说："高姐！"

"真的？"阿四妹先是高兴，继而又撇嘴，"你又没见过高姐，怎就说像了？"

阿康哥挠挠头憨笑，"我是没见过，但听你成日念叨的高姐，应该就是这样的。"

阿四妹心里甜滋滋的，能像高姐，那是多高的赞美哇！阿四妹心头一热，"我这就找桃姐去！"

"哎，等等！你知道去哪里找？"

"她不是就住在你家附近咩？"

"听闻搬了地方,我也不知道搬哪里去了。"

阿四妹只好又坐下,嘟嘴道:"那你下次见到她了,记得话我知。"

"好好好,"阿康哥笑道,"你快变成救苦救难的观世音菩萨啦!又帮招娣逃婚,又帮阿娇阿旺救人,而今……"

"哎呀!招娣!"阿四妹猛地惊叫一声,"怎把她给忘了哇!不知她来广州城后怎样了?可有找到她的大牛哥?"

阿康哥摇头:"我也不知道哇。"

"那你快去打听打听呀,你不是还给她写了信咩?"

阿康哥点点头,"好,好,我得闲去阿群的裁缝店看看。"

阿四妹半刻也不想等了,催促道:"你现在不得闲咩?早市刚过,离午市还早咧。"

"行行行,瞧你心急的,我现在就去。"

"我也去!"阿四妹把抹布一甩,急急在围裙上抠干了手。

"那便一起去吧。"

那裁缝店离茶楼不算远,隔着两条街,二人匆匆赶到时,只见那"阿群裁缝店"的招牌还高高挂着,店面却一把铁将军把门,问隔壁铺头的人,才知道这阿群早就举家搬迁避乱去了,有说是去南洋投奔亲戚的,也有说是回了乡下老家的,谁也搞不清。

阿四妹一屁股坐在了店前的石台阶上,又焦急又懊恼。

"招娣能去哪里哇?都怪我,没安排周全。"

阿康哥也一脸担忧,"可别遇到什么不测才好。"

陈甘时不时就会带人来茶楼饮茶。带来的人不是穿警服军服的，就是穿洋西装打领带的，再不然，就是穿缎子长衫拄着拐子戴着圆框眼镜的，看起来都是有头有脸的人物。

这个陈甘，对饮茶的门道的确精通，一盅两件的点心，能讲出三四五六个道道来，把人绕得七荤八素，把带来的客人哄得十足舒心，既饱了口福，还听了"古仔"（故事）。

今时的陈甘，又变回了阿四妹印象中的软壳濑尿虾，眉毛又耷拉下来了，腰也弯下来了，说起场面话来滔滔不绝，奉承起人来没皮没脸，活脱脱像以前宫里的太监，还是很不老实的那种。

有一次趁着阿四妹上菜，陈甘故意笑嘻嘻摸了下她的手，吓得阿四妹赶紧缩回来，怒目道："你做什么？"

陈甘并没有理会她，反而啧啧咂着舌头对坐在对面那位警长模样的说道："你看，再好看的姑娘仔，手一旦做了粗活，那可就……可惜啰，可惜啰。"惹得那警长哈哈仰头大笑。

"茶楼妹有什么好的，"那警长说，"哪比得上天香楼的女仔，手那叫一个滑。"

"那是，那是，"陈甘谄媚地站起来又给他斟了一杯酒，"何局长内行啵，想必有好介绍？"

那被唤作何局长的大手一挥："下次带你去，我介绍最正的给你，包你满意。"

"如此甚好，甚好！何局长介绍嘅，必定是极品啵！"陈甘嘴里说着，眼睛却色眯眯追着阿四妹打转。

"怎么？真看上这个妹仔了？"何局长问。

陈甘干脆敲着筷子哼唱起来："关关雎鸠在河之洲，窈窕淑女君子好逑嘛。"

"原来你喜欢这一款！"何局长哈哈大笑，"简单！我跟他们老板打个招呼，晚上给你送府上去。"

"不不不，这样就没意思了。"陈甘说。

"怎样才有意思？"那何局长果然被吊起了兴致。

"要情趣哇，对女人，怎可以无情趣！"陈甘说着，笑嘻嘻从口袋里掏出一张戏票和一张折叠得整整齐齐的戏桥（海报）来，起身走到阿四妹跟前，夸张地在上面狠狠亲了一口，递过去。

"靓女，今晚七点，记得赏面啵！"

阿四妹已经在旁边听他们说了半天，憋得满肚子不满，冷不丁见他把东西递过来，一时竟不知是接还是不接，呆住了。周老板赶紧从柜台小跑过来，替阿四妹接过戏票，点头哈腰说道："多谢陈队长，多谢陈队长，她一定会准时到的。"说着朝阿四妹急急使眼色，"陈队长请你看戏那可是抬举你，快谢谢陈队长。"

阿四妹这才惊惶接过戏票,说了一句:"多谢陈队长抬举!"

陈甘哈哈大笑,伸手捏了一下阿四妹惊慌的脸,"打扮靓点啵。"

何局长喝了几杯酒兴致正高,笑指了他几下,转头叮嘱手下的人,"你们可认清楚了,这是我们陈队看上的女人。以后谁也不许打她的主意!"

"是,局长!"那两个警察齐声答道。

阿康哥刚好端菜过来,见此情形气得牙齿打战,心想好你个姓陈的,不管你葫芦里卖的是什么药,胆敢打阿四妹的主意,看我怎么收拾你!放下菜之后阿康哥也不回厨房了,就在边上候着,眼睛死死监督他们。待得他们酒足饭饱被两个警察搀扶着离去,阿康哥才对着他们的背影,狠狠啐了一口,"呸!咸湿佬(好色鬼)!"

阿四妹没理会他,拿着戏票和戏桥匆匆躲进内间,翻来覆去地找,却不见上面有任何情报字样,皱起眉头独自发起呆来。

周老板也走进来,接过阿四妹手中的票和戏桥掏出放大镜细细查验,也看不出什么特别的来,想了想说道:"想必是要在电影院里给你情报,你便去一趟吧。"

"我看未必有什么情报,这个咸湿佬不安好心。"阿康哥不知什么时候已经倚在门上看着他们,满脸不高兴。

阿四妹瞪了他一眼,"你勿要乱讲。软……陈甘身份特殊,这样做自然有他的道理。"

"你真的要去?"

"当然要去。"

阿康哥丢下一句"鬼迷心窍"便摔门走了,留下阿四妹欲言又止。

周老板摇摇头,对阿四妹说:"今日晚市你不必来了,好好打扮打扮去看戏。"

阿四妹嘴里说着"不就看出戏，哪里需要打扮"，心里却已经在盘算着该穿什么衣裳了。

今晚到底看什么戏呢？戏票上印的是洋鬼子的蝌蚪文，戏桥上除了蝌蚪文，还印着个嘴唇猩红的洋鬼子女人在唱歌的画像，不消说，准是个洋戏。洋戏阿四妹可没看过哇，阿四妹的心里如同揣着一窝乱蹦的兔子，怦怦怦跳了起来。

到底在广州城住了些时日了，阿四妹是见过那个地方看洋戏的，楼刷得花里胡哨，门前的柱子高得惊人。进进出出的都是些穿着体面的人，男的穿着整整齐齐的洋西装，黑的，白的，或是灰的，有的还戴了高高的帽子，到门口时摘下来，随手递给门童；也有穿长衫的，领角或扣子绣了细细的金边，再搭上毛茸茸的皮短褂，有时也戴圆帽，或是金边眼镜，看起来斯斯文文。他们身边挽着的女的那可就更讲究了。穿洋西装的男的挽着的，通常是穿洋裙子的女士，那裙子下半截宽如箩筐，长能拖地，上半截却低得羞人，露出了半截白花花的肩颈，颈上的项链亮晶晶叫人睁不开眼，不管长头发短头发，都卷成了一圈圈，尤其是刘海，整出个服服帖帖的波浪；穿长衫短褂的挽着的，则通常是穿旗袍的女的。这旗袍领子高，扣得紧紧的，露不出肩或者颈来，便只好露胳膊，两条白白细细的胳膊上头披着大大的披肩，皮毛的，或是绸缎的，即便是大冬天的也要手持团扇或者折叠扇，那扇子一般是刺绣的，镶着滚边，说话时挡在嘴巴前，优雅，得体。

不知他陈甘会是哪一种呢？想着想着，阿四妹的心渐渐就凉了下来。别说什么洋装旗袍，自己就是一套像样干净的衣裳也穿不出来。阿四妹离家时从家里带出来的两套衣裳，有一套早已是又破又旧，打了不少补丁，另一套稍好些，却也是洗旧了的，还沾了不少的污渍，当初在煤矿那里干活，天天搅得满身漆黑，再怎么用力搓洗也搓不掉。

不去了不去了！有什么好去的，丢人现眼。阿四妹的眼眶红了起来。

忽然一阵噔噔的脚步声，周老板带着一个手捧盒子的人从木楼梯上来，径直走到阿四妹住着的隔间指着她说："喏，这位就是。"

那捧盒子的人谦谦有礼朝阿四妹鞠了个躬。"您是阿四小姐哟？一位姓陈的先生在我们店里买了服装，命我送到这里来。"

阿四妹抑制住怦怦的心跳接过盒子，佯装不在意地放到一边，待听见那二人已下了楼梯，才迫不及待打开来看。果然，里头放着崭新的衣服鞋子，却不是洋装也不是旗袍，而是一套素色的衣裳：侧襟扣短衫，及膝裙，布鞋，白袜，发箍。这分明就是女大学生的装扮，街上随处可见。

阿四妹轻轻抚摸着它们，犹豫许久才小心翼翼把这套行头穿上身，扯扯衣角，摸摸裙角，拍拍衣袖，再侧头看看身后，不大不小刚刚好，就是鞋子略有点松了。阿四妹拿出自己纳的鞋垫垫上，也就不会掉了。

镜中的阿四妹，活脱脱就是个文静的女大学生哇。几个月过去，短发已刚好垂到肩膀处，戴上发箍甚是雅致；眼大，有神，意气风发；眉毛是粗重了些，反而更显英气。阿四妹做梦都没想到自己有一天也能像个大学生一样哇！犹记得当年高姐第一次到村里来的时候，穿的也大概是这样的衣裳，只是高姐要更斯文些，白皙些。一股夹杂着想象的潮水在阿四妹的胸口涌来涌去，搅得阿四妹的心漂在浪尖许久都没有真实感。阿四妹不断地问自己：这镜中的真是我阿四妹吗？

装扮妥当的阿四妹闲来无聊，又拿起戏票来细细确认，没错，是写的七点。又拿起那戏桥来看，上头那嘴唇猩红的洋鬼子眼神迷离，像是很陶醉的样子，阿四妹看了好一会儿，猛然摸摸自己的脸，跑去柜台找来一张包过饼食的红纸，犹犹豫豫含到唇上，拿下来一看，唇还是紫白紫白的，那纸想必是涂了蜡，沾不出半点红色来。

阿四妹把纸一扔，对着镜子生起了闷气，一抬头，却看到阿康哥正站在门前呆呆看着自己。见阿四妹扭过脸看他，阿康哥立马就扭头走了。下楼时脚狠狠砸在木楼梯上，脚步声咚咚咚比以往任何时候都要响。

楼下渐渐人声鼎沸起来。阿四妹探头往楼下看，晚市已至，楼下的桌子已坐得七七八八，阿笙与阿康哥正来回穿梭其中忙得脚底生烟。阿四妹想下去帮忙，走了几步又折了回来。这可是新衣裳，若沾上菜汁茶水，可如何是好？但大家都在忙碌，阿四妹坐也是坐不住的，干脆悄悄下了楼，提前往剧院走去。

阿四妹先是如往常一样风风火火快步走了一段，猛地意识到不妥，又慢了下来，学那些学生的样子，不紧不慢地走着，偶尔抬手把头发捋到耳朵后。不时有拉人力车的过来招呼"要不要车呀"？阿四妹都红着脸摆手。走着走着便看到有几个散了学的学生说说笑笑迎面走来，又从自己身边擦肩而过。阿四妹一直盯着她们瞧，总觉得自己少了些什么，再一想，是了，她们手里都抱着书咧。阿四妹多想把那本《共产党宣言》抱在手里呀，可阿四妹也知道，那书是万万暴露不得的，只好左手搭住右手继续往前走。

剧院离茶楼并不远，阿四妹想着时间还早，便故意兜了远路。阿四妹的脚步是轻快的，跟她的心一样，半飘在空中，再遇到有学生迎面走来时,才赶紧稳住了脚步缓慢走着,生怕自己穿了龙袍也不像太子,被她们看出端倪来。

到底是假的学生咧!

等阿四妹算准了时间来到剧院门口时,却不见陈甘身影,左顾右盼又站了好一会儿,才有一辆警车开到身旁停下,身穿警服的陈甘从上面跳了下来。

不是洋西装,也不是长衫,陈甘穿着的竟是他天天穿着的警服,阿四妹不免有些失望。陈甘却变戏法一样从身后拿出一朵玫瑰花来递给她,盯着阿四妹啧啧称赞:"好看!真好看!"

阿四妹红着脸接过花,由着陈甘挽着自己的手臂走向剧院,门口的人见了陈甘那身警服,满脸堆笑给他们带路,阿四妹不禁脑子一热身子一僵,呆呆由着陈甘挽着走到了座位上。待得戏开了场,灯暗了下来,阿四妹才终于渐渐恢复理智,心想陈甘该把情报给自己了吧?

可陈甘像是并没有这样的打算,跷着二郎腿津津有味地看着戏,戏台上的那个洋女人张开血红的大嘴高声唱着阿四妹听不懂的怪歌,听得阿四妹心里七上八下。陈甘中途伸手拉住了阿四妹的手摸了又摸,阿四妹只当是他要趁机把情报放到自己手里,便摁住怦怦跳的心任由他摸,不料直到演出结束,那陈甘也没有递给阿四妹任何东西。

莫非真被阿康哥说中了,这软壳濑尿虾真的只是请自己看戏?这么一想阿四妹赶紧把手抽了回来,狠狠瞪了陈甘一眼。不料陈甘竟嬉皮笑脸道:"怎么,我请你看戏,摸一下手都不行吗?"

阿四妹又羞又怒,骂道:"你怎能这样?!"

陈甘凑近阿四妹的耳朵,低声说道:"骂我。花别扔。"

阿四妹一愣，瞬间便明白了，狠狠地骂了句"流氓"！扭头便往外走。才刚走几步便被后排一个穿警服的人拦住去路。阿四妹一惊，心想难怪这陈甘不敢轻举妄动，原来还有人跟着的。

陈甘对那人摆摆手，故作生气道："做什么？老子是会为难女人的人吗？"

那人犹豫了一下，赶紧低下头让开路来。

见阿四妹已走远，陈甘才拍拍那人的肩膀说道："少安毋躁！这女人嘛，要是都自动送上门就没意思了。"

那人连连点头，"是！是！陈队长说的是！"

54

　　第二日一早，阿四妹便把写着情报的纸条塞进一袋面粉里，借口阿娘病重起程赶回花县探望。情报是从花茎中取出来的，阿四妹惊讶了半天，这陈甘到底是怎么弄进去的？

　　夜里几声春雷，把整个冬天都绷着脸的大地吓出淋漓大汗，到处湿答答的，脚踩上去就像被胶水黏住了似的，要费老大劲才能迈开下一步。野草却借机疯一样在脚下蔓延，一派春风得意，不管不顾的景象。一切既是沉重的，又是生机勃勃的，阿四妹心里也准备好了要迎接春天。这是阿四妹这么久以来头一次单独执行任务，而且还是帮自己向往的共产党传递情报，心中不免傲然生出一股能让万物复苏的力量来，这力量是会传递的，传递给一草、一木、一春雷，这共产主义也就不远了。可眼前村庄的景象又让阿四妹十分担忧。自小就听老人们说："惊蛰闻雷响，食饭唔使抢（吃饭不用抢）。"而今惊蛰雷响，闪电照亮的却是满目疮痍的村庄，无人耕种的荒田，这往后村里人吃饭可怎么办呀？

阿四妹要找的这个秘密据点是在隔壁村，阿四妹先是回了一趟家，把带的米面放到家里，确认没人跟踪自己，这才按指示前往联络点。

联络点只剩两个党员，二人借着收购贩卖农具的营当勉强度日坚守据点。阿四妹见到他们时，只觉得他们神色低落，衣衫褴褛，一筹莫展的样子，并不像想象中那样充满革命斗志。其中一个甚至说起了丧气话，说这农会名存实亡，剩下的那些人也心思涣散，怕是再也成不了气候了。直到看了阿四妹送来的纸条，那二人才猛地精神焕发起来，快速拿纸条写下一些字来递给阿四妹，叮嘱她务必尽快交回给广州那边。阿四妹把纸条收好正要离开，他们又叫住她，取来一个自己用竹子编的竹耙，"把这个带回村去给你爹娘吧，就说你是过来买农具的，免得招人怀疑。"

阿四妹点点头，接过竹耙扛在肩上。

其中一个见她年轻，忍不住问道："小同志你几岁了？"

"过了年刚刚十七。"

"辛苦你了小同志，你刚入党不久吧？"

阿四妹不好意思地摇头，"我还没机会入呢。"

他们得知阿四妹并非党员，更是赞赏有加，"好！好！那你真是个有觉悟又能干的小同志。"

阿四妹趁机问道："你们看我可有机会申请加入共产党？"

那二人对视了一下，苦笑道："眼下恐怕是难，党组织受创严重，联络都成问题，谁人顾得上发展党员。"

阿四妹听了不免情绪低落，但很快又给自己鼓起气来：

他们说的只是眼下。来日方长，待我找到了高姐，一切便不同了吧？

阿四妹在花县并没有多待,在家中住了两晚便回了。"是谁人将井田来废咗?耕田仔永远落在地网天罗……"这是阿爷生前最常哼的歌仔,没想眼下倒成了真。这样的家乡阿四妹哪忍多看?哪忍多待?

阿四妹脚步匆匆往回赶,行至离茶楼不远的"大元堂"时,被一阵熟悉的笑声拉了脚步。

这"大元堂"阿四妹听周老板提过,虽说是个药铺,因掌柜的好赌,时常聚集一帮人过来推牌九,久而久之倒成了一门生意,变成远近闻名的"赌场"。阿四妹听到的笑声分明是阿康哥的,那单薄却又略带点鸭公嗓的声音,阿四妹早就熟悉不过了。

阿康哥怎会在这种地方?

阿四妹探头探脑进去看,果然,阿康哥就站在一张方桌前,一脚踩在条凳上,正扯着嗓子大声吆喝着:"追枪九!喝三配锤头!"

他笑得脸都变了形，看样子像是赢了钱，额角的脖子的青筋抢着冒出来。

哼！狗改不了吃屎！阿四妹跺了跺脚，转身回酒楼去了。

直至晚市开始了好一会儿，阿康哥才哼着小曲晃着钱袋回茶楼来。阿笙一见他就骂："又跑出去耍，想忙死我哇！"

阿康哥笑嘻嘻道："兄弟，知道你辛苦，今晚请你喝酒补数（补偿）。"

见阿四妹端着一叠点心出来，阿康哥忙迎上去帮忙接住，"这么快回来啦？怎不在家里多住几日？"

阿四妹板着面孔白了他一眼，一言不发又进后厨去了。阿康哥讨了没趣，悻悻系上围裙开始干活。其间好几次见阿四妹出来传菜想要跟她搭话，都没挨着好脸色。直到晚市收市，阿四妹才把阿康哥唤到角落里问他：

"你今日去哪里了？"

阿康哥有些慌，"没去哪里哇。"

"我可看见了！"

"看见什么？"

"看见你在大元堂里。"

阿康哥见瞒不过去，只好低声说："只不过玩了一阵啫。"

"你欠下一身赌债，还敢赌钱？"

"不赌哪有钱还债？"

"谁人话你一定会赢？"

"谁人说我不会赢！你看！"阿康哥得意地从口袋里掏出一叠钱来，"你看！这些都是我今日赢来嘅！"

阿四妹一手推开阿康哥的手，"阿康哥，你糊涂哇！今日可能赢了些钱，明日里可能就输得连裤子都没了！十赌九输，这个道理难道你不晓得？"

阿康哥低声嘀咕："我这阵好旺噶！"

"谁人可以保证你一直都旺？"

"以后的事以后再说，现在趁旺当然要多赢几把。"

"你！"阿四妹被气得说不出话来，低下头用力擦洗方桌，就差把这木桌子刨出一层屑来。

阿康哥见阿四妹真的生气了，便不敢再嘴硬，软声细语劝道："你勿要生气啦，是我不对，我都是想快点挣多些钱啫。"

阿四妹没好气地说："你在这里做事无拿工钱咩？"

阿康哥说："这里的工钱才那么一点，几时才够我把祖屋赎回来？"

"你急着赎回祖屋做什么？"

阿康哥说："没有间像样的屋，我怎么娶你过门？"

阿四妹一听这话，怒气消了大半，"那，那你也不能赌钱。再说了，你不是还有一间屋咩？"

阿康哥说："早就卖了。"

"什么时候卖的？"

"我们回来的第二天那些债主就找上我了，只好卖了那间屋还钱给他们。"

阿四妹叹了口气，"卖了也好，债终究是要还的。"

"你不怪我？"

"怪你又有何用？不过你要应承我，以后别再赌钱了。"

阿康哥脱口而出，"可我近期手气好得不得了，能不能……"见阿四妹怒目瞪着自己，只好悻悻道，"好，我应承你，不再去大元堂了。"

阿四妹生气道:"你勿要同我要心计,不是不去大元堂,是再也不赌了!"

阿康哥见蒙混不过,只好嬉皮笑脸道:"好好好,再也不赌了!"

"你发誓!"

"发誓!"阿康哥立刻竖起两根手指作发誓状。

见阿四妹渐渐消了气,阿康哥才在她耳边悄悄地说:"你打扮起来真是好看。"

阿四妹的脸微微一红,故意问:"可有那桃姐好看?"

"她如何同你比喔!"阿康哥鼓足勇气抱住了阿四妹,"等我挣了大钱,给你买旗袍,买洋装,你穿了保准比谁都好看!"

清明已过，谷雨将至，这个季节的广州城是名副其实的花城：木棉红如血，紫荆粉如霜，禾雀垂枝头，杜鹃艳似阳，还有清新脱俗的黄花风铃木，各式各样争奇斗艳的兰，难分伯仲。两市间空闲无事时，阿四妹就倚在茶楼二楼的窗户边看花，窗户自然是打开的，一杈木棉直直伸到阿四妹窗前，枝头挂满了红火火沉甸甸的花，如阿四妹般心事重重。

　　阿四妹又在想爹娘了。

　　有了阿四妹时不时的接济，再加上陈家的关系，阿四妹爹娘的日子渐渐好过了些，但阿爹阿娘还是一副一蹶不振的模样。

　　每次回去花县阿四妹都看到爹在"烧纸钱"，也不是真的纸钱，是用干草或干麦秆子编的，扎成了房屋、牛羊骡马的模样，悄悄拿到村头的碑石旁边烧。阿四妹记得小时候家里也烧过纸钱的，都是她娘在烧，那是用竹篾子编的，再糊上一层纸，纸上还上了色，惟妙惟肖。现在她娘躲在屋里不愿去烧，说草扎的不是"正经钱"，烧了叫阎罗王笑话。他爹可不这么认为，说是泥脚的到了下面指不定还是泥脚的，再不怎么样那也需要屋，需要牲口，好过给阎王爷当牛当马。

阿四妹知道，她爹这是害怕咧。这附近几条村死了那么多人，冤魂能少？又害怕自己哪天就无缘无故丢了性命，到了地底下无依无靠。

阿四妹同她爹说这都是万恶的剥削制度造成的，你不反抗，就是下辈子投胎也还是给人剥削的。她爹一句都听不得，叫阿四妹莫要再说这样的话。反抗？你怎么反抗？鸡蛋能推得开石头？你看看阿德，还有阿胜，落得个什么下场？

阿四妹不知说什么好了。爹说的也都是实话，阿四妹劝不动。

她爹还对阿四妹说，你可得牢牢抓住陈家这根稻草，伺候好陈家少爷，咱一家有没有好日子过，可就全靠你了。她娘也私下里对阿四妹百般盘问：陈少爷可有说何时娶你过门？正儿八经过了门你才是陈家少奶奶，名正言顺。阿四妹推说面皮薄不好问，她娘不依不饶，说你都跟着他了，还有什么不好问的？阿四妹后来干脆推托是陈少爷叫她别问的，她也就不敢问了，莫要问多了惹恼了陈少爷反而不好，这么一说她娘倒是闭了嘴，但神色里多了许多的忧愁，时不时就唉声叹气：这陈少爷莫不是瞧上别家的女仔了吧？想悔婚？阿四妹想安抚她娘，又不知如何安抚，只好由得她去。

这段时日阿四妹来来回回帮着送了好些情报，那情报上的字阿四妹虽看不懂，但情报是从人的手上来的，阿四妹能从那些人的表情上看出"凝重"二字。情况自然是不容乐观的，花县潜伏的革命同志东躲西藏执行任务，命都是悬在刀尖上。地主豪绅重新得了势之后更是变本加厉强取豪夺，稍有反抗的，杀人烧屋也是家常便饭，这一切的一切都叫阿四妹好生泄气。回想前些年，革命的火焰曾经在这里燃烧得多么灿烂，多么振奋人心哇！就像眼前这些木棉花一般，红得叫人心血澎湃，可而今却如同坠入了腊月寒冬，高姐说的那些美好的愿景，不会就此永远消失了吧？想着想着，阿四妹又想起了阿娇阿旺她们，也不知仁化那边的情形又如何，她们可还安好？

阿四妹自想得出神，只见阿康哥跌跌撞撞冲上二楼来，上气不接下气。

"我，我看到招，招娣了！"

阿四妹忙问："在哪里？"

阿康哥一只手撑住下腰喘匀了气，这才说："我去一户人家送点心，远远看见她从一辆黄包车下来，进了一户人家，我追过去看时，那家的大门已经关上了。"

"那你可有敲门？"

"敲了，可开门的说里头就没有叫招娣的，我说就是刚刚进去的那位，他却说哪有人刚刚进去，问多了还生气，说要喊打手。"

"你可看清楚了？确实是招娣？"

阿康哥拍胸脯说："我阿康这双眼，怎会看错！"

"招娣她看起来还好吗？"

阿康哥说："瞧她那打扮，穿金戴银的，出门还坐车，倒像是有钱人家的太太了。"

阿四妹长吁一口气，"没受苦就好。"

阿康哥知道，阿四妹心里一直不安呢，当初是她怂恿招娣逃出来，若真遭遇什么不测，阿四妹怕是要自责死。

接下来两天，两人一有空就跑去那户人家门口守着，看看能否再遇见招娣出来，可事情就是这么奇怪，这家人进进出出的人是不少，就是不见招娣。二人只好作罢，既然招娣过得还好，也就无须寻她了，只是心里仍是疑惑不已：这大活人一个，怎就凭空消失了？

数日后的一天，阿四妹在后厨洗刷时不慎碰翻了热水，手臂烫出许多泡来，本想敷点草药了事，阿康哥却非要拉着她去洋人开的医院，说是洋医院有很好的烫伤药，一擦就好。二人就是在医院里，见到了"凭空消失"的招娣。

当时招娣就缩在角落里坐着，一件绣着牡丹的大花披风把自己裹得严严实实密不透风，要不是起身要走时露出头脸来，阿康哥他们还真没认出来。

"招娣？真的是你！"阿四妹先叫起来。

招娣身旁一个丫鬟模样的人拦到前面来："你认错人了吧。"

招娣看到是阿四妹他们，先是一愣，继而激动地脱下了披风，推开那丫鬟冲过去抱住阿四妹，"阿四先生，可算是见到你了！"

阿四妹听出了招娣声音中的哭腔，仔细打量招娣，这才发现她脸上脖子上手上都是伤，有青有紫有黯红，还有刚添的鲜红的新伤。

"这，你这是怎么了哇？"阿四妹惊呼。

招娣刚要说话，见丫鬟正盯着她们，便对她说："你先去拿药，拿了药去外头等着，我与故人说几句。"那丫鬟应了一声往外走，头还一次次往后瞧。

招娣见丫鬟走了，搂住阿四妹嘤嘤哭起来。阿四妹和阿康哥细细问来，才知道招娣虽嫁入了大户人家锦衣玉食，但这日子很不好过。

当初招娣一个人来到广州城举目无亲，阿康哥写的那个地址也没有人，只好流落街头乞讨。她嫁入的这户人家是做布料生意的，姓林，见招娣长得清秀可人就千方百计把她骗回了家，又给她改名叫"玉兰"，娶为三房小老婆。起先这姓林的对招娣是百般讨好，来了什么好布料就拿给招娣做新衣裳，吃的喝的也十分讲究，大太太、二太太见她受宠也不敢来找碴儿，招娣着实过了一段舒服日子。可没多久这姓林的另有新欢，对招娣就不怎么搭理了，更要命的是，这姓林的渐渐开始嗜酒，且一喝醉酒脾气就十分暴躁，见谁打谁，就连招娣也不例外，好几次都被他打得鼻青脸肿不像人样。大太太、二太太权当是看笑话，除了看病外禁止她外出，说这个样子出去叫人笑话，有损林家的名声。

阿四妹恍然大悟，"难怪我们在门口等了两天都没见到你出来。"

阿康哥气愤不已，"这样的人家，你还待得住？"

招娣抽泣道："待不住又能怎样？我还能到哪里去？"

阿四妹说："你忘了吗？妇女不是男人的私物，我们靠自己，一样可以生活下去的。"

招娣却摇头说起了丧气话，"早知道当初我就不逃了，那个人虽然抽大烟，但还不至于打人。"

阿四妹心里难过，却也不晓得该怎么安慰。

招娣抹干了泪，对阿四妹说："不说这个了，你们怎么也到广州来了？可有找到高姐？"

阿四妹摇头，"高姐还没消息，我们现下在一间茶楼做伙计，你若有什么事，可到茶楼找我。"

招娣问了茶楼的名称，哭笑不得，"这间茶楼我随老太太去过两次，老太太喜欢饮早茶，但自从家里请了个厉害的厨子，就没再出去饮茶了，没想到你们就在那里。"

阿康哥插嘴道："那你得闲多来饮茶，也好跟你阿四先生好好叙叙旧。"

招娣耷拉下脑袋苦笑，"我，我尽量。"

阿四妹和阿康哥知道她的难处，也不多言，见那丫鬟拿药回来了，便让她随丫鬟回去了。

再一次见到招娣是在数日之后。这天晚市已过，茶楼里只剩一桌客人没走，阿四妹收拾了东西正要回楼上休息，却见招娣依旧披着那个大大的披风左顾右盼躲进店来，阿四妹赶紧拉了她上楼进了自己那间房，替她拿下披风，这才发现她脸上又添了新伤，触目惊心。

"阿四先生，我，我顶不住了，你说我该怎么办哇？"

阿四妹找来上次烫伤用剩下的药油，也不知合不合用，犹犹豫豫往她伤口上抹，见她疼得龇牙咧嘴，慌了手脚。

"这哪是人过的日子！"阿四妹愤愤道，"快点离开吧！"

"可我能去哪里？"

"去哪里都比待在这受罪的地方强。或者你回家去？"

"不行不行，我这副模样回去丢人现眼，爹娘怎能容我。"

"那，或者离开广州城，另外找个地方谋份营生，天下之大，你有手有脚不愁找不到落脚的。"

"阿四先生，你说我能做什么？"

阿四妹见她身着名贵绸缎，脚踩高跟鞋，双手白嫩不像能沾阳春水的，着实也想不起来她可以做什么。

"先逃出来再说。我在仁化认识了两个朋友，一个是逃婚出来的，一个是从窑子逃出来的，眼下与自己挑选的人在一起做工为生，日子虽是艰苦却也自由，不必受人摆布。"

"真的？"招娣眼睛一亮，"那她们做什么工为生？"

阿四妹说："什么工都做过，我遇见她们时，是在煤矿里帮忙。"

招娣一听煤矿，眼神暗了下来。阿四妹也知道这样的活招娣可做不来，便安慰道："世上可做的事情千千万，你可千万别小瞧了我们女人自己，男人能做到的，我们一样能！"

招娣点点头表示听见了，却不吭声，愁绪却弥漫在二人间挥之不去。

"这样，你回去收拾收拾东西，择机逃出来，我叫阿康哥到门口附近接应了，把你送到安全的地方。"

招娣犹犹豫豫，"这真的能行？"

"有什么不行的？难道你还想挨打？"

招娣像是做了很大的决心，站起来攥紧拳头说道："那就今晚！夜里姓林的要去喝酒，我趁他外出就偷偷溜出来。"

阿康哥领了阿四妹交代的差事,早早就去到那户人家附近候着,见那户人家时不时有人进进出出的,便躲到一个大灯柱后,不时探头去看。门开了又关,关了又开,各种人等都见到了,就是不见招娣。渐渐地与招娣约定的时间已过,阿康哥耐着性子又等了一会儿,才见一个小小的披着头巾的身影从里面出来,鬼鬼祟祟左右张望,阿康哥赶紧上前去接应,不料那人把头巾一掀,大喊道:"快来,抓住他!"

阿康哥一听声音惊觉不对,扭头就跑,此时大门打开,几个家丁打手拿着家伙从门里冲出来朝阿康哥扑打过来。阿康哥在前面跑,他们在身后边喊边追。幸好这一带的地形阿康哥熟,抄近道在小巷子里东穿西钻,终于把他们甩开一段距离。跑到珠江边时却不见平时停在那里的手摇小艇,只有一艘小货轮刚刚开出不远,阿康哥情急之下一头扎进水中,拼命往那货轮游去,那些人追到岸边都不敢往下跳，四下找寻小艇。游近那货轮时阿康哥已精疲力尽，被货轮的涡轮一卷，两眼一黑晕了过去。

待阿康哥醒来时，发现自己已经回到茶楼，阿四妹正在旁边焦急地看着自己。

"我怎么回来了？"阿康哥摸不着头脑。

阿四妹哭着说："你掉进江里被人救了，那人把你送到警察局去，陈甘又差人把你送过来了。"

阿康哥拍拍胸口："哎，菩萨保佑，那我真是福大命大喔。"

阿四妹抹了抹泪，"当初你就不该把那护你周全的玉观音送人，又险些没命。"

"我这不是没死嘛，"阿康哥说，"再说了，你就是我的活观音，只要你好好的，我就不会有事。"

阿四妹脸上一红，"都什么时候了，还耍贫嘴。"

阿康哥深情地拉着阿四妹的手说："这都是真心话。"

阿四妹羞红了脸，赶紧岔开话题。"对了，你怎会掉江里去了？你不是接应招娣去了吗？"

阿康哥把经过跟阿四妹说了一下，"你说这到底是怎么回事？倒像是故意设局逮我了，莫非招娣是骗我们的？"

阿四妹虽疑惑，却也绝不信招娣会设局害他们。

"兴许是招娣要逃的事情败露，那家人气急败坏哩。"

阿康哥叹了口气，"若真是如此，招娣的日子可就更不好过了。"

阿四妹吸了吸鼻子，却吸不动。这些日子空气中的水分有点重，憋得慌。

周老板见阿四妹他们不死心，便暗示他们千万莫要惹事，惹了事容易暴露身份。阿四妹和阿康哥虽担心招娣，到底是分得清孰轻孰重的，便没再去找招娣。不料两日后，却是招娣找上门来，来的不仅有招娣，还有一个穿长褂肥头大耳的男的，以及一个满脸胡须的高壮大汉。

阿四妹和阿康哥见他们进了茶楼便知不妙，心想这两人当中想必有一个就是招娣口中的姓林的，不消说，准是找碴儿来了，看这两人身强力壮的必定不好惹，阿四妹不由倒吸一口冷气。

阿四妹他们猜得没错，那穿长褂肥头大耳的正是林老板。他大摇大摆进了店，这里敲敲那里摸摸，看到了阿康哥冷笑一下，这才挑定个桌子坐下，示意招娣和另外那汉子也过来坐下。

但阿四妹他们也不算全猜对，这姓林的并没有掀桌子大发雷霆喊打喊杀，而是傲慢地叫伙计把老板唤来。周老板见来者不善，赶紧放下手上的东西过来招呼,"这位老板,您想要点什么?"

林老板慢条斯理道:"你是这茶楼的老板?"

"是,是,您看您要来点什么?"

"你们这里有什么是最拿手的?"

周老板笑道:"鄙店虽小,还是有几样拿手菜的,像是萝卜牛腩、红米肠……"

林老板只听了几样便不耐烦地打断他道:"不用说了,全部一样来一份!"

"全部?"

"对,全部!"林老板说着啪一声打开手里的摇扇。

周老板也是身经百战了,眼骨碌一转给一个伙计使了个眼色,然后大声吩咐厨房做菜,亲自给他们斟茶。

"几位可曾在小店饮过茶?"周老板笑盈盈地问,手中的茶壶熟练地往杯子倾倒,褐色的茶水被他拉出一条流畅的弧线。

林老板并不看他,翻来覆去端详着自己扇子上的花鸟,傲慢地说:"倒是吃过几次。可我家的厨师偏说你这里做的还不如他做的,今日专程带他来开开眼。"

那满脸胡须的大汉闻言拱手道:"不才!来见识见识!"

阿四妹听那大汉的声音有些眼熟,再仔细辨认,吓了一跳,这可不就是当初给他们做皮蛋粥的那个汉子,怎就成了林家的大厨了?再看那招娣,自打进门就一直低着头,眼都不敢抬,也不知看没看到阿四妹他们。

周老板听他这么一说,明白是砸场子的来了,不动声色笑道:"既然是您府上的大厨,想必是名厨,岂是我们这种小店的厨师能比的,诸位莫见笑了。"

林老板又看了阿康哥一眼，猛地一拍桌子，"说的什么话，你堂堂一间大茶楼，若是连我家一个厨子都比不上，还有脸开着？趁早关门大吉！"

所有人都被那突兀的一声"砰"吓了一跳，唯独周老板面不改色，依旧彬彬有礼地说道："您稍安勿躁，这菜都还没上呢，尝过再说不迟。"

不一会儿，阿康哥就端来了一砂锅热气腾腾的萝卜牛杂，放下时正好看到那大汉的脸，大吃一惊，手一抖差点打翻。那胡须大汉也认出阿康哥来了，噌一下站了起来："是你？！"

林老板皱眉，"你们认识？"

那汉子定了定心神，稳稳当当坐下说："见过一面。"然后似笑非笑地看着阿康哥问道："你不是很多钱使咩？怎会在这里当伙计？"

阿康哥面子有些挂不住，想反问道"你不是靠你爹养活咩？又怎会在这"，又不敢说，看了周老板一眼站到一边不吭声。

林老板拿起筷子挑了一块牛肚放入嘴中，嚼了几下示意大汉："你试下。"

大汉用筷子在里面挑了挑，说："这萝卜倒是煲得挺入味的。"

周老板得意地捻着右侧的小胡子道："这萝卜牛腩，得加盖煲半个钟，揭盖搅拌再慢火煨煮半个钟，才会入味。"

大汉又用筷子撩了撩，撩出一块牛肺来，冷笑道："怎会有廉价的牛肺？不符合大茶楼的水准啵。"

周老板仍不紧不慢地捻着须回应道："所谓牛杂，贵在杂字。牛肚牛百叶都是补气养血，牛筋可强筋骨，只有牛肺可滋阴润肺降燥，各有所长，又岂可用贵贱论英雄。"

大汉擅长烹饪，却不懂中医，一时不知如何辩驳，把筷子伸到嘴里吸了一下，又说道："这汤的香料虽足，但底汤不免清寡，怕是没有用牛骨熬吧？"

周老板微微一震，这几日牛骨缺货，确实没熬牛骨汤当底汤，虽加足了瑶柱虾米等提味，此人还是用筷子一蘸便知，看来的确有几分本事。

林老板也趁机起哄，"怎的？这么大的茶楼还买不起牛骨不成？"

周老板眼珠一转笑道："这位兄台真厉害，这汤确实没用牛骨。春夏交接容易湿毒热火，牛骨肥腻火气又大，不宜食用，还不如换成瑶柱虾米对身体有益。"

大汉却不买账，"瑶柱虾米只是提鲜，哪有骨头汤来得味浓？不用牛骨，怎连猪骨都不舍得放？"

周老板闻言哈哈大笑。"猪骨？萝卜牛杂岂可用猪骨汤？"

"有什么不可？猪骨头俗称高汤，乃烹煮各种菜肴的最佳搭配。"

周老板摇头冷笑，"你可知萝卜牛杂的来历？"

大汉一愣，"什么来历？"

周老板故意捻须晃着脑袋说道："相传清朝光绪年间，一位回民厨师发现人们每次宰牛后将内脏丢弃，觉得浪费，便把这些内脏带回家中，别出心裁加入萝卜烹煮，意外得出这道名菜。"

"那又怎样？"

"既是回民厨师所创，又岂可用猪骨？"

"这……"大汉没想到这层，尴尬地看向林老板。

林老板有些恼怒，轻轻"哼"了一声，转头对一直低着头的招娣说道："玉兰，你也试下。"

招娣惊慌起来，匆匆抓起筷子去夹，手一抖，一块牛杂就滑落在衣裳上，"啊"地叫出声来。

汤汁是褐色的，衣裳是黄底红花刺绣的，阿四妹凑近去看的时候，红花旁边已开出好大一朵褐色的花。

阿四妹拉起招娣说："我带夫人去梳洗一下。"

招娣不知所措地看向林老板。林老板不说同意，也不说不同意，只是似笑非笑地对她们说："这可是上等云锦，比你整个人都贵。"阿四妹没理他，挽着招娣走向里间。

一踏入里间阿四妹就迫不及待关了门，闩紧。

"招娣，这到底是怎么回事？"

招娣从襟领下掏出香巾帕子抹泪，嘤嘤哭道："我是要逃的，可那丫头机灵得很，瞅见我包好的包裹，便跑去通风报信了。"

"你就不会藏好？"

"包裹太大了，藏不住。"

阿四妹气急，"你拿那么多东西做什么？"

招娣又哭起来，"不多带点东西，我往后的日子可怎么过？他给我买的衣裳绸缎，我攒的钱，还有老太太赏我的金银首饰……"

"你！"阿四妹摇摇头，深深叹了口气。这招娣，与阿旺、阿娇终究不是一路的。而今的招娣，身着锦衣，头戴宝钗，脸涂胭脂嘴抹红，如同一匹素锦被绣上了金线银线，怕是拆掉也只剩下一个个眼洞，回不去了。

"那你是决意不走了？"阿四妹问。

招娣低声说："我就是走，又能走去哪里，无非是换个人嫁了罢了，又有谁能保证换个人就不会打我。"

阿四妹打来水，用碎布细细地抠洗衣服上那朵"花"。那渍已渗入肌理，怎么擦都还是有印。正洗着，外头传来一阵骚动，阿四妹开条缝探头去看，见阿康哥正与那大汉争执，仔细听听，像是跟一碗艇仔粥有关的，想必又是那大汉找碴儿，惹恼了阿康哥。

"你们今日来到底是要做什么？"阿四妹问。

招娣说："他们那日没逮到阿康先生，心里不舒服，就想带着家里的厨子过来给你们个下马威，算是警告。"

"他们怎知道我们在这里？"

招娣不敢回答，低下头绞着手里的帕子。

阿四妹扔开手里的碎布，悻悻地说："擦不掉，没法擦了！"

外头"砰"的一声巨响，紧接着是碗碟掉落在地的声响，阿四妹和招娣都吓了一跳，二人夺门而出，却见陈甘带着几个警察也正好冲进茶楼来，举着几柄长枪把人都围了起来。

"哟，这不是林老板嘛，我接到报告说这边有人闹事，怎么会是您哪？"陈甘笑嘻嘻地说。

林老板赶紧给陈甘拱手道："陈队长，误会误会，我家下人是个粗人，不小心把桌子碰翻罢了。"

陈甘示意手下收了枪，"放下，放下，没看到是林老板嘛。"

林老板把衣裳拍拍顺溜了，再次拱手道："真是不好意思，惊动陈队长了，下次我备上厚礼，上何局长府上赔罪。"

见他把何局长搬出来，陈甘微微一怔，继而灵机一动故意说道："好说好说，这茶楼的周老板也是何局长的旧交，改日把两位老板都凑一起咱摸几圈麻将，能有什么事过不去的嘛。"

林老板到底是聪明人，见这情形勉强挤出笑脸道："周老板精通烹调之道，改日欢迎来府上做客，也好指点指点我家的厨子。"说着没等周老板答话，就拉上招娣大步离去了，那厨子看了看阿康哥，又看了看陈甘，想说什么说不上，只好左脚绊右脚慌乱跟上。

　　周老板招呼几位警察坐下吃喝，好酒好菜款待，趁人不注意时偷偷给陈甘打了个手势。

　　陈甘看到手势，暗自叹了口气。

"那姓林的定不会善罢甘休,未免节外生枝暴露身份,你们还是去避一避吧。"周老板对阿康哥和阿四妹说。

阿康哥满不在乎,"哼,我们何须怕那姓林的。"

周老板说:"我们怕的自然不是姓林的,是怕他胡搅蛮缠暴露了陈甘同志的身份。"

阿康哥与阿四妹面面相觑,"为何?"

周老板摇头叹气。"陈甘同志一时心急口误,说我与那何局长交情不浅,那姓林的显然有所怀疑,我得赶紧备上厚礼上何局长家里走动走动,赶在姓林的发现之前把这事给坐实了。"

沉默了一阵,阿四妹问:"我们一定必须走?"

"必须走!"

在这问题上,周老板表现得甚为坚决。"你们一日在此,姓林的必定会想方设法与你们为难,容易招惹事端。"

"那我们能去哪里？"阿四妹发了愁。

周老板说："我们在花县县城有一家中药铺，你可记得？上次你还去送过情报的。二位可先去那里落脚，当个伙计先避避风头。"

阿四妹摇头，"一个巴掌大的中药铺，忽然间多了两个伙计，太引人注目了。"

周老板想了想，是这个理，便说道："那只能委屈二位分道扬镳，各自暂避到安全的地方。"

阿四妹说："不如我回我爹娘处吧，名正言顺，也可跟那边的同志多些接触，阿康哥可去那中药铺先避一阵子。"

阿康哥一听要分开，忙问："那中药铺离你家可远？"

阿四妹说："也就二十多里路吧。"

"这么远！"

阿四妹白了他一眼，"也就片刻工夫的事。"

阿康哥见别无他法，只好同意。

二人正连夜收拾着行囊，半夜却砰砰砰有人捶门，阿康哥警惕地打开一小片铺板去看，见门外站着一个好大的身影，太暗了看不清眉眼。

"谁？"阿康哥警惕地问。

门口那人轻声说："是我。"

听声音像是今日那个大厨，再掌灯一看，果然是他。

"你来做什么？"阿康哥问。

那厨子哀求道："兄弟，行行好开下门，有事相求。"

阿康哥与阿四妹对视一眼，又取下一片铺板。

不想那厨子刚进了门，就扑通一声给他们跪下了。"二位爷，你们可得帮我哇！"

阿四妹伸手去扶,"你起来,起来说。"

厨子不起,脖子一横说:"你们得答应我我才起。"

"答应你什么?"

厨子说:"叫你们周老板发发善心,与我比试比试厨艺,让我一让。"

阿康哥觉得好笑,"那你应该去求周老板,求我们作甚?"

厨子说:"我与周老板又没有交情,如何求他?"

阿康哥哭笑不得,"你与我们就有交情了?"

阿四妹却撇嘴,"厨艺好就是好,差就是差,何须弄虚作假!"

厨子悲愤地说道:"我苦学厨艺多年,挨了多少白眼,吃尽了哑巴亏,直到今日得林家赏识才算熬到了出头之日,没想今日遇到高人失了脸面,林老板对我已有怀疑,这叫我日后在林家还怎么立足?"

阿康哥与阿四妹早已知晓他的遭遇,听他这番话不免心感戚然。只是那姓林的哪里是来比试厨艺,明显就是要借机找茶楼的碴儿,好借题发挥把周老板挤兑出去,又怎可如了他愿?

阿康哥对厨子说:"你起来吧,这事我们真帮不了。"

厨子问:"为何?"

阿四妹说:"我们已经被茶楼解雇了,明日就要离开。"

厨子不信,"你们做得好好的,怎就被解雇了?"

阿四妹不知如何回答,看向阿康哥,阿康哥对厨子说:"那周老板也不是好惹的,他叫我们走,我们哪敢不走。"

那厨子冷笑一声,"不帮就不帮,何苦说这种愚弄人的话。"

"谁人愚弄你了,"阿四妹说,"你技不如人就该好好练你的厨艺,尽想些歪门邪道。"

厨子死死盯着阿康哥问："果真不帮？"

阿康哥摇头："真帮不了。"

"好！好！"厨子缓缓起身，拍了拍膝盖上的尘土。忽然从长衫底下掏出一把刀来，直直就往阿康哥身上砍，阿康哥一个躲闪躲开了，那厨子又举着刀朝阿四妹扑过去。

"你做什么？"阿康哥冲过去死死从背后抱住他。

"哼，你们两个扫把星！都是因为你们，我才沦落至此！"厨子一边挣扎一边骂，他的力气太大，阿康哥显然抱不住。

阿四妹大惊失色，抄起板凳就要往他头上砸，又怕砸到了后边的阿康哥，犹豫着迟迟不敢下手。周老板闻声从楼上下来，一个扫堂腿把他扳倒在地，这才与阿康哥制服了这个彪形大汉。

厨子被五花大绑捆在地上，还在破口大骂，骂那些没良心的资本家，骂那些瞎了眼的老板，总之都跟阿康哥他们没什么干系。

阿康哥他们面面相觑，心想这人莫不是疯了吧？

阿康哥问他："你为何要杀我？"

厨子头一横说："比不了厨艺，把你们杀了也能给林老板解气！"

周老板不可思议地看着他："就为了解气？如此草菅人命？"

那厨子竟嘤嘤哭起来。"什么人命？穷人的命哪里叫命？还不是跟猪狗一样的，告诉你，这就是我剺鸡剺鸭的刀，我想剺哪只就剺哪只！哈哈哈哈……"

见他已失心疯，周老板对阿康哥他们说："你们明日一早就赶紧走吧，决计不可再逗留了。"

阿康哥指着厨子问："那他怎么办？"

周老板说："你们就别管了，我自有办法。"

第二日天还没亮二人便告别而去，先是坐马车，出了市区再靠脚力，夜幕降临时已走到了花县。

上次他们住的那家旅店门外依旧摇曳着大红灯笼，阿四妹一眼就认出来了，想起上次在里头大快朵颐，阿四妹忍不住咽了咽口水想往那边走，不料却被阿康哥急急拉住欲往另一边走，"天都黑了，我们赶紧去找那中药铺吧。"

阿四妹问："你可还记得？这间旅店我们住过一晚呢。"

阿康哥慌张敷衍道："我哪里记得住，所有的旅店长得都差不多。"

正说着，那掌柜的正好走出门来，见到阿康哥快步跟了过来，"哟，这不是康家少爷吗？"

阿康哥一见是他吓了一跳，慌忙把他拉到一边，"嘘！细声点！"

那掌柜的好奇地探头打量了阿四妹一下，惊道："她不就是之前那个……"

阿康哥赶紧捂住他的嘴巴，在他耳边低声说道："你千万勿要乱讲话！就当……就当什么事都没有。"

那掌柜的把他的手挪开，不悦地说："我不理你搞什么鬼，按照约定你还欠我一百块钱。"

阿康哥急了："这买卖又没做成，怎就欠你钱了？"

那掌柜的"哼"了一声，"买家我已经联系好了你却一走了之，不管你买卖做没做成，这钱你必须按约定给我。"

"你怎这般不讲理？买卖没做，我哪来的钱给你？"

那掌柜的指着阿四妹说："要不我再把买主约来，你把她卖了不就有钱了。"

阿康哥吓得再次捂住掌柜的嘴，"嘘！你勿要乱讲！"

"你要卖什么？"阿四妹不知何时已走到了他们身后，一脸不解地看着他们。

阿康哥的心咚地涨成了冬瓜大小，挤得五脏六腑无处躲藏，整张脸都憋红了，"没，没什么，我们说卖古董呢。"

"你还有古董可卖？"阿四妹问。

"没，"阿康哥支支吾吾，"说的是上次。"

那掌柜的笑盈盈地打量了一下阿四妹，说道："看来你是看上这个妹仔了哇，是有几分味道，难怪，难怪。"

阿四妹不悦地瞪了他一眼，心想这人断不是好人，便转头对阿康哥说："我们走吧。"

那掌柜的却拦住她说："那不行，他还欠着我钱咧，不还清了，别想走！"

"你欠他钱？"阿四妹问。

"没有的事。"阿康哥急急摇头。

那掌柜的浑身肥肉都抖了起来，"好哇，打算赖账了是哦？不还钱，我便叫人绑了她卖了抵债！"

阿康哥一个跨步护到阿四妹跟前，"你勿乱来！"

那掌柜脱口而出："怎就乱来了？当初也是你说要卖了她！"

阿四妹惊得浑身一颤，"卖我？"

阿康哥赶紧拉起阿四妹往前走，"快走，勿听他乱讲！"那掌柜的岂肯罢休，一边朝旅店里喊人来帮忙，一边心急火燎伸手拉拽他们。阿四妹手足无措挣扎了一会儿，忽然就明白了，满心的惊愕和委屈不知怎么竟化作了超乎寻常的力气，抬起脚狠狠踹在那掌柜的裆间，趁他捂住下身哇哇叫的当口，扭身就跑，她的两侧刮起了一阵大风，刮跑了那掌柜的鬼哭狼嚎声，也刮跑了旅店伙计的追骂声，连阿康哥都被远远吹落在身后。待得这阵风停下来时，阿四妹已然回到了通往自家村庄的路口。

阿四妹的脚上只剩下一只鞋。另一只不知跑掉在何处了。阿四妹看看自己一只鞋和一只光脚，并没有停下脚步。一只鞋，也足够了，阿四妹走得飞快。

阿康哥好不容易才追上了阿四妹，急急向阿四妹解释，说自己起初确实动过那样的念头，只是那晚又改变主意了，哪里舍得卖她喔，又起誓说自己后来对阿四妹那都是真心的，如再有歹心，天打雷劈……阿四妹却没搭理他，只顾一脚深一脚浅往自家村子走去。路自然是泥巴的，很软，跟阿四妹记忆中的一样软，即便上面染上了不明的颜色，证明这个村子已不是以前的村子，阿四妹仍感觉到自己是以前的阿四妹。以前的阿四妹是怎样的？那就是个假小子，是半个男儿郎，是爹娘倚靠的劳动力。这样的阿四妹，怎会轻易就着了人的道哇？

骗子！

走到村口那棵大榕树下时，阿四妹站定了，面无表情地对阿康哥说："你走吧，自己保重。"

"你不肯原谅我吗？"阿康哥喘着粗气问。

阿四妹朝自家那两间土房的方向望去，眼神随着炊烟飘忽起来。阿四妹再一次说："走吧，快走吧，你若是真心为革命出力，便找个地方好好藏着，待得风声过去，再去找周老板。"

"那你呢？"阿康哥问。

阿四妹说："我回家伺奉爹娘。"

"你不去找高姐了？"

"找高姐是我自己的事，不关你事！"

"那你——"阿康哥还要再说什么，阿四妹已扭头跑了。几只不识相的麻雀非要落到榕树边上，叽叽喳喳跳来跳去，把阿康哥一动不动的身影衬托得更为凄凉。

沉重的夜色很容易就把静止的阿康哥淹没，再把跳动的麻雀也淹没的时候，阿康哥就消失了，阿四妹远远从家门口望去，远处漆黑一片什么都看不见，可阿四妹就是知道，阿康哥消失了。

阿四妹不知道阿康哥去了哪里。数日后的某天阿四妹去镇上帮阿爹卖东西时，特地绕路去那个药材铺看过，阿康哥并不在里头。那药材铺飘着一股奇怪的药味，阿四妹闻着就感觉心安，于是阿四妹每次去镇上都要跑去药材铺门口站上一会儿，那药材铺的老板认得阿四妹，却又不敢认她，只管卖力捣鼓着铺头的药材，或碾碎，或捣碎，折腾出更浓郁的药香来。

— 61 —

　　陈甘共产党的身份终究还是暴露了，他连夜逃离广州城，同样不知去了哪里。阿四妹竟然是从陈家的帮工老李头那里知道这个消息的，陈甘出事，陈家也被人抄了家，一众仆人帮工四散另谋生计，老李头对着阿四妹唉声叹气："这好好的少爷不当，干什么革命，这倒好，把自己家的命都给革了！"

　　阿四妹并没有嫁过门，算是逃过一劫。阿四妹心急如焚本想去广州城里找周老板打探打探情况，无奈阿四妹爹娘受不了这样的打击接连病倒了，阿四妹抽不开身去，只好暗地里对着黑夜垂泪。

　　夜。为什么又是夜？为什么每天都有夜？

　　阿四妹憎恨黑夜。

　　是黑夜吞没了阿康哥，吞没了软壳濑尿虾，而今，又吞没了阿四妹心中仅剩的一抹星光。

　　"男子视女子为玩物，女子亦自居于玩物，可悲呀！"高姐叹。

"优胜劣败，不进则退，女学沦亡，国势衰颓，可悲呀！"高姐又叹。

"不不不！不是这样的！"阿四妹咬牙切齿想伸手抚去高姐眼角的泪，刚伸出手，高姐就被夜给吞噬了。

阿四妹只好抹干了自己的泪躺回黑暗里。身在黑暗里的阿四妹通常是睡不着的，一下疑心阿康哥想不开去投了江，一下又疑心陈甘已经被国民党抓住给毙了，一下疑心自己挂念的高姐也落入敌手，一下又疑心下一刻那些土匪就打上门来拿刀去捅爹娘……阿四妹甚至都拿不准这天到底还会不会亮了？

这太阳到底还会不会再升起来？

砖窑内那柄废弃的锄头大概是天底下最懂阿四妹的"人"了，白日里，阿四妹就蜷缩在它的身旁，把手上的书报一字一句读了一遍又一遍，若念的是经文的话，那锄头大概已经修炼成仙。可锄头还是长满了锈，还是钝的，跟阿四妹满心的锐气形成鲜明的对比。阿四妹多想那锄头也可以抖落满身的锈，冲那些作恶的剥削者挥舞过去呀，砍了他们的头，革了他们的命，让明晃晃的锄头，成为农民们安居乐业的工具，而不是像阿四妹一样只敢躲在阴暗的砖窑内，腐烂，生锈，如同行尸走肉。

阿四妹万万没有想到，高姐的消息会来得这样突然，而且带来消息的，竟是消失了一年多的阿康哥！

此时又是寒冬，与当初阿四妹第一次见到阿康哥时一样。阿康哥还是穿着空洞洞大裤腿麻裤，还是穿着棉衣大马褂，不同的是棉衣上多了好些个破洞，有些打了补丁，有些没打，露出许多年都不敢冒头的棉絮来。阿康哥的样子看起来不是很好，脸越发尖了，从耳根到脖子边蔓延着乱糟糟的胡茬儿，头发像鸟窝，眼睛却炯炯有神，仿佛嵌了两颗夜明珠，日日夜夜都无须合眼。

"高姐被捕了，在南昌。"阿康哥说。

这话简洁、明确，阿四妹却听不懂。"什么叫被捕了？"

"听说是在执行任务时被叛徒出卖，落入军阀手中了。"阿康哥说。

"那她现下在哪儿？"阿四妹慌了。

"狱中。"一年多不见，口花花的阿康哥说话竟变得如此简洁。

远处响起"砰"一声，像是闷着的枪声，或者什么东西倒塌了，阿四妹浑身一震，这一震，原本还流连在眼眶中的泪水就掉落下来了。阿康哥也朝那边看，大概是远处的村庄里又起了争斗，起雾了，到处灰蒙蒙的，阿康哥什么都看不见。

也就说两句话的工夫，就起雾了，还是漫天大雾。

阿四妹的眼泪在整个湿答答的世界里显得无足轻重。震惊，恐惧，悲伤，一股脑儿全部涌上心头。待排出了身体里的水，排出了这一年来在心底沤出的腐烂之气，阿四妹反而觉得自己又可以变成钢做的战士了。

"走！去救高姐！"阿四妹以不容置疑的口吻说道。

阿康哥像是早就料定阿四妹会是这种反应，一脚钩起放在地上的行囊甩到肩上，"走吧。"

阿四妹她爹晓得拦是拦不住了，蹲到一角埋头霍霍磨着镰刀，一句话也不说。阿四妹她娘一边帮阿四妹收拾东西，一边哭哭啼啼。"俗语有话，鸡公啼，好哋哋（不会有祸事），鸡𤲞（母鸡）啼，要斩头。你一个女儿家，要去出什么头喔！"

阿四妹扑通就给二老跪下了。

"阿爹，阿娘，你们一直都希望我是个男儿郎，护好哩头家

（这个家），现如今国家有难，哪分什么男儿郎女儿家！我的命是你们给的，你们是我恩人，高姐让我知道我这条命是有意义嘎，亦都是我恩人，如今恩人有难，我岂可袖手旁观？"

她娘哭着去拉阿四妹，"你做什么，起身，起身！"

阿四妹她爹停下了手上的活计，对她娘说："就让细妹去吧。她若不去，这辈子都不会安乐嘎。"

她娘抹着泪道："你要去便去，何须咁样（这样）。"

阿四妹挽住她娘的胳膊，把脸贴在阿娘的头上，阿娘的身上暖暖的，她能感觉到阿娘心里的不舍与无奈，但愿阿娘也能感觉到阿四妹心底的那团火焰。

"南无观世音菩萨保佑，保佑我细妹远离神神鬼鬼一路逢凶化吉……"

拜别而去时，阿四妹她娘还在反反复复地念着。阿四妹她爹忽然叫住了已经往外走的阿康哥，忐忑地叮嘱道："可务必要保护好我家细妹。"

阿康哥一把握住阿四妹她爹枯柴一般的手，郑重地甩了一下，"放心！我以性命保证！"

这一路，阿康哥和阿四妹是日夜兼程不曾停下半步，撑不住了就在牛车上睡一觉，或是摇着船撸半闭着眼，短短两日不到，已行入江西境内，眼看南昌就在前方。阿四妹被马不停蹄的舟车劳顿折腾得精疲力尽，脚步却如同当初离家寻找高姐时那边坚定。高姐，高姐就在前方哇！高姐你莫急，我们救你来了！

　　这一路，阿康哥闭口不提当初骗她的事，也不透露半句自己的心思，这些与眼前的事比起来，不值一提。阿康哥只是三言两语说自己去了顺德那边暂避，后来又回去找周老板，发现那茶楼已被抄了家，往日里熟悉的家当东歪西倒十分狼狈，周老板也不知去向，他只好四处躲避，后来还是陈甘找到了他，找到他时，身着军装的陈甘，比那身华丽的警察装显得更为英气逼人。阿康哥随他东奔西跑执行任务，一眨眼，就是一年多。

　　"我已经是一名共产党员了！"说这话的时候，阿康哥的脸上终于有了骄傲的神情。他定定地看着阿四妹的眼睛，努力想分辨那双眼睛里头的欢喜与惊讶，还有羡慕。

但阿四妹只是淡淡地说："恭喜你，阿康同志。"然后又像是自己对自己说："我也很快会是个共产党员的。"

阿康哥低下头，忽然放低了声调，"可我不是一名合格的共产党员。"

"为什么？"阿四妹看着他。

阿康哥更加不敢看阿四妹了，吞吞吐吐说道："陈甘他们，估计，估计已经到江西了，我是……我是中途偷偷跑过来的。"

"偷跑？！"

见阿四妹瞪圆了眼睛，阿康哥急急解释："你别误会，我不是临阵脱逃，我怎么会做逃兵哇。陈甘说不用叫你，说你去了也起不了什么作用，可我知道你如果不去救高姐，这辈子都不会原谅自己的。"阿康哥的语速越说越快，"我怎会不知道你的心思，你心里就只念着高姐，我一有高姐的消息就恨不得立刻飞过来告诉你……"

阿四妹原本无神的眼眶噙满了泪水。这才是阿康哥哇！自己熟悉的阿康哥又回来了！阿四妹用袖子抹了抹泪，拍拍阿康哥的肩膀坚定地说："谢谢你，阿康同志。"这是一种兄弟之间的、革命同志之间的口吻，阿康哥的心微微一酸，但马上就拍着胸脯道："你放心，我豁了命也会把你的高姐救出来的！"

他们一踏上南昌的街道，就被佯装成小贩的同志发现了，那同志与阿康哥对了暗号，把他们带到了一所旧公馆改成的民宅。陈甘正在里头与几位同志焦急地议着事，见到阿四妹他们并没有多意外，只是挥挥手算是打了招呼。

阿四妹抢先对陈甘说："你莫怪阿康哥，我也能帮得上忙的！"

陈甘显然无意计较这些事情，点点头对阿四妹说："据里头的自己人说，高恬波同志还活着，只是日日被轮番逼问，怕是难以坚持太久。"

阿四妹急问："他们为何要逼问高姐？"

陈甘说："那姓张的匪头知道高恬波同志的身份，想尽办法想从高恬波同志口中挖出江西省委名单来，派人日夜软硬兼施。"

"姓张的？"

"就是国民党十八师的师长张辉瓒，这个匪头心狠手辣，苏区的红军被他围剿过，损失惨重。"

阿四妹此刻恨不得把自己的姓给换了，愤愤说道："真是玷污了张姓！"

陈甘继续说："高恬波同志自然是不会说的，他们为了引诱高恬波同志就范，什么招都使出来了，甚至承诺要给她当国民党的大官。"

阿四妹说："无耻！真是小瞧了我们共产党人了！"

阿四妹不自觉就用了"我们"这个词，俨然已经以一个共产党员自居了。

"我们潜伏在里头的同志好几次想救人，无奈那负责看管的狱头安排了三班倒轮番值守，逮不到任何机会可以下手。那狱头人称老钱头，狡猾得很。"陈甘说。

阿四妹一想到高姐备受折磨，真是一刻也坐不住了，"若他们动用酷刑，高姐可怎么熬？我们直接冲进去救人吧，就像在仁化那样的，一把火烧了它！"

陈甘无奈地摇头，"这与在仁化那时可大不相同，这边有重兵把守，我们冲不进去的。"

"那可如何是好？总不能眼睁睁看着高姐在里面受苦！"

陈甘见阿四妹如此激动，怕她真的贸贸然跑去劫狱反而坏了大事，连忙安抚道："组织上正在商讨营救的法子，你放心，只要高恬波同志还有利用价值，他们就不会轻易把她杀害的。只是……"

"只是什么？"阿四妹和阿康哥异口同声问。

陈甘说："只是这高恬波心气傲，听说昨日里审讯时冷不防抽了那姓张的一记耳光，那姓张的恼羞成怒，怕是真的要动酷刑了。"

阿四妹一听两腿一软瘫坐在地，阿康哥赶紧过去扶她，用手抚背以示安慰。

陈甘摇摇头，说你二人就先在这里住下吧，又叮嘱他们切不可轻举妄动后便匆匆离去。这几日陈甘东奔西跑忙得焦头烂额，着实顾不得这许多。一方面对如何救高恬波束手无措，另一方面以岷山为中心的五县根据地也需要尽快有新的人接替高恬波开展工作。高恬波被捕，对九江地区的地下党组织来说是一记重创，当初高恬波是在江西省委屡遭破坏溃不成军的时候临危受命的，两年来在高恬波的四处奔忙下开展游击斗争，才有了今日的几个根据地，革命的火焰才得以保存下来。这高恬波一被捕，很多地方士气低落，陈甘和几个同志虽四处奔忙也未能重振士气。他们心里都清楚救出高恬波，是眼下最重要的事。

可到底怎么救呢？

组织上还没有主意，陈甘也还没有主意。

唯独阿四妹，已然有了主意。

— 63 —

阿四妹！你看你的头发，十足男仔咁！

阿四妹！你扎麻花辫啦，女仔就算扎起麻花辫，照样可以同男人比责任噶！

阿四妹！几时先（才）可以看到你扎起麻花辫喔？你扎麻花辫真系（真是）靓咧！

高姐。高姐喜欢阿四妹扎麻花辫咧！

今日，阿四妹真的扎起了麻花辫。这一年多阿四妹没有剪过头发，已经可以扎起麻花辫了。阿四妹细细地梳头，一丝不苟，掉落在衣裳上的头发，也被她捡起来，绞成一团扔了去。

扎起麻花辫的阿四妹挎上一个竹篮子，篮子里有几盅热腾腾的瓦罐汤。阿四妹同隔壁街那间叫"大兴"的汤水铺买了这些汤，他们便借给她这个篮子。阿四妹打听过了，这南昌城里，无人不识"大兴"噶。阿四妹也打听过了，关押高姐的地方就在城那头，那所外头墙面高高的，刷得洁白洁白的房子里。阿四妹想不通牢狱的墙壁为何能这样洁白，上面必定是染过许多的血迹哇，他们是如何清除干净的？

阿四妹悄悄离开住所时，阿康哥已经醒了，他不动声色地跟在阿四妹的身后，跟着她走过一条街去到糖水铺，又跟着她一路走到了城那头那个白色的高墙边。

见阿四妹在一个有人把守的门边停下了脚步，阿康哥慌了。不好！这阿四妹果真要冲动行事！阿康哥懊悔地一拍额头，闪身躲在拐角后伸手握住腰间的枪，眼睛急切切盯着阿四妹。

守门的是两个身后背着长枪穿着国民党军装的人，年纪大点的那个见阿四妹探头探脑便喝道："干什么的？快走快走！"

阿四妹堆起笑说道："二位大哥，我是来送汤的。"

那人警惕地打量了她一下，"给谁送？"

阿四妹说："当然是老钱头囉，他最爱喝我们那里的汤了。"

年纪大点的探头探脑走过来，"看看，都有些什么汤。"

阿四妹赶紧掀开盖在上面的一块布，露出几个炖盅来，打开一个，香气扑鼻，"你看，这个是人参鸡汤，好补的哇！"

那年纪大点的咽了咽口水，自己动手揭开另一盅，"哟，冬瓜排骨！"

阿四妹赶紧说："好眼力喔，这可是我们那里的一绝！"

那年纪大的骂咧咧："里头干活的真他妈好命，审个人还要喝汤！"说着挥手对阿四妹说："送进去吧。"

那年纪小的却拦住阿四妹，："不行，上头交代了，闲杂人等都不给进，再说了，头儿以前也没叫人往这里送过东西。"

阿四妹把篮子放在地上，用手绞着大麻花辫的底端撒娇道："哎呀这位大哥，你就让我进去，我这才刚刚到大兴做事，万一送不好,掌柜的可就不要我了。"

阿康哥从来没有听阿四妹这样说过话,有一瞬间竟被那娇嗔的模样吸引住了,待反应过来更是又气又急,阿四妹哇阿四妹,你可知道自己在做什么?

那年纪大的似乎也意识到不妥,伸手过去想接过篮子,"那我给你送进去吧。"

阿四妹慌得下意识后退一步,那年纪大的见她慌张,眉头一皱。"把篮子拿过来,我检查检查!"

阿四妹吓出一头汗来,那篮子底下,可垫着一把锋利的刀子呐。阿四妹强装镇定以更加娇媚的语气说:"哎呀,您可是尊贵的军官大人,哪能做这种下人做的事哇。"

无奈那二人已起了疑心,相互使了个眼色冲上来抢,阿四妹惊叫一声死死拉住篮子,阿康哥见状三步并作两步就冲到他们跟前,对着二人大声喝道:"做什么做什么,不认识她是谁么?"

那二人一时被镇住,手停了下来,"谁?"

阿康哥凑近其中一个故作神秘细声说道:"你可别拉扯,她可是咱们钱狱长相好的,叫小石榴。"

年纪小点的警惕地问:"你又是谁?"

阿康哥说:"我是钱狱长家种花的。"

"去!你一个种花的,知道啥?"

"哎呀你别嚷嚷哇!细声点!"阿康哥指指阿四妹,"我种的花,可没少戴在她的头上!"

"那她怎说自己是送汤的。"

"不说送汤的,那又该怎样说哇?"阿康哥笑嘻嘻说道,"人家之间的私密物件,哪能给你看了去。"

那年纪小点还是一脸警惕,"你真是头儿家的?"

阿康哥故作不悦地说："别磨磨蹭蹭了，我家夫人差我来，是叫我来请钱狱长赶紧回家的，家中出了点事，等着钱狱长回去处理呢。"转头又对阿四妹说："小石榴，我家钱狱长今日有急事，这汤就不喝了，你明日再送吧。"

阿四妹自然是不肯走，被阿康哥粗鲁地往外推，"走走走，别不乐意，汤什么时候都可以喝，狱长今日是非回去不可的。"

阿四妹只好假装嘟嘴生气，挎上篮子大步摇摆着胯部离去。

那年纪轻点的想拦又不敢拦，干脆一把抓住阿康哥说："你不是要禀报吗？走，我与你一同进去。"

阿康哥见阿四妹已经消失到拐角后，终于长吁一口气，转身笑嘻嘻拍着他的后背说："好，走！走！"

阿四妹回到住处，左等右等不见阿康哥回来，心急如焚，陈甘正好过来，听闻此事暴跳如雷。

"不是叫你不要轻举妄动吗？你怎就……"

阿四妹哭丧着脸说："我就想亲眼看看高姐到底怎样了。"

"你傻嘎！你这么闯进去，不就是自投罗网？"

"就算是自投罗网，与高姐关在一起我也无悔！"

陈甘连连摇头，"阿四妹哇阿四妹！我以为你机智聪慧，想不到竟然会讲出这样的话！现下阿康必定是凶多吉少，你说，如何是好？他就不该擅自把你带来！"

一提起阿康哥，阿四妹的眼泪鼻水一起吧嗒吧嗒往下掉，"是我害了阿康哥，是我的错……"

"他们认得你的样子，抓了阿康必定会到处寻你，你先躲起来莫要出门，等我们商议好营救的法子再说。"

"我们定能救出他们吧？"阿四妹一把抓住他的胳膊。

陈甘拍拍阿四妹的手，咬住牙说："能，一定能的！"

老钱头裤头上别着好几串钥匙，叮叮当当。钥匙很重，把老钱头的裤头拉得能看见腰间凸起的肥肉，但老钱头从来不恼这些钥匙，相反的，宝贝一样捂着。人们都说，这老钱头就算是把裤头弄掉了，那裤头上的钥匙也不会掉。

　　老钱头裤头上的钥匙可不是开监狱门的，是开那些专门放刑具的"审讯室"的，阿康哥占了其中一个，高恬波占了另一个。阿康哥距离高姐只隔着一个房间，但阿康哥不知道，高恬波更不会知道。

　　老钱头年轻时应该是个有棱有角的国字脸，可惜年纪大了，"国"字被养尊处优的日子吹得鼓鼓的，成了一个略有棱角的球，两颊的肥肉下垂，鼻子又粗又圆，只要是小跑几步或多动几下，那鼻头就会红成一颗草莓。

　　此刻老钱头正顶着颗草莓喘着粗气，十分气恼地扔掉手中断了的皮鞭。那皮鞭应该陆续抽打过不少人，上面沾满血迹，不好说是因为抽打谁而打断的,但此刻老钱头决计把这事算到阿康哥头上。

老钱头又抽出来另外一条新的皮鞭,扬起手来,却又气喘吁吁地放下,朝边上两个小的摆摆手,"你们上,奶奶的,花花肠子那么多,累死老子了。"

审讯阿康哥,着实为难了老钱头了。

平日里审讯的那些人,不是把自己的嘴闭得紧紧的半句不吭,就是对他们破口大骂,更甚至,也有想尽办法动手防抗的。但阿康哥不是。阿康哥从一见到老钱头嘴巴就没有停过,从张师长说到了师长夫人,又从什么男人三妻四妾是人之常情说到要怎么取悦女人,一下说自己是张师长的亲信,一下又说是国民党的卧底,把几个人唬得摸不着头脑,审讯一度中断了好几个时辰。

然而老钱头也不是吃素的,何况再怎么绕也有捋直了的时候,光是假冒他家种花的家丁又信口开河一事就绕不过去,尤其恼怒的是他还真有一个小情人叫小石榴,更让老钱头暴跳如雷。

"说!你到底是谁?"

"你跟那姓高的女的是什么关系?"

"身上还带着枪,还说不是共匪?"

"就凭你?想从我手里把人劫走?"

"到底是谁派你来的?你们还有多少人?"

阿康哥左绕右绕地应答,就是半句不提高恬波。无奈这狱里横竖也就关了高恬波一个,老钱头动作再怎么笨、脑子再怎么钝,迟早也能猜出他的用意。

阿康哥被绑在一根刑柱上,整日整夜连续的拷问已让他疲惫不堪,该说的都说了,该编的都编了,编到最后,自己都产生了幻觉。看哪,阿四妹就在跟前呼唤自己咧!阿四妹的神情无比焦急,她说阿康哥你千万莫要闭眼咧,她又说阿康哥你可万万不能出卖高姐咧!高姐呢?阿康哥猛地一睁眼,高姐也站在自己跟前咧,阿康哥拼命睁大眼睛,可就是看不清高姐的模样。只听见高姐说,同志,可莫要泄露了组织的行踪哇!阿康哥赶紧应道:"我不会说的,我什么都不会说的。"

"跟我耍滑头是没用的!谁不知道我钱爷有的是手段!"老钱头拿出钥匙串来得意地摇晃,"看到没?这可都是我这些年的心血!随便哪个你都吃不消!"

阿康哥强打起精神看他,只看到一个模糊的影子,根本看不清钥匙。阿康哥知道自己熬不了多久了,阿康哥多想见见高姐啊,那个阿四妹日日念叨着的高姐。哪怕只看一眼也好,到了黄泉路上给阿四妹托梦,也不至于没有话说。

阿康哥说:"我,我要见高同志。"

老钱头一口回绝,"少给我耍花样,想串供哇?!"

一股鲜血从阿康哥嘴边流出,阿康哥张开血淋淋的嘴,依旧是那句话:"我要见高同志!"

老钱头眼珠子骨碌一转,说:"你要见也可以,老老实实把你们省委名单给我写下来,我就给你见她!"

阿康哥冷冷摇头,"没见到高同志,我,我什么都不会说的。"

老钱头一愣,背着手来回踱步,"还以为你能说会道,是个识时务的,没想也是个死脑筋。你想见姓高的是吧?告诉你,晚了!"

阿康哥浑身一颤,"你们把她怎么了?"

老钱头看到阿康惊慌的表情,满意地笑了,"终于知道怕了?哈哈哈哈……知道什么叫披麻戴孝吧?"

阿康哥瞪圆了眼看着他。

老钱头继续笑盈盈地说道:"不用急,我慢慢说给你听,这披麻戴孝可有意思得很。先把人扒光,吊起来,狠狠地打,打到血肉模糊。要是嫌皮鞭打得不够舒服嘛,还可以用带钉子的木棍。"

说着老钱头随手捡起一根木棍在手里比画了几下,"看,就差不多这么大的,在这里,或者这里,打上几个钉子。"

老钱头的语气就像在描述如何制作一张桌子或者一把椅子一般,慢条斯理,听得人毛骨悚然。阿康哥颤抖着牙齿骂道:"无耻!如此对待一个女子,没人性!"

老钱头哈哈笑起来,"别急嘛,我还没说完呢。接下来手脚可得快些,全身给她涂上食盐水,啧啧啧,就像腌咸肉那样的,要浓一点,可别不舍得盐,一斤盐才多少钱?一定要涂均匀咯。"

几个狱警勉强笑了两声。只听那老钱头继续说道:"接下来可就是重头戏了,你们可听好咯,拿些粗麻布来,剪成一条条的,给她贴上去,最好是白色的,白里透红才好看哇!哈哈哈!等麻布干了,长在肉上了,再来审讯可就带劲了!"

阿康哥只觉得头晕目眩,有什么东西不断从心口涌上来,想骂又骂不出来。老钱头的声音越来越远,阿康哥感觉自己在往下坠,像一个断了线的纸鸢,阿康哥就那样一直坠落着,仿佛永远不会到底。在阿康哥的四周,全是挂着的各种麻布条,被风吹得整片抖动起来,阿康哥也剧烈抖动起来。隐隐约约听到耳边有人在哭,很多人齐齐在哭,像是在举行谁的葬礼。麻布条后影影绰绰的,像是有人,但就是看不清,阿康哥想喊高恬波,可张开嘴却什么声音都发不出来。渐渐地阿康哥分辨出来了,那哭声里分明有阿四妹的声音,阿四妹怎么会在这里哇?她不是逃走了吗?阿康哥想伸手去揭跟前的那些麻布条,麻布条那边却是一股巨浪,一揭开就迎面砸过来，砸得阿康哥差点窒息，闷闷哼了一声，睁眼却仍是看到老钱头那张笑得狰狞的脸。

"泼！给我继续泼！我都还没讲完呢，哪能让他死咯！"

老钱头捏捏阿康哥的下巴，见他又醒过来了，继续说道："等那些麻布都干了，长在肉上了，你再慢慢问，若是还敢不招，你就把那些麻布撕下来，每撕一条就能听到嗞一声，连血带肉，那感觉，哈哈哈哈……"

那几个狱警心里发毛，可还是僵硬地拍手叫好，"哈哈哈，带劲，带劲！"

老钱头盯着浑身滴着水瑟瑟发抖的阿康哥，得意扬扬地说："怎么样？我这披麻戴孝有意思吧？你想不想试试？"

阿康哥惊恐地问："她——死了？"

老钱头又笑起来，"这样哪有不死的？怪就怪她不识相……"

阿康哥万万没想到高恬波会被这么活活折磨至死，一股气凝结成一口淤血涌上来，噗一声就吐到了一脸得意的老钱头的脸上，老钱头用手抹了去，气急败坏吩咐道："吊起来！给我吊起来！狠狠地打，让他也尝尝披麻戴孝的滋味！"

两个狱警应声解开阿康哥身后的绳子，把两只手捆在一起吊了起来。

"头儿，用什么打？皮鞭还是带钉的木棍？"其中一个问。

老钱头怒气正盛，"去，把那些木棍拿过来，好好伺候伺候这位爷！"

被吊起来的阿康哥已经没有力气挣扎了，知道高恬波已经牺牲，他也没有什么好挣扎的了。从肿起的眼皮下，阿康哥看到了他们拿来的那些木棍。那木棍真粗咧，上面的钉子还滴着血，看样子血还没有凝固。阿康哥猜想，那必然是高恬波的血咧！高恬波的血就跟她的人一样地顽强，再怎么寒冬腊月的也不肯凝固。棍子在眼前摇晃，拿着棍子的人也一直在摇晃，摇来，晃去，摇来，晃去……

实际上谁也没有晃，是被吊起来的阿康哥自己在摇晃，晃就晃吧，死就死吧，死有什么可怕的呢？高恬波死了啊，高恬波已经死了啊，阿四妹要是知道她的高姐是这样被折磨至死，该是怎样的伤心欲绝哇？阿康哥可不敢托梦给阿四妹了。

"怎么样？这木棍够体面吧？我劝你还是赶紧说吧，这棍子的滋味可不是那么好受的。"老钱头叫人搬了把椅子给他坐下，看样子打算奉陪到底了。

阿康哥忽然瞪大了眼睛死死盯着他，那眼睛瞪得比铜铃大，比鸡蛋大，看得老钱头忽然一阵发毛。

"你把眼睛瞪这么大做什么？"老钱头问。

阿康哥说："认清楚你呀，等我做了鬼好回来找你。"

"你！"老钱头举起手中的木棍又有些委屈地扔下，像一个恶作剧不能得逞的小孩般气恼起来，"你们这些人，怎都一个德行！"

阿康哥看他嘟起嘴的表情在跟前摇呀晃呀，心里忽然觉得他很滑稽，对，滑稽，就像戏里的丑角，使尽浑身解数也不过是博人多看两眼罢了。"哈哈哈！"阿康哥忍不住笑起来。

老钱头问："你还笑？你怎就不怕？"

"哈哈哈哈……"阿康哥的笑声在静悄悄的监狱里回荡，竟还有了回声。阿康哥笑够了，才学着阿四妹模仿高姐的样子，一字一顿地说："因为我也是共产党员！"

"还嘴硬？！"一个狱警举起手中的木棍狠狠挥了过去。

"啊——"阿康哥发出撕心裂肺的一声惨叫。

阿康哥并没有死。

据狱里潜伏的内线带来的消息，阿康哥刚挨了几棍子就痛晕过去了，那老钱头正吩咐人拿水来泼，张师长就派人传话来了，叫老钱头别把人弄死了，留着过两天公开处决。张师长这如意算盘可是打得啪啪响：高恬波已死，手上也就剩这个筹码，可得物尽其用。既然从嘴里问不出什么来，那就给你来个引蛇出洞，再一网打尽！

那内线冒险出来传话，本意是叫陈甘他们千万不可上当，谁知陈甘却说："如此更好，在外头总比在里头容易行动。"

那内线一听焦急万分，"既然是引你们出来，自然是布了天罗地网，你万不可着了他们的道哇！"

"什么天罗地网！是网总有洞，是墙总有缝，总有办法。"

"你怎么就不听劝！"

陈甘拍拍他的肩膀，"同志，人我是救定了。你放心，我们会想个万全之策的。"

那内线拗不过他，只好作罢，只是心里还在嘀嘀咕咕：还万全之策呢，你自己说的，是网总有洞，是墙总有缝，这世上哪来的万全之策？！

阿四妹得知高姐已经牺牲，原以为自己会呼天抢地哭个死去活来，没想自己竟一声也哭不出来。这个消息就像一场暴风雪，风卷残云把阿四妹的五脏六腑都搅得乱成一团后，就只剩下冷了，冷得把什么都冻住了。阿四妹只觉得自己整个人渐渐就凝固了，成了铁打的，或者铜制的，总之没有半点水分可以挤。阿四妹坚信高姐也一定是这样的，高姐她早就是黄金铸造的了吧？

黄金铸造的人，还有什么好怕的呢？刀砍不死火烧不烂——就如同内心坚定的信仰一样！高姐说得对，生命可能会被人剥夺，信仰是谁也剥夺不了的！阿四妹对陈甘说："高姐不能白白牺牲，我们不仅要救出阿康哥，还要狠狠教训教训他们！"

陈甘见阿四妹没有被击垮也很高兴，忙问："你有主意？"

"这两日我打探了那个老钱头的底细，我们可以这样……"阿四妹附在陈甘耳边轻声说了自己的计划，听得陈甘目瞪口呆。

"这倒是个法子，可这样你可要冒很大的险哇。"陈甘有些犹豫。

阿四妹却坚定地说："干革命的，哪一日不是把命悬在刀尖了？"

陈甘用力拍拍阿四妹的胳膊说："好！阿四妹同志，我这就去与同志们商议商议，看如何配合你的行动。"

元旦刚过，天寒地冻的，竟然起雾了。

起雾，原本是春天才有的事，约莫二至四月间，空气中水汽充足，一冷却就容易成雾。这大冬天的哪来那么多的水汽？搞得到处湿答答的，倒有点回南天提前了的意思了。阿四妹想，大概老天也有哭不出来的时候吧？眼泪都蒸发到空气里了。

这样的天，倒是有一种天然的悲凉气氛，遇上点什么事儿，只消说上三两句煽情的话，就能把人的眼泪给逼出来。

老钱头家的二太太此刻就在一边抹着泪一边骂："好你个不要脸的，为了个风尘女子跟人争风吃醋，竟然还要公然枪决人家的情夫！我呸！那个什么小石榴也够有手段的，不让她进门，还能整出这么多幺蛾子来！"

大太太没有二太太泼辣，却也是气不过："老爷一定是被那妖精整糊涂了，这么大张旗鼓的，也不怕坏了自己名声！"

二太太越想越不服气，"不行，哪能由得那贱女人骑在我们头上。"

"那你想怎么办？"

"怎么办？走哇，去会会那个小妖精。"

"你不怕老爷生气？"大太太有些犹豫。

"怕？我们怕什么？"二太太仗着自己受宠，说话向来无所顾忌，"我倒要看看，她是有三头六臂还是怎得，能把老爷迷得七荤八素！"

大太太说："上次咱不同意老爷娶她进门，想必还怀恨在心呢。"

"那最好！"二太太愤愤地说，"正好当面说清楚，想进我钱家的门？下辈子投胎投好一点吧，也不瞧瞧自己什么身份！"

"真要去？"

"去！干嘛不去，你还怕她不成？"

大太太思忖了一下，摆出大太太的架势来："也好，就去看看，免得她瞎闹腾坏了老爷的前程。"

"哼。"二太太虽对大太太惺惺作态这一套很反感，这会儿也顾不上了，拉上大太太就走。

"快！管家，备车，我们要去石头屯。"

她们出了门钻进小轿车里时，乔装打扮在附近等消息的一位同志赶紧吹了声响亮的口哨，远处另一名同志听到了，迅速朝石头屯赶去。买通钱府下人放出风声激怒两房太太唱这出戏，算是成功了。

石头屯其实是一个小广场，一般是官家贴告示的地方，拿来枪决人倒是头一遭。老钱头选择这里自然是经过深思熟虑的，这里四面都有楼房挡着，进出只有固定的四个口子，只要在这四个口布好埋伏，任你再怎么能耐也插翅难飞。

　　阿四妹就在正对着行刑台的那家茶楼上端端正正坐着，不紧不慢品着茶，眼睛却一刻也不敢看向刑台，一来是怕引人注目，二来也着实不忍瞧阿康哥的模样。阿康哥正五花大绑被两个狱警押着站在刑台上，蓬头垢面骨瘦如柴，露出的两截小腿犹如两节枯柴，上面布满伤痕。他身上只穿一件单衣，早已血肉模糊分辨不出颜色来，脚上没有鞋，大冬天的，大概已冻得不晓得疼了。面无血色的阿康哥眼睛却瞪得大大的，他在找，在人群中来回地找，他多怕看到阿四妹的身影哇！这个阿四妹，还有陈甘他们，可万万不能意气用事！

然而，阿康哥还是发现了人群中乔装打扮的陈甘。陈甘打扮成一个干力气活的挑夫，正拿着扁担，与其他挑夫一起对着刑台指指点点，有说有笑。阿康哥想暗示他快点走，可又不敢轻举妄动。那个狡猾的老钱头一定是躲在哪里正盯着自己的一举一动。

陈甘在这里，阿四妹肯定也在附近。阿康哥心焦万分，这可如何是好？转头看到狱警手里的尖刀长枪，顿时有了主意。他故意骂那狱警是走狗，是帮凶，想要激怒他们，可这二人就像聋子似的，不管阿康哥怎么骂，他们就是纹丝不动。

忽然叭叭的喇叭声响起，一辆黑色的小轿车缓缓开到了广场上，躲在不远处观察的老钱头一看不对，这不是自家的小轿车吗？正疑惑间，就见自己二位夫人一前一后从小轿车里钻出来。

"奶奶的，你们来凑什么热闹！"老钱头抬脚就下楼往小轿车那边走。这时从人群中冲出一个穿着暴露的女子来，直接往刑台上扑，"你们快放了我康哥哥哇！你们这些强盗，不得好死！"

阿康哥一听声音就知道是阿四妹，吓了一跳，可看样子又不像是阿四妹。这人穿着露出半截胸脯的低胸衣裙，外头套着薄如蝉翼的丝绸外套，另外还有一个水貂披肩，在她扑过来的时候已然掉落在地上。这一身的风尘打扮，差点让远处正赶过来的老钱头也以为真是小石榴来了。

其中一个狱警快速将手中的枪指向她，"走开走开，你想干什么？"

阿四妹没理他，趴在地上捶着地哭闹："你们快放了我康哥哥哇！他到底犯了什么事哇！"

二太太快步走过去拉起她狠狠就甩过去一巴掌，"不要脸的东西，还嫌不够丢人吗？"

阿四妹捂着脸怒目而视："你是谁？胆敢打我？看我不叫钱老爷砍了你的手！"

这时老钱头已经气喘吁吁小跑过来，一把拉住二太太的手，"你们来做什么？谁叫你们来的？"

二太太被他这么一拉更生气了，"好哇，你还护着她是吧？"

老钱头气得头上冒烟，"瞎说什么呢，快走快走，我这有正事。"

"哼，你这叫什么正事！"

趁他们争吵，阿康哥抬脚就要溜，另一个狱警立刻把枪头的刀剑对准阿康哥道："不许乱动！"

阿康哥看着明晃晃指着自己的刀头，心想机会终于来了，两眼一闭猛地往刀头上撞了过去，"嗞"一声，那把刀就从他胸口一直刺透到后背。

"快——走——"阿康哥的最后一句怒吼响彻小广场。

阿四妹吓呆了，还没反应过来，陈甘和几个伪装的同志已经拔枪把两位太太挟持到胸前，又有人拿枪指着老钱头道："快，叫他们把枪都放下！"

那两个女人吓得大呼小叫，"老爷，救命啊，救命啊，老爷！我不想死哇！"

老钱头慌忙叫部下把枪放下，可有两个人是受了张师长的命令来的，依旧把枪对着陈甘他们。

陈甘故意勒了勒二太太的脖子，二太太立刻发出透不过气的唔唔声，老钱头急了，冲过去掰他们手里的枪，"快放下，放下，听见没有？"

那两人想推开他，其中一个不小心扣了扳机，枪一响，整个小广场乱作一团，围观的人四处逃窜，阿四妹趁机背起阿康哥把他塞进了那台小轿车，叫瑟瑟发抖的司机滚蛋。陈甘他们挟着人挪到了车边，进了车才松手把那两个女人用力一推，开着小轿车快速撤离。老钱头慌忙捡起枪追去，可已经望尘莫及了，小轿车一溜烟冲出了广场，身后挂着一长串的枪声。

他们开着小轿车一直到江边，扔了轿车沿着江走上一段，又上了早就等候在那里的一艘渔船。渔船晃呀晃，晃呀晃，还是没能把昏迷的阿康哥晃醒。

阿四妹脱下自己的外套给阿康哥包扎，那花哨的轻纱裹在阿康哥满是血的胸口上显得格外刺眼。

"阿康哥，你醒醒，你睁开眼睛看看哇，是我！我是阿四妹！"

阿四妹！真的是阿四妹咧！阿康哥缓缓睁开了眼睛，看到的却不是眼前脂粉凌乱一脸狼狈的阿四妹。他看到了好多个阿四妹：那个咬牙坚持扎马的倔强的阿四妹，那个明明很害怕却闭眼坚持的阿四妹，那个以为自己是共产党员崇拜地看着自己的阿四妹，还有那个模仿高姐神情动作俏皮的阿四妹……

"阿康哥，你还是去找瞿队长把你护身用的观音拿回来吧，自从送了他，你三番五次都险些丢了性命。"阿四妹哭道。

阿康哥强撑起右手摸着阿四妹的脸，用尽最后的力气说道：

"你就是我的'活观音'！"

"花园树下告苍天，两人心情铁石坚；
自己婚姻自己配，谁人干涉也无权。
我来告知天地神，花园树下结交情；
两人婚姻如坚石，谁人干涉都不成！"

有人婚配，有人哭丧，有人躲藏，有人鸣枪，有人欢喜团聚，有人阴阳两隔，逝去的人入土为安，活着的人依旧得为更多活着的人奔忙。

帮忙安葬好阿康哥后，陈甘就又匆匆回去执行任务了，临走时他暗示阿四妹跟自己走，可阿四妹摇头。

"我要带着阿康哥的遗物回花县去，"阿四妹说，"我要嫁给阿康哥。"

陈甘早猜到了阿四妹的心思，并没有很吃惊，只是追问了一句:"你可想好了?"

阿四妹重重地点头,"想好了!我们约定过,等找到高姐请她当证婚人就成亲,绝不能食言!"

陈甘久久盯着满脸坚毅的阿四妹,许久才动容地伸出手,与阿四妹的手紧紧相握。

"好!阿四妹同志,你保重!"陈甘说。

"保重!"阿四妹的眼中隐约闪烁着泪光,眼神却无比坚定。

还有些话,阿四妹并没有对陈甘说。阿四妹已经暗暗打定了主意,以后再也不会嫁其他人了。妇女该有决定自己嫁给谁的自由,也应该有嫁不嫁人的自由。这样的自由多么宝贵呀!可许许多多的女性同胞并不知道,村里的阿花不知道,小六子不知道,大妹不知道,还有阿娥,也不知道,还有远处的贵婵、阿旺、阿娇、招娣,她们都不知道。阿四妹觉得自己肩上的责任重了起来。

高姐说了,农村就是一片广阔的天地。

这片广阔的田地是怎样的呢?

阿四妹再一次踏上花县老家的土地时,一抹残阳正有气无力地挂在天边,算是回答了阿四妹这个问题。但阿四妹对这个答案是嗤之以鼻的。看哪!山还是一样的雄伟!地还是一样的肥沃!草都还是一样的绿,那聒噪的蟋蟀,依旧不知疲倦地扯着嗓子……除了被人为破坏出来的苍凉,这个世界依旧还是生机勃勃的。残阳再怎么苟延残喘,到了明日,太阳又会重新升起。当明日的太阳再次降落,再次升起,反反复复五次以后,阿四妹就要嫁给阿康哥了。

阿四妹原本是不想等那么久的,但阿四妹她娘坚持要。她说:"即便是冥婚,也得挑个黄道吉日!可不能折了你寿哇!"

阿四妹并不信这些神神鬼鬼的,死都不怕,怕什么折寿。可阿四妹又拗不过她娘。

阿四妹笑着跟爹娘说:"你们不是一直希望我找个人入赘到我们家吗?这下如愿了,他生是我们张家的人,死是我们张家的鬼。"阿四妹的爹娘听了,眼泪吧嗒吧嗒往下掉。

吉日到的这一天,阿四妹起得特别早。天还没亮阿四妹就开始梳洗打扮了。阿四妹打扮得很仔细:一身白色素衣捋得整整齐齐;新纳的布鞋上没有半点污泥;头发梳成一个大麻花辫,甩到身后,想起来阿康哥曾夸自己插花好看,便摘来一朵白玉兰,细细插在耳际发鬓上……

好看!真好看!阿康哥的话仿佛就在耳边。

就像当初二人在山上假装"行花街"一样,案头上摆满了用纸和石头泥沙假装出来的"九大碗",阿四妹挨个碗清点道:"阿康哥,你可数仔细啰,这是木耳肴,这是酸藠头垫底的烧肉,还有白切鸡、猪皮、粉丝,这个嘛,是上下水,还有扣肉、鱿鱼,九大碗,不多不少。阿康哥哇阿康哥,这礼数,你可亏不了我的。"阿四妹又在四面漏风的泥屋里走着,假装身在阿康哥的西关大屋。"你看,这是前厅,这是火巷,这是天井……"走到"趟栊"边时,阿四妹站定了,想起了那个扎冲天辫的女孩童。"阿康哥哇阿康哥,这女娃子是来给我们旺房的,你可莫欺她!"

证婚人的椅子上,摆的是一本书和一张批文。那是前两日陈甘托人给阿四妹捎来的。书是党中央的机关刊物《红旗》,里面有一篇《悼念我们的女战士高恬波同志》是这样写的:"高恬波同志壮烈地牺牲""我们的女战士的队伍中有不可填补的伤痕,这是我党的巨大损失"。至于批文,自然是阿四妹入党申请的同意批文。阿四妹拿起这刊物和批文,日日夜夜细细地抚摸了好久,最后郑重其事地放在了"证婚人"的椅子上，摆得端端正正。

阿四妹举起酒杯，摸着椅子上阿康哥的遗物念道："阿康哥呀阿康哥，今日你我结姻亲，我无裙伴姐陪嫁，你也无案兄弟迎亲。你我结的是革命夫妻，从今往后，同心同力干革命，生生死死不分离！"

想了想又说道："我爹娘以后也是你的爹娘，你要替我守护，若有奸恶之徒来骚扰，或是阎罗小鬼来索命，你要挺身而出挡了去，保我们爹娘长命百岁！"阿四妹的娘终于忍不住，哭出声来。

紧接着，阿四妹又举起酒杯，对着空荡荡的证婚人椅子说道："请高姐为我和阿康哥证婚，此生此世，不推翻这吃人的制度誓不罢休！"

婚礼过后，阿四妹再一次把头发剪短了，剪成了以前那种齐耳短发，只是这次剪短跟三年前剪发的意义已截然不同。阿四妹决定了，她要接替高姐在农村继续开展革命工作，像高姐一样，坚持到生命的最后一刻。手中那张批文上的"阿四妹"三个字，一直在阿四妹心里闪闪发光。"阿四妹"当然算不得是个正式的名字，但阿四妹觉得"阿四妹"这三个字已经是个正儿八经的大名了，与村里那些大妹二妹三妹或者五妹六妹的，断然是不同的。

她不是假小子阿四妹。

她是共产党员阿四妹。

图书在版编目（CIP）数据

第一缕光 / 王溱著. -- 北京：北京联合出版公司，2021.5

ISBN 978-7-5596-5057-3

Ⅰ.①第… Ⅱ.①王… Ⅲ.①长篇小说—中国—当代 Ⅳ.①I247.5

中国版本图书馆CIP数据核字（2021）第024745号

Copyright © 2021 by Beijing United Publishing Co., Ltd.
All rights reserved.
本作品版权由北京联合出版有限责任公司所有

第一缕光

作　　者：	王　溱
出 品 人：	赵红仕
出版监制：	刘　凯　马春华
选题策划：	联合低音
特约编辑：	唐乃馨
责任编辑：	周　杨
封面设计：	colin
内文排版：	刘永坤

关注联合低音

北京联合出版公司出版
（北京市西城区德外大街83号楼9层　100088）
北京联合天畅文化传播公司发行
北京华联印刷有限公司印刷　新华书店经销
字数208千字　710毫米×1000毫米　1/16　18.5印张
2021年5月第1版　2021年5月第1次印刷
ISBN 978-7-5596-5057-3
定价：49.80元

版权所有，侵权必究

未经许可，不得以任何方式复制或抄袭本书部分或全部内容
本书若有质量问题，请与本公司图书销售中心联系调换。电话：（010）64258472-800